그때에도 희망을 가졌네

그때에도 희망을 가졌네

1판 1쇄 발행 | 2020년 4월 17일
1판 2쇄 발행 | 2020년 5월 6일

엮은이 | 신중현

펴낸이 | 신중현

펴낸곳 | 도서출판 학이사

출판등록 : 제25100-2005-28호
주소 : 대구광역시 달서구 문화회관11안길 22-1(장동)
전화 : (053) 554~3431, 3432
팩스 : (053) 554~3433
홈페이지 : http : // www.학이사.kr
이메일 : hes3431@naver.com

ISBN_979-11-5854-229-0   03810

이 도서의 국립중앙도서관 출판예정도서목록(CIP)은 서지정보유통지원시스템 홈
페이지와 국가자료공동목록시스템(http://www.nl.go.kr/kolisnet)에서 이용하실
수 있습니다.(CIP제어번호: CIP2020015265)

코로나-19 대구시민의 기록

그때에도
희망을
가졌네

學而思 | 학이사

더 환한 대구의 봄날을 기다리며

　코로나-19, 그것은 길고도 어두운 터널이었다. 언제부터 시작해 지금까지 왔는지, 잘 기억도 나지 않는다. 누가 언제 어떻게 될지 모르는 상황이었고 한 치 앞을 볼 수 없는 절망감만 엄습했다. 그저, 강 건너 불구경이 될 거라 여겼던 일이 어느 날 갑자기 우리 일상을 멈추게 할 정도로 강력하게 들이닥쳤다. 그것도 대구에서 가장 뜨겁게 불이 붙었다. 해외에서 들어온 몇 명에서 시작되던 것이, 어느 날 31번이라는 숫자가 입에 오르내리면서 대구는 전 세계의 주목을 받는 도시가 되었다.

　시민들은 당황했다. 거리는 텅 비었고, 많은 가게의 문이 굳게 닫혀서 열릴 줄을 몰랐다. 뉴스에는 늘 지나면서 보던 병원의 아수라장 같은 모습만 비췄고, 근거 없는 온갖 소문만 SNS에 떠돌았다. 대구를 봉쇄한다더라, 사람들이 사재기를 해서 마트에 식자재 코너가 텅 비었다더라, 누가 어떤 목적을 위해 일부러 균을 퍼뜨렸다고 하더라, 무엇을 먹으면 낫는다더라, 이미 균이 변이 되어 도저히 잡을 수 없다고 하더라 등 정신을 차릴 수 없을 정도로 온갖 어두운 소문이 다양한 경로로 들려왔다.

그때 기적이 일어났다. 확진자의 숫자가 기하급수적으로 불어날 때 시민들은 거꾸로 차분하게 돌아섰던 것이다. 우주복 같은 옷을 입었던 의료진들이 추운 날씨에도 땀에 푹 젖어 나오는 모습과 전국에서 대구로 몰려드는 의료진과 119구급대원들, 각지에서 보내오는 후원 소식은 시민들에게 새로운 희망을 주고 믿음을 주기에 충분했다. 당국의 요청에 따라 외출을 삼갔고, 사회적 거리두기와 개인위생에 철저를 기했다. 그러면서 서서히 생기를 얻어 이런 상황에서 자신이 다른 사람을 위해 할 수 있는 일을 찾기 시작했다. 함께 어려움을 겪는 내 이웃을 배려하기 시작한 것이다.

　시민들은 대구를 위해, 대구를 위해 애써주시는 분들을 위해 할 수 있는 일을 시작했다. 부족한 마스크를 한 장이라도 더 만들어 불우한 이웃에게 전달하려고 밤새 재봉틀을 돌렸고, 폐점 상태인 식당에서는 도시락을 만들어 고마운 분들에게 전달하고, 문을 닫은 카페에서는 커피를 만들어 의료진에게 감사의 마음을 전달하는 등 따뜻한 소식이 봄바람과 함께 들려왔다. 이것도 할 수 없는 시민들 사이에서는 부족한 마스크 양보하기, 나보다 더 어려운 이웃을 위한 모금활동이 자연스럽게 생겨났다. 이 모든 일이 어둡고 긴 터널을 빠져나갈 수 있겠다는 희망과 용기를 서로에게 전해준 것이다.

　고마웠다. 참으로 고맙고 또 고마웠다. 그래서 지역의 출판사가 지역을 위해 할 수 있는 역할을 고민하다가 결정했다. 지금 이 순간을 기록으로 남겨 훗날 모두에게 타산지석으로 삼게 하자고. 그래서 아무리 어려운 일이 닥쳐도 다시 일어설 수 있는 용기를 만들어 보자고. 이 일만은 지역 출판사가 할 수 있고 지역 출판사가 해야 할 소명이라 여겼다.

　머지않아 이 시간은 지나갈 것이다. 그리고 사람들의 기억에는 과거로만 남을 것이다. 그렇게 되기 전에 기록으로 남기기로 했다. 모두가 힘들고 어려움을 맞았지만 이를 기회로 서로 위로하기로 했다. 그래서 각기 다른 분야에 종사하는 대구시민 51명의 아픔을 모았다. 모두의 아픔을 다 들을 수는 없지만 최대한 다양한 분야의 목소리를 직접 듣고 남기고 싶었다. 그렇게 엮은 것이 이 책이다. 식당이나 세탁소 등 자영업을 하는 소상공인과 각 분야에서 자신의 일을 묵묵히 하던 시민 51명에게 닥친 생활의 변화를 모았다.

모든 분들의 글에서 진심을 읽을 수 있었다. 엄마를 모셔둔 요양병원에서 집단 감염이 발생해 다른 병원으로 옮기는 것을 가까이 갈 수 없어 아파트 베란다에서 바라보며 울던, 그 미안함에 엄마의 어린 시절을 급히 그림책으로 엮어 전달한 딸의 마음, 여행사를 하다가 문을 닫고 새벽 배송을 나선 여행사 대표님, 개학을 하지 않아 아이들만 집에 두고 출근해야 하는 워킹맘의 심정 등 51가지의 다르지만 같은 아픔을 읽었다.
여기에서 큰 반전이 있었다. 모두가 이 순간에도 좌절하는 것이 아니라 이를 계기로 더 밝은 꿈을 꾼다는 놀라운 사실이었다. 또 나보다는 내 이웃을 더 염려한다는 큰마음이 글 속에 있었다. 많은 분들이 도리어 격려해 주셨다. 그리고 고마워했다. 이렇게라도 마음을 다 털어내니 살 것 같다고, 이렇게라도 속 시원히 내뱉고 나니 새로운 꿈을 꿀 용기가 생겼다고 고마워하면서 용기를 주셨다. 함께 다시 일어서자고.

　이런 마음들이 모여 끝나지 않을 것 같던 어둠이 걷히기 시작했다. 4월 10일, 드디어 대구에 코로나-19 신규 확진자가 한 명도 나오지 않았다는 질병관리본부의 발표가 있었다. 아직 끝난 것은 아니지만 51일간이나 갇혀 있던 어두운 긴 터널의 출구를 본 것이다. 희망의 불빛이었다. 시민들은 환호했다. 우리가 해낸 것이다. 언제 감염될지 모르는 그 무섭고 두려운 치료현장에서 기하급수적으로 쏟아지는 환자를 감별하고 치료한 의료진들, 전국에서 달려와 준 119구급대원과 의료진들, 스스로 정부의 통제에 질서 있게 행동지침을 잘 따라준 모든 시민들과 자신보다 조금 더 아픈 대구를 위해 마음을 보내주신 모든 국민들이 고맙고 또 고맙다. 이 모든 분들과 함께 대한민국에 산다는 것이, 대구시민으로 산다는 것이 자랑스럽고 또 자랑스럽다. 이번을 계기로 어떤 어려움이 닥쳐도 마음을 모으면 이길 수 있다는 확신을 가진다.

출판사에서는 이 모든 분들의 고마움을 잊지 않을 것이다. 이 책을 시작으로 자신의 안위를 생각하지 않고 험지에 뛰어들어 치료의 최일선에서 애써주신 고마운 의료진의 이야기 등 여러 분야에서 경험한 내용을 책으로 엮어 후세에 생생하게 물려주려고 준비한다. 이 책이 비록 치료제는 될 수는 없을 지라도 모두의 아픔을 위로하고 함께 새로운 꿈을 꾸는데 작은 힘이 될 수 있으면 더없는 영광이겠다.

지금도 병상에서 투병하고 계시거나 자가격리 중인 분들께도 치유와 자유가 하루빨리 찾아오기를 바란다. 질병관리본부를 비롯한 공직자와 대구를 위해 전국에서 달려와 주시고 마음 모아주신 모두에게 다시 한번 진심으로 감사의 인사를 올린다.

엮은이 신중현
도서출판 학이사 대표

차례

책을 엮으며 · 4

1부 대구의 봄을 기다리며

권도훈 당신들이 이상화고, 유관순이고, 안중근입니다 · 17

김민정 이 시간이, 제발 꿈이기를 · 31

김보연 평범한 삶이 행복한 삶이다 · 38

김창근 하루빨리 모든 이들이 일상으로 돌아가기를 · 42

도은한 내일을 가려버린 바이러스_ 일상으로의 극복 · 46

민영주 강한 자가 살아남는 것이 아니라 살아남는 자가 강한 것이다 · 51

박상욱 저 화사한 봄꽃이 다 지기 전에 · 60

백무연 어떻게 이런 일이…! · 65

신두리 코로나에 빼앗긴 봄 · 71

윤은경 2020코로나의 기억_ 사소함의 소중함 · 76

이광석 코로나를 이겨 다 함께 행복한 사회가 이루어지기를 · 81

이영옥 힘들 때 더 빛나는 사람 · 86

이은영 코로나-19 사태에서 배운 배려 · 92

이재수 이제 우리 함께 희망을 노래하자 · 97

이종복 코로나-19, 50일의 기록 · 102

이종일 코로나를 관통하며 · 107

장경순 꽃들의 비명 · 112

장원철 보고, 듣고, 느끼는 것의 행복 · 117

정순희 철쭉이 활짝 피면 · 121

천영애 분노와 광기의 시간을 넘어 · 126

최상대 코로나 바이러스에 잃어버린 건축 · 132

최성욱 코로나-19의 시간 · 137

최지혜 코로나-19의 긴 터널에서 하루빨리 벗어나기를 · 142

한향희 코로나-19가 데려온 아픈 봄, 희망의 봄 · 146

홍민정 코로나로 멈춘 대구, 그래도 희망은 있다 · 152

2부 대구의 희망을 보듬다

권숙희 금호강 버드나무 · 159

권영희 기다리고, 기다린다 · 164

김남이 코로나가 만들어준 새로운 경험, 온라인 독서토론 · 169

김둘 대구시민, 21세기의 조선수군들 · 173

김득주 코로나-19의 상처, 예술 연대로 희망을 보듬다 · 178

김상진 코로나-19와 도서관 · 183

김요한 생활치료센터 '빈손의 창조자' 들과 15일간의 동행 · 188

김윤정 슬기롭고 싶은 재택생활 · 194

김종필 나는 대구 사람입니다 · 199

나진영 이게 뭔 일 · 203

남지민 고픔을 느끼며 성장하는 잠시 멈춤의 시간 · 206

박선아 마스크 없는 삶을 꿈꾸다 · 213

배태만 어느 은행원이 마주한 봄날의 바이러스 · 218

서상희 코로나 시대의 사랑법 ·223

우남희 불 꺼진 방 ·228

우웅택 코로나-19, 나의 갈릴래아를 찾아서 ·233

이금주 학교도서관에서의 행복한 시간을 기다리며 ·237

이영권 군인과 민간인의 경계 ·241

이주영 코로나가 바꾼 일상 ·246

이초아 재난 상황은 새로운 교육의 기회가 될 수 있을까? ·251

장정옥 코로나 시대의 사랑 ·255

장창수 학교는 안녕한가 ·265

정아경 우리는 너울 사이에 있다 ·269

최중녀 환난의 한가운데서 ·274

하승미 손 ·279

홍영숙 2020년 봄을 기다리며 ·284

그때에도
희망을
가졌네

대구의
봄을
기다리며

당신들이 이상화고,
유관순이고, 안중근입니다

권도훈

이상화 생가 카페 라일락뜨락1956 대표

대구에 코로나-19 환자가 발병한 지 50여 일이 지났다. 코로나-19가 시작하던 무렵부터 나에게 생긴 일을 간간히 기록했었다. 그 기록을 중심으로 구성했다.

• 2020년 2월 14일 금요일

봉준호 감독이 '기생충'으로 아카데미 작품상을 비롯해 4관왕의 성과를 올리며 국위선양을 할 때, 코로나-19가 중국으로부터 시작되어 공포를 몰고 왔다. 소독기를 사서 카페 이곳저곳을 소독하고, 수저는 삶고, 대청소를 하루에 한 번꼴로 한다.

• 2020년 2월 24일 월요일

대구에서 31번 환자가 발생한 후 카페에는 손님이 한 명도 오지 않는다. 손님이 없으니 그동안 그리려고 생각만 하고 있던 그림을 마무리했다. 며칠 동안 이상화나무(수수꽃다리)를 그렸다. 활짝 핀 200살 라일락(수수꽃다리)꽃 아래 이상화 시인이 마스크를 쓰고 있다. 일제강점기, 서슬 퍼런 일제에 시(詩-빼앗긴 들에도 봄은 오는가)로 저항한 민족시인 이상화. 그의 생가 터 뜨락에 피어난 200살 고목의 라일락꽃, 봄을 빼앗겨 코로나 강점기를 맞은 지금, 이상화 시인을 불러본다. 그리고 오늘부터 카페 문을 닫는다.

• 2020년 2월 29일 토요일

카페 문을 닫은 지 6일째이다.

4년 동안 빈집을 수리해서 카페와 문화공간으로 운영한 지 2년, 제대로 쉬지도 못하고 영업을 해왔다. 장사가 처음이라 이것저것 배우고 익히느라 숨 가쁘게 지내왔다. 그런데 코로나가 강제로 휴가를 줬다. 카페 문은 닫았지만 매일 같은 시간에 출근해서 그동안 못 봤던 책도 보고, 그림도 그리고, 조금 여유 있는 생활을 즐기고 있다. 장사를 못 하는 불안한 마음도 크지만, 강제 휴가가 주는 여유에 조금 취해 있다.

그런데 연일 이어지는 코로나 뉴스특보를 보니 내가 있는 이곳에서 불과 10분 거리에 있는 대구동산병원이 지역거점병원으로 지정이 되었다. 그러면서 전국에 있는 의사와 간호사 등 의료진들이 대구로 자원해서 왔다는 뉴스를 접했다. 그때 카페에 자주 오시던 손님으로부터 그곳의 소식을 접하게 되었다. 대구로 자원해서 오신 의료진들이 "동산병원 장례식장을 숙소로 사용하면서 환자들을 돌보고 있다."고 했다. 그 얘기를 들으니까 가슴이 먹먹했다. 동산병원 장례식장은 몇 년 전 막냇동생과 동업하던 선배를 먼저 떠나보낸 곳이라 더 마음이 아팠다. 코로나로 인해 아무 것도 못 하고 있는 이때, 누군가 그 무서운 병 앞으로 달려온 이가 있다는 생각이 들자 나도 그냥 있을 수만은 없었다. 또 동산병원 에 있는 지인으로부터 그곳에는 인스턴트커피는 많은데 제대로 된 커피를 마시기가 힘들다고 들었다. 그래서 커피 재료상에 가 서 더치커피 내리는 장비를 샀다. 의료진들이 잠시 쉬는 시간 마 실 수 있도록 더치커피를 준비했다.

• 2020년 3월 1일 일요일

삼일절 101주년이 되는 날이다.

일제강점기에 목숨을 걸고 저항한 순국선열들을 기린다.

코로나 강점기에 스스로 대구로 와 동산병원 장례식장을 숙소 로 쓰면서 고군분투하는 분들이 영웅이다. 또 보이지 않는 곳에 서 백신 개발을 하고 계신 분들이 이상화고, 유관순이고, 안중근 이다. 반드시 '빼앗긴 봄'을 되찾을 것이다. 의료진들에게 커피 와 함께 전할 응원 문구를 캘리그라피로 썼다.

• 2020년 3월 2일 월요일

첫 번째 희망 커피폭탄을 던졌다.

동산병원에 폭탄을 던졌다. 부르지도 않았는데 감히 남의 도시 에 함부로 와서 병원을 장악하고 있는 자들. 장례식장을 숙소인 양 쓰면서, 온 병원을 자기 집인 양 활보하면서 며칠째 진을 치고 있다. 이들에게 커피폭탄을 던졌다.

이틀 동안 준비한 양이 얼마 되지 않지만, 이걸로 끝이라면 오산이다. 당신들이 대구를 떠날 때까지 나와 또 누군가는 계속 폭탄을 만들 테니. 대구의 뜨거운 맛을 봐라~

· 2020년 3월 4일 수요일

두 번째 희망 커피폭탄을 투척했다.

평소 주차된 차들로 꽉 찼던 공간이 텅 비었으며, 건너편 서문시장에도 사람이 없다.

· 2020년 3월 5일 목요일

며칠 전 이종일 작곡가가 카페에 와서 이상화나무 아래서 노래를 부르고 유튜브에 본인 노래를 올렸다. 그리고 다음 날 권기철 화백과 전영하 형님이 각각 찾아왔다. 전영하 형님은 경상북도와 대구시청에서 근무한 경험이 있는 공무원이다. 아이디어가 많아 멘토로 모시는 고향 형님이고 권기철 화백은 고등학교 미술부 선배이다.

영하 형님이 지금 이런 어려운 시기에 있는 대구·경북도민들에게 위로하는 무관객 공연을 열어 보라고 제안했다. 나도 같은 생각을 하고 있었기에 뒤에 온 권 화백에게 제안했더니 흔쾌히 수락을 했다. 그래서 코로나19로 힘들어 하는 국민들에게, 특히 대구경북도민들에게 예술인들의 재능기부로 참여하는 콘서트를 기획했다.

• 2020년 3월 5일 목요일

며칠 전 이종일 작곡가가 카페에 와서 이상화나무 아래서 노래를 부르고 유튜브에 본인 노래를 올렸다. 그리고 다음 날 권기철 화백이 찾아왔다. 권기철 화백은 고등학교 미술부 선배이다. 권화백에게 지금 이런 어려운 시기에 있는 대구·경북 시, 도민들에게 예술인들이 위로하는 무관객 공연을 열자고 제안했다. 흔쾌히 수락했다. 그래서 코로나-19로 힘들어하는 국민들, 특히 대구·경북 시, 도민들을 위로하기 위해 예술인들의 재능기부로 콘서트를 기획했다.

• 2020년 3월 6일 금요일

동산병원에 3차 폭탄을 던졌다. 언제 끝날지 모르는 두려움, '언제라도 내가 환자가 될 수 있다.' 란 걸 알면서도 그 속에 그들이 있다. 이 커피폭탄으로 잠시라도 그들이 행복했던 기억을 떠올려 주면 좋겠다.

3차 투척부터 동지가 생겼다. 예섬요가 이예섬 원장님, 00고등학교 손종남 선생님, 광복회 대구지부 노수문 지부장님, 티브로드방송 우성문 국장님, 대구한국일보 김윤곤 편집장님 그리고 동산병원 안에 침투해 있는 밀정(비공개)님들과 함께한다.

• 2020년 3월 7일 토요일

코로나 퇴치! 이상화 생가 라일락뜨락 무관객 콘서트 첫 번째 공연을 했다.

작곡가 이종일, 딸 이수아 양, 아들 이준우 군의 재능기부로 첫 번째 공연을 시작했다. 약 30분간의 공연이 페이스북 라이브로 방송되었고, 유튜브로도 중계되었다.

• 2020년 3월 8일 일요일

동산병원에서 활동하시는 밀정(?)으로부터 사진이 왔다.

의료진에게 쓴 캘리그라피 응원 문구를 동산병원장님께서 액자로 만들어 상황실에 걸어두었다. 또 그 앞에서 폭탄커피(더치커피)를 양손에 들고 있는 인증샷까지 보내왔다. 의료진으로부터 내가 응원을 받은 기분이다.

• 2020년 3월 9일 월요일

기다림, 4차 폭탄 투척을 위해 동산병원 앞에서 밀정(?)을 기다린다. 옆에 누군가를 기다리는 할머니가 있다. 그 할머니가 기다리는 동안 옆에서 기다려주는 경찰관이 있다. 코로나 때문에 사경을 헤매는 환자 곁에 의료진이 있다. 그들이 임무를 마치고 돌아갈 때까지 우리는 기다린다. 함께.

카피라이터 정철 님은 그의 책 『사람사전』에서 기다림을 "인생의 절반, 그러나 기다림의 절반은 만남으로 이어지지 않는다."라고 했다.

오늘은 참 좋은 날이다. 기다리던 할머니는 아들과 만났다. 나도 밀정과 만났다. 인생의 절반은 만남이다. 곧 다 만날 수 있는 날을 기다린다.

4차 폭탄커피는 예섬요가 이예섬 원장님, 00고등학교 손종남 선생님, 광복회 대구지부 노수문 지부장님, 티브로드방송 우성문 국장님, 대구한국일보 김윤곤 편집장님, 애드원 천혁정 대표님 그리고 동산병원 안에 침투해 있는 밀정(비공개)님들과 함께했다.

• 3월 11일 수요일

동산병원에 5차 폭탄을 투척했다.

오늘은 이인성기념사업회 이사장님이신 이채원 선생님과 함께했다. 응원차 라일락뜨락에 오셨다가 동행했다.

정현종 시인의 시 '방문객' 이 생각난다.

"사람이 온다는 건 실은 어마어마한 일이다."

이채원 선생님은 이인성 화백의 아들이다.

최근 거주지를 대구 중구의 라일락뜨락 인근의 수창초등학교 후문으로 옮겼다고 한다. 아버지 이인성 화백의 길을 걷고 싶다고.

오늘 5차 커피폭탄은 이채원 선생님과 같이했지만 이인성 화백님과도 같이했다. 동산병원에 계시는 밀정(?)님은 마스크를 쓰고 있어도 웃는 모습이 보인다.^^

폭탄커피는 예섬요가 이예섬 원장님, 00고등학교 손종남 선생님, 광복회 대구지부 노수문 지부장님, 티브로드방송 우성문 국장님, 대구한국일보 김윤곤 편집장님, 애드원 천혁정 대표님 그리고 동산병원 안에 침투해 있는 밀정(비공개)님들과 함께한다.

- 3월 12일 목요일

코로나 강점기!

경제 활력 보강을 위한 이상화 생가 라일락뜨락 콘서트를 개최(온라인콘서트)했다. 주제는 '빼앗긴 대구·경북의 봄을 찾아서' 다.

두 번째 콘서트, 권기철 화백의 캘리그라피 퍼포먼스와 이유선 시인의 시 몸짓과 낭송의 컬래버레이션이 있었다. TBC '문화로 채움' 팀이 와서 방송촬영을 같이 했다.

- 3월 13일 금요일

동산병원에 다녀왔다.

6차 커피폭탄 투척!

이번에는 꿀도 같이 투척했다. TBC 배종열 작가의 부친(배가벌꿀 배기한 대표)께서 경주에서 양봉을 하시는데, 대구에서 고생하시는 의료진들께 직접 친 '꿀'을 전하고 싶다고 보내셨다. 오늘 커피폭탄과 함께 동산병원에서 애쓰시는 밀정(?)님께 잘 전달했다. 밀정께서 병원 및 의료진 숙소를 돌며 곳곳에 폭탄을 잘 설치하고 계신다.

폭탄커피는 예섬요가 이예섬 원장님, 손종남 선생님, 광복회대구지부 노수문 지부장님, 티브로드방송 우성문 국장님, 대구한국일보 김윤곤 편집장님, 애드원 천혁정 대표님, 최호선 선생님, 소·전님 그리고 동산병원 안에 침투해 있는 밀정(비공개)님 들과 함께 한다.

• 3월 16일 월요일

오늘은 대구가톨릭병원에 7차 커피폭탄을 투척하고 왔다. 밀정이 투척 좌표를 그곳으로 찍었기 때문이다. 라일락나무에 새순이 났지만 아직 봄이라 할 수 없는 날들이다. 일상을 잃어버린 사람들, 그들을 위해 콜드브루는 지금도 지구의 중력에 순응하며 한 방울씩 커피폭탄을 채우고 있다.

폭탄커피는 예섬요가 이예섬 원장님, 손종남 선생님, 광복회대구지부 노수문 지부장님, 티브로드방송 우성문 국장님, 대구한국일보 김윤곤 편집장님, 애드원 천혁정 대표님, 최호선 선생님, 소전님 그리고 동산병원 안에 침투해 있는 밀정(비공개)님 들과 함께 한다.

• 3월 19일 목요일

뺨을 좌우로 맞았다.

머리칼을 흩뜨려 놓고 옷자락을 흔들어댄다. 멍하니 일방적으로 당해도 기분이 좋다.

바람이 분다. 한때 술기운에 바람의 숨결이 좋아 입을 벌려 바람을 마시며 집으로 걸어간 적이 있다. 그 후 3일 동안 몸살을 앓았다.

동산병원에 8차 폭탄커피를 던졌다.

병원에 사람꽃이 피었다. 꽃 같은 이들이 간호를 한다. 흔들리지 않는 꽃, 그들을 하루빨리 집으로 보내주길 바란다.

같이 커피폭탄 만드는 예섬요가 원장님과 코로나 학번으로 학교에 한 번도 못 가본 대학생 아들과 서문시장에서 늦은 점심을 먹었다. 아직 대부분 문을 닫은 상태이지만, 머지않아 활기찬 모습을 회복할 기운이 감돈다. 바람은 시장으로도 따라와 고개를 숙이게 한다. 고개 숙이며 바란다. 코로나, 바람과 함께 사라지기 바람.

폭탄커피는 예섬요가 이예섬 원장님, 손종남 선생님, 광복회대구지부 노수문 지부장님, 티브로드방송 우성문 국장님, 대구한국일보 김윤곤 편집장님, 애드원 천혁정 대표님, 최호선 선생님, 소 전님 그리고 동산병원 안에 침투해 있는 밀정(비공개)님 들과 함께 한다.

- 3월 22일 일요일

라일락뜨락 세 번째 콘서트!

극단예전 대표 이미정 배우와 장구재비 이호근 매구 대표의 공연이 있었다. 코로나-19 퇴치를 위한 소 굿(So Good)을 한판 펼쳤다. 마치 진짜 무당이 하는 굿처럼 보였으나, 연극 중의 한 토막을 옴니버스 형식으로 재구성한 작품이다. 코로나를 안드로메다로 보내기 위한 예술인들의 혼이 담긴 몸짓에 라일락뜨락이 열기로 후끈거렸다.

- 3월 23일 월요일

동산병원에 9차 커피폭탄을 던졌다.

이곳에 올 때마다, 장례식장을 볼 때마다, 이곳에서 먼저 떠난 동생과 선배가 떠오른다. 오늘은 막냇동생 3주년 기일이다. 살아 있음에 감사한 봄을 맞이한다.

코로나로 사경을 헤매는 환자들, 모두 무사히 집으로 돌아가길 빌었다. 환자들과 간호하는 의료진들 모두 무사히 집으로 돌아가시길 기도한다.

폭탄커피는 예섬요가 이예섬 원장님, 손종남 선생님, 광복회대구지부 노수문 지부장님, 티브로드방송 우성문 국장님, 대구한국일보 김윤곤 편집장님, 애드원 천혁정 대표님, 최호선 선생님, 소전님 그리고 동산병원 안에 침투해 있는 밀정(비공개)님 들과 함께 한다.

• 3월 28일 토요일

라일락뜨락 네 번째 콘서트!

오영희 시인의 시낭송과 현동헌 테너의 성악으로 전하는 무관객 콘서트를 열었다. 이상화 생가에서 이상화 시인에게 쓴 오영희 시인의 편지 낭송을 시작으로 현동헌 테너가 부르는 힘차고도 감미로운 목소리가 봄밤 뜨락에 울려 퍼졌다.

• 3월 30일 월요일

동산병원에 다녀왔다.

오늘 마지막으로 10번째 사랑의 커피폭탄을 투척했다. 지난 2월 29일부터 한 방울씩 콜드브루를 모아 폭탄처럼 생긴 용기에 담아 동산병원 의료진들께 전달했다. 4초에 한 방울 0.2ml의 커피가 중력에 의해 모아진다. 1회에 100개씩 총 1000개의 폭탄커피가 총 1,200,000초 동안, 시간으로는 333,3시간, 날짜로는 27일 동안 의료진들의 땀방울처럼 모여 그들에게 전했다.

지난달 모두 처음 접한 상황이라 어쩔 줄 모르고 당황하던 그때, 전국 각지에서 의료진들이 대구로 왔다. 그 무서운 코로나 바이러스에 목숨을 잃거나 가족들과 격리된 그곳, 동산병원으로 모여들었다. 개인병원 문을 닫고 온 의사, 근무 중인 병원에 휴가를 내고 온 간호사, 낮엔 일하고 저녁에 자원봉사하러 온 변호사와 작곡가도 있었다. 누가 부르지도 않았는데 여기가 어디라고. 숙소가 없어서 동산병원 장례식장을 숙소로 쓴다는 얘기를 듣고 먹먹해서 한동안 하늘만 쳐다봤다.

내가 할 수 있는 일이 커피 내리는 일뿐이라 2~3일 동안 내린 커피를 병원에 계시는 밀정(카페 손님으로 알게 된 병원관계자)께 드리면 그분이 직접 의료진들의 주머니에 커피를 넣어드렸다. 또 의료진들께 감사한 마음을 담아 캘리그라피로 글을 써서 숙소에 붙여달라고 했다. 며칠 뒤 동산병원장님께서 액자에 담아 상황실에 걸어두셨고 인증샷까지 보내주셨다. 나의 응원에 의료진을 대표해 응답해 주신 것이다. 나 또한 코로나로 우울한 마음에 응원을 받았다.

의료진들의 고충을 알리고자 SNS에 올리자 3회차부터는 동참하겠다고 후원하시는 분들도 생겼다. 그분들의 후원으로 오늘까지 폭탄커피 전달을 했다. 지난 2월 24일부터 카페 문을 닫았고 35일 만에 다시 카페 문을 열고 조심스럽게 일상으로 돌아가고자 한다.

　겨울의 끝자락에 앙상했던 이상화나무에 꽃이 피었다. 일제강점기에 목숨 걸고 저항했던 이상화 시인, 그의 생가 뜨락에서 코로나 강점기에 빼앗긴 봄을 되찾고, 힘들어 하는 국민들께 대구·경북의 예술인들이 그들의 예술로 응원하는 라일락콘서트를 1주일에 한 번씩 열고 있다.

　아무쪼록 코로나블루는 콜드블루로 없애고 다시 봄을 찾아 일상으로 돌아가길 희망한다. 그동안 후원해 주신 여러분들께 감사드린다. 특히 같이 해준 예섬요가 이예섬 원장님과 밀정께 감사드린다.

　• 4월 3일 화요일
　코로나 퇴치!
　라일락뜨락 콘서트!
　다섯 번째 순서로 내방가사문학회장 권숙희 시인과 대구여성박약회 내방가사반 총무 장향규 선생님의 순서다.
　'내방가사와 화전놀이로 코로나 우울증을 달래자!' 라는 주제로 준비했다. 산에서 직접 진달래를 따와서 화전을 구웠다. 또 현 상황을 내방가사의 운율로 준비한 글을 전통방식으로 읽었다. 옛 여인들의 삶과 애환을 담은 내방가사를 소개하고 라일락나무 아래서 화전을 구워 코로나블루를 이겨내기를 바라는 마음을 전한다.

• 4월 8일 수요일

코로나 극복과 경제 활력 보강을 위한 이상화 생가 라일락뜨락 콘서트!

여섯 번째 순서로 작곡가이자 가수, 연출가로 유명한 시노래풍경 진우 님과 시인이자 시낭송가인 이경숙 시낭송아카데미 대표의 노래와 시낭송이다.

라일락 향기가 짙게 내려앉은 뜨락에 진우 님의 부드러운 기타 선율과 매력적인 노랫소리 다음에 이상화 시인의 '지반정경'을 낭송하는 이경숙 시인의 공연이 실시간 온라인으로 방송되었다.

• 4월 12일 일요일

코로나 극복! 경제 활력 보강을 위한 이상화생가 라일락뜨락 콘서트 개최(온라인콘서트)

일곱 번째 순서로 팬플룻 연주자 손방원님이다.

안따라(Antara)와 께냐(Quena)라는 페루의 전통악기를 연주하였다. 안따라는 안데스산맥을 스치고 지나가는 바람 소리를 내는 악기인데, 공연 중 바람이 많이 불었다. 화면의 상태가 많이 안 좋다. 중간 중간 음이 끊어지기도 한다. 마치 안데스산맥의 바람이 이곳으로 불어온 것 같다.

음악으로 치유하는 하루가 되길 바란다.

그동안 재능기부해주신 예술가들께 감사드린다.

이 시간이,
제발 꿈이기를

김민정

대구출판산업지원센터 디지털경제 북카페 대표

"사장님 저 알바 당분간 못 할 것 같아요"

아르바이트하는 학생에게서 전화가 왔다. 불길함을 알리는 시작이었을까.

이날은 2020년 2월 20일, 대구시 코로나 확진자는 23명으로 시민들의 불안함이 본격적으로 시작되는 시점이었던 듯하다.

대구시 장기동 출판산업지원센터 내에 있는 북카페를 운영하던 나는 가뜩이나 줄어든 손님에 예민해져 있는데 알바생마저 애를 먹이네, 싶었다.

하루만 더 지켜볼까. 이번 주만 버텨볼까. 그러기에는 매출이 반토막이라서 고민스러웠다.

알바를 쓰기엔 무리였다. 코로나로 사람들이 동요하기 시작하고 외출을 꺼리는 통에 모임도 작은 만남도 줄어든 지 일주일이 넘은 듯했다. 매출은 이미 절반 수준도 되지 않아서 오전 내내 허

탕치는 날도 절반가량 됐다.

그래도 20개월밖에 되지 않은 아이를 맡길 수가 없어서 어린이집 가는 시간 말고는 어쩔 수 없이 알바를 써야하는 상황이었다. 이런저런 생각으로 하루를 보냈는데 다음 날 알바 학생 한 명이 또 전화가 왔다.

"사장님 지하철을 타고 출퇴근을 해야 해서 부모님이 위험하다고 나가지 마라고 해요…."

진퇴양난이었다. 게다가 이틀 후에는 어린이집도 무기한 휴원한다는 연락이 왔다.

대구의 시간이 멈춘 것 같았다.

일주일이 지나자 확진자는 300명대…. 2월 말에는 500명대, 700명대….

무더기로 쏟아지는 확진자 수에 나부터도 외출이 무서워지고 애도 어른도 집안에서만 꼭꼭…. 마트라도 나갈 때는 남편 혼자 마스크를 두 개씩 씌워서 필요한 것 빨리 사서 바로 들어오라고 했다.

2월말 아파트 거실 밖으로 보이는 대구 거리 풍경은 사람이 끊겨 대낮도 새벽같이 조용하고 무거웠다. 간혹 지나다니는 사람이 보이면 너무 낯설었고, 외출하면 안 되는데 싶어 모르는 그 사람이 걱정되기까지 했다.

내가 이런데, 우리 집이 이런데, 북카페 문을 여는 건 너무 무섭고 불안했다. 혹시나 신천지가 오면, 확진자가 왔다 가면 건물 전체가 폐쇄될 판이었다.

북카페에 외부인이 가장 많이 드나드니 북카페가 출판산업지원센터 건물에 피해를 입히면 안 된다는 생각이 강했다. 반면 알바비도 줘야하고…. 임대료, 세금 등 이것저것 생각하니 문을 닫기도 고민스러웠다.

자영업, 특히 요식업은 특성상 재료를 받아서 일주일 정도 안에 소진해야 할 것들이 많았다. 마침 전날 물건도 잔뜩 들어와서 가게엔 물건이 가득 차 있는 상태였다. 문을 닫으면 다 재고로 떠안을 수밖에 없다. 돈으로 치면… 하, 생각만 해도 속상했다. 다 돈인데 버려야 했다.

이것저것 따질 때가 아니었다.

공공기관에 있는 카페라서 조금이라도 위험하다 싶으면 무엇보다도 가장 먼저 문을 닫고, 안전해질 때까지 기다렸다가 가장 늦게 문을 열어 사회적 거리두기에 동참해야 한다고 생각했다.

최소 학생들 개학 전까지는 코로나 확산을 막기 위해 내가 할 수 있는 다른 일은 없었다. 큰돈을 기부할 처지도 되지 않고 의료 기술도 없으니 병원 봉사도 불가능하다. 또 도시락을 기부하는 분들처럼 요리 솜씨조차 없으니, 오직 내가 할 수 있는 일은 카페 운영을 중단하고 집에서 자가격리하는 것뿐이라는 생각이 들었다.

매출이 없으니 운영이나 생활이 어려운 건 누구나 마찬가지다. 더 어려운 분들도 많은 것은 굳이 말하지 않아도 뻔한 사실이다.

2월 말이 되니 여기저기 결제해 달라는 연락이 오고, 알바비도 줘야 했다. 돈을 벌어야 줄 텐데 매출 자체가 없었으니, 모든 게 힘들었다. 나만 어려운 게 아니라 그들도 나처럼 어려운 처지라는 것을 아는지라 어떻게든 지불을 해야 했다. 그렇게 모자란 돈은 우선 이래저래 융통해 해결했다.

산뜻한 봄 분위기를 내기 위해 받아놓은 여러 소품들, 봄이 새겨진 용품들, 유통기한이 지나 버려야 할 재료들, 과자와 빵 등…. 누구에겐 별거 아니라고 여겨질지 모르겠지만 내게는 작은 컵 하나, 과자 하나도 소중하지 않은 것이 없다. 다 재고로 쌓이고 폐기해야 할 것들이다.

2월 20일부터 카페 문을 닫고 영업을 중단했는데, 벌써 40일이 지나 4월이 왔다.

내일은 괜찮을까, 내일은 문을 열 수 있을까, 매일 아침 열 시에 하는 브리핑을 TV로 보며 사업장으로 복귀할 날을 기다렸다. 다음 주부터는 정상 오픈? 역시 내일도 안 되겠구나. 일주일 더, 일주일 더 하면서 기다린 것이 지금까지 왔다.

그동안 대구는 타 지역에서 방문조차도 꺼리고, 대구서 다른 지역을 가는 것도 꺼리는 자체적 격리 상태였다.

학생들 개학은 또 연기되고 수능연기 발표까지 났다. 온 나라가 이런데, 나 혼자만의 사정을 생각할 수 없었다. 그렇다, 내 힘으로 할 수 없는 일이라면 나라에서 하라는 대로 철저히 사회적 거리두기를 하기로 했다.

그렇게, 내게는 세상 무엇보다 소중한 사업장인 북카페 문을 닫고 철저히 사회적 거리두기에 동참했다.

하지만 나는 살아야 한다. 언젠가는 이 지긋지긋한 코로나도 끝날 것이다. 영업을 하지 못한 긴 시간의 공백, 수입 없는 상황이 앞으로 언제까지 계속될지 솔직히 모른다는 두려움을 가지고 있다. 어쩌겠는가, 상황이 이렇다 보니 특별재난지역 지원금 조건을 알아보고, 준비하고 있다.

평범한 일상의 소중함이란 이런 것일까. 하루하루 열심히 살고 그 대가로 생활을 하던 시간들이 얼마나 소중한 것인가를 다시 한번 느끼는 요즘이다.

오늘 낮에는 마스크를 두 개 겹쳐 끼고 북카페 화분들이 다 말라죽을까 봐 물을 주러 들렀다. 건물 입구에서 열을 측정하고 이상이 없어야만 출입이 허용되었다. 내가 매일 출근하던 곳이지만 출입했다는 내 인적사항을 적고, 손을 소독해야만 들어갈 수 있었다.

어느새 철저히 보안 소독으로 무장된 그곳은 손님들이 편하게 드나들며 책을 읽고 차를 마시며 휴식을 취하던 예전의 그곳이 아니었다.

2층으로 올라가 북카페 문을 여니, 그렇게 밝고 따스하던 곳이 어둡고 휑한 곳으로 변해 있었다. 들어서는 순간 손님들이 책을 보거나 담소를 나누던 모습이 떠올라 맘이 울컥하면서 무거워졌다. 모든 걸 잃은 기분이었다.

문득 바로 앞에 있는 웃는얼굴아트센터에서 수영을 마치고 채 마르지도 않은 머리로 와서 매일 커피 한 잔 맛있게 드시던 또래의 그분, 문 열기를 기다렸다는 듯이 오셔서 차 한 잔을 시키고는 조용히 책을 읽던 분, 모두가 그렇게 그리웠다.

오늘 오전의 발표로 본 대구 확진자 수는 60명이다. 누적 확진자 수는 6천 명을 훌쩍 넘었다. 그래서 느끼는 체감은 지나가는 사람 열에 한두 명은 확진자가 아닐까 하는 의심이 생기기도 한다.

어제 14명이라서 이제 4월부터는 한 자리 수로 바뀌지 않을까, 정상영업으로 돌아가도 괜찮지 않을까 가졌던 희망이 또 무너진다. 언제쯤 한 자릿수로, 아니 확진자 0으로 될까. 다시 코로나 이전으로 돌아가려면 얼마나 많은 시간이 걸릴까. 참으로 길고 지루한 시간의 연속이다.

그래도 어쩌겠는가, 나만 당하는 일이 아니니 괜찮다, 괜찮다, 스스로를 다독인다. 많은 사람들이 대구를 위해 목숨을 걸고 일하지 않는가. 그들의 힘듦에 비하면 그나마 편히 지내지 않는가. 또 타의에 의해 격리되지 않았고, 감염되어 입원하지 않았으니 이 얼마나 고마운가.

나도, 대구시민도, 아니 우리 국민 누구도 무너지면 안 된다. 괜찮다, 괜찮다, 곧 괜찮아질 것이다. 이렇게 다들 서로를 다독여야 한다. 우리에겐 곧 다시 돌아올 일상이라는 희망이 있기 때문이다.

이게 꿈이라면 좋겠다. 진짜 꿈은 아닐까? 영화 '감기'를 보고 느꼈던 공포심에 내가 지금 악몽을 꾸는 건 아닐까. 제발 꿈이라면 빨리 깨어나면 좋겠다.

평범한 삶이
행복한 삶이다

김보연
엘림음악교습소(수성구 상동) 원장

우리 학원은 수성구의 주택가에 자리잡고 있다. 대부분의 원생이 유치원생이거나 초등학생들이다. 그러다 보니 이번 코로나 발병으로 가장 먼저 영향을 받은 곳 중의 하나일 것이다.

아무래도 어린 아이들이 많으니 코로나가 돌기 시작함과 동시에 부모님들이 휴원을 원하시는 분들이 많았다. 우리 집에도 초등학생 아이가 있어, 내가 부모의 입장으로서도 그들의 걱정을 당연하다고 여겼다. 그래서 학부모님께 이런 내 마음을 전하고, 휴원을 원하는 여부를 일일이 문자로 물었다. 결과는 거의 대부분이 아이를 보내는 것이 두렵다는 대답이었다.

그래서 2월 19일부터 우선 2월 말까지 교습을 하지 않으니 아이를 보내지 말라는 문자를 보내고 학원 문을 닫았다. 3월이면 모든 게 해결될 줄 알았다.

늘 하던 일상이 바뀌니 많은 변화가 생겼다. 처음 하루 이틀은 공휴일처럼 여겨졌다. 어차피 이렇게 된 것, 그동안 미루어두었던 옷장 정리와 집안 살림도 정리하면서 보내자 생각하니 별로 지루하지 않게 보낼 수 있었다. 그런데 날짜가 지날수록 서서히 답답해지기 시작했다.

매일매일 증가하는 엄청난 코로나 확진자 수에 겁이 났다. 학원을 열어 먹고 사는 게 문제가 아니라 내가, 우리 가족이 감염될까 봐 우선 두려웠다. 그리고 학원에 오던 아이들 가족들에게도 혹시 감염자가 생기지 않았을까, 생각만 해도 끔찍했다. 아무 일도 손에 잡히지 않았고, 오직 뉴스만 보며 시간을 보냈다. 외출은 꿈도 꿀 수 없었다. 아이들에게도 외출을 하지 못하게 하고, 집 앞 마트에 가는 것마저 두려웠다. 혹시 확진자가 다녀간 곳은 아닐까 하는 생각이 떠나지 않았다.

3월이 되면 모든 게 끝날 것 같던 기대는 무너지고, 더 절망으로 빠지는 소식만 들렸다. 모든 학교의 개학을 연장한다는 것이었다. 그러자 더 이상 아무 계획도 할 수 없었다. 그래도 월말에는 각종 세금이나 학원 임대료가 어김없이 빠져나갔다. 그때부터 3월이 걱정되기 시작됐다. 만약에 3월에는 교습료가 한 푼도 생기지 않는다 생각하니, 새로운 걱정이 하나 더 추가되었다.

더 이상 내 힘으로는 아무것도 할 수 없다는 생각이 들자 생활 자체가 무기력해졌다. 뉴스에서는 종교 단체나 병원에서 무더기로 발병되었다는 소식이 연이어 들렸다. 마스크 대란이 일어나 줄을 수백 미터나 선 광경이나, 대출을 받기 위해 은행 앞에 길게 선 줄을 볼 때마다 이게 보통 일이 아니구나 생각되었다. 나 혼자만의 일이 아니라 온 나라가 이렇게 되었다는 것은 더 깊은 수렁에 빠져 헤어날 수 없을 수도 있다는 생각이 더 큰 두려움을 만들었다.

코로나 확진자 소식에 연이어 소상공인이나 국민들의 생활안정자금을 정부에서 지원한다는 뉴스도 빠짐없이 나왔다. 어느 지역에서는 얼마를 주고, 어느 지역에서는 어떻게 소상공인을 위한 지원을 한다는 소식이 있었지만, 내가 정보에 어두워서인지 대구에서 결정되었다는 소식은 들을 수 없었다.

그때 깨달았다. 결코 나 혼자만 이런 어렵고 힘든 상황을 겪는 것이 아니구나, 이렇게 걱정만 하면서 무기력하게만 있을 것이 아니라 어떻게든지 살아남아야 한다는 생각이 번쩍 들었다. 수입이 없는 상태에서 당장 들어가는 생활비와 각종 세금을 해결하는 게 우선이었다. 그래서 언제까지 이 어두운 시기가 계속될지 몰라 소상공인 대출을 알아보는 등 마음의 준비를 단단히 했다.

이렇게 마음을 먹으니 새로운 힘이 생겼다. 학원에 나오던 아이들도 보고 싶었다. 그래서 일일이 잘 지내느냐, 너희들이 보고 싶다며 문자를 보냈다. 그리고는 잠시 시간을 내어 마스크를 끼고 집 근처 천변을 걷거나 사람들이 없는 공원 산책을 시작했다. 차도 사람도 한적한 거리는 차라리 차가 꽉 밀려 불평하던 시절을 그립게 했다. 그 일상으로 하루라도 빨리 되돌아가고 싶었다.

연이어 들려오는 개학 연기 소식과 거의 대부분 문을 닫은 가게를 볼 때마다 내가 학원을 닫은 것보다 더 마음이 아팠다. 저분들 중에는 분명히 나보다 더 어려운 사람이 있을 것이라는 생각이 들었다.

시간이 갈수록 아이들이 더 보고 싶고 막 환청이 들리기도 했다. 그런 날은 피아노학원 문을 열고 들어가 아무도 들어올 수 없게 안에서 문을 잠그고 혼자 피아노를 마음껏 쳤다. 처음에는 아이들이 없는 학원에 발도 들여놓기 싫었는데, 막상 혼자라도 와서 피아노를 치니 막혔던 가슴이 조금은 풀어져 살 것 같았다.

두 달이 지난 지금은 다행히 확진자 숫자가 많이 줄어들었다고 한다. 매일매일 환자 발병 숫자에 내 마음도 덩달아 기쁘고 두렵게 하던 것이 좀 안정되었다. 그러자 머지않아 예전의 일상으로 돌아갈 수 있다는 희망도 서서히 생긴다.

어서 빨리 개구쟁이 아이들과 만나 즐겁게 떠들며 지내고 싶다. 예전보다 더 나은 생활이 아니라 예전의 일상이라도 빨리 돌아가고 싶다. 아이들의 어설픈 피아노 소리가 동네에 퍼져나가는 날이 곧 오리라 믿는다.

하루빨리 모든 이들이
일상으로 돌아가기를

김창근

한일세탁소(남구 대명동) 대표

중국의 어느 시인이 말했다고 했던가, 춘래불사춘春來不似春이라고. 참으로 올해는 말 그대로 봄은 왔지만 봄답지 않다. 생각지도 못한 코로나라는 불청객이 들이닥치면서, 우리들 마음은 꽁꽁 얼어붙었고, 계절의 봄은 혼자서 왔다가 가는 듯하다.

우리나라에서 코로나 첫 번째 발생 환자는 1월 20일 중국 우한에서 입국한 35세 여자라고 한다. 1호 확진자인 셈이다. 이후 산발적으로 확진 환자가 발생하더니 대구 남구 대명동 신천지교회에서 31번 환자와 연결된 확진자가 기하급수적으로 늘어나더니, 불과 며칠 사이로 확진자가 수천 명이 발생하였다. 정말 순식간에 쓰나미가 밀려오듯 벌어진 상황에 도시의 모든 시민들은 극도의 공포에 사로잡혔다.

그야말로 보이지 않는 바이러스와의 전쟁 시작이었다. 하루에도 수십 번씩 들려오는 응급차 사이렌 소리에 조여 오는 긴장감과 공포를 어찌 말로 표현할 수 있으리!

이번 코로나 바이러스는 메르스나 사스보다 전파율이 천 배나 된다고 하고, 더구나 에어로졸 전파설까지. 무시무시한 이야기들이 난무했다. 신천지교회는 우리 세탁소에서 불과 1.5km 거리에 위치하고 있어 분명 우리 동네에도, 아니 우리 가게에도 다녀간 확진자가 있으리란 생각에 얼마나 마음을 졸였는지….

다행히 아직까진 우리 가게 손님 중에는 확진자가 없는가 보다. 생각이 거기까지 미치다 보니 이젠 업주인 나의 처신에 또 문제가 생겼다. 가게 문을 더 열었다가는 앞으로 어떤 일이 벌어질지…. 고심 끝에 일주일 정도 문을 닫기로 했다. 코로나 확산 예방 차원에서 잠시 문을 닫는다는 짤막한 안내문을 적어 유리문에 붙였다.

2월 21부터 한 달간 닫은 것 같다. 처음 일주일만, 일주일만 하던 것이 자꾸만 미뤄져서 그렇게 되어버렸다. 그렇지 않아도 적은 수입이 한 달째 전무하다 보니 점점 통장 잔고가 바닥을 보이면서 불안한 마음에 집에만 머물 수가 없었다. 또 확진자 수가 줄어드는 것 같아 며칠 전부터 짧은 시간이지만 문을 열기 시작했다.

하지만 문을 열면서도 늘 마음은 불안하기만 하다. 만약에 손님 중 누군가 확진자라도 나온다면, 역학 조사라도 하게 된다면, 그야말로 고통스러운 일이 아닐 수 없다. 보이지 않는 바이러스와 싸운다는 건 정말 괴로운 일이다. 더구나 이번 놈은 무증상 전파도 된다고 하니 도대체 어쩌란 말인가.

동네에서 작은 가게를 하고 있는 나도 이렇게 힘들고 어려운데,

지금도 병원에서 확진 환자를 돌보는 의사나 간호사 등 일선에서 잠을 줄여 가며, 위험을 감수하며 바이러스와 싸우고 있는 분들의 수고로움을 어찌 말로 다 할 수 있으랴! 정말 이 시대를 사는 영웅이라는 생각을 수도 없이 했다.

4월 6일, 오늘 자로 아직도 하루 100명 내외의 확진자가 생겨나고 있다고 한다. 미국은 확진자가 32만 명에 사망자가 9,000명, 이탈리아도 확진자가 12만 명에 사망자가 15,000명, 프랑스, 영국 등 유럽의 여러 나라들이 아비규환이다. 도대체 이 전쟁이 언제쯤 끝날 수 있는지 지금의 현실로는 어두운 터널을 끝없이 걷고 있는 기분이다. 다행히 우리나라에서는 이탈리아나 미국처럼 많은 사망자가 나오지 않음에 조금은 숨을 쉬고 있는 느낌이다. 사람의 목숨이 어찌 소중하지 않으리. 숨겨간 사람들의 안타까운 소식을 들을 때마다 우울한 마음을 지울 수 없다.

내가 살고 있는 곳은 대구 남구 대명동의 언덕에 위치하고 있는 한 동짜리 작은 아파트이다. 다행히 앞뒤로 트여 있어서 조망은 좋은 편이다. 가게 문을 닫기로 하고 한 며칠은 쉬는 느낌으로 견딜 만 했는데 일주일 정도 지나고 나니 온몸이 아프지 않은 곳이 없는 것 같았다. 한 달 동안 정말 많은 것들을 생각하고 느꼈다.

아무리 작은 일이라도 할 일이 있음에 감사해야 된다는 생각이 들었다. 돈도 돈이지만 일하던 사람이 일하지 않고 놀아보니 일하는 것보다 몇 배는 더 힘이 들었다. 휴가와는 완전히 다른 일이었다. 스스로가 아닌 타의에 의해 일을 할 수 없다는 것은 정말 힘이 들었다. 그나마 어떻게 살아야 잘 사는 것인지에 대한 문제를 다시 한번 깊이 생각해 보는 계기가 된 것이 다행이라면 다행이었다.

그리고 내가 살아온 평범한 삶의 조각들이 모두 다 행복한 시간들이었다는 깨달음을 얻었다. 그랬다. 오직 앞만 보고 내달릴 것이 아니라 욕심을 내려놓아야 한다는 생각이 들었다. 나에게 주어진 남은 시간들을 정말 가치 있고 소중하게 소비해야겠다고 느꼈다.

TV에서는 이탈리아 교회 안에서 매장을 기다리는 수많은 주검을 보여준다. 저 허무하게 돌아가신 분들도 며칠 전까지는 영원히 살 것처럼 뛰었을 것이다. 여러 가지 감정이 겹쳐진다.

하루빨리 이 바이러스로 고통받고 있는 모든 이들이 본래의 일상으로 돌아가서 행복한 삶을 누리기를 간절히 염원해 본다. 그리고 지금 이 시간에도 소중한 생명을 구하기 위해 밤낮으로 수고하시는 의료진들과 도움을 주시는 모든 분들에게 감사드린다.

내일을 가려버린 바이러스_
일상으로의 극복

도은한

한아 IT 대표이사

언제부턴가 어느 지역에 출장을 가거나 택시를 타고 이동하면서 요즘 어떠냐고 물어보면, "요즘 경기가 너무 좋지 않은 것 같아요. 초저녁만 되어도 거리에 사람이 없어요, 없어."라는 말을 듣는다.

정말 점점 더 우리의 노력으로 아무것도 할 수 없는 사회가 되어가고 있는 것일까? 불경기라는 바이러스는 언제부턴가 사회를 감염시켰고, 오랜 시간이 지나면서 내성이 생긴 우리는 바라지 않았던 일상을 살고 있었는지도 모른다.

10년 넘게 회사를 운영하면서 예측하지 못한 변수는 늘 존재했다. 사업 수주를 확신하며 준비했던 것들이 실패하기도 하고, 대형 사업에 제품 공급을 하고도 대손이 발생하기도 하고, 잘못된 의사결정으로 인한 손실의 발생은 잠시 정신 줄을 놓게 하기도 했다.

2004년 독립한 이후 준비 없이 닥친 수많은 변수, 어쩌면 더 큰 위기를 극복할 수 있는 훈련을 시켜준 것이 아닐까? 그렇게 회사는 조금씩 조금씩 성장을 해 왔다.

2019년 12월 초, 아내와 함께 돼지 수육 재료로 삼겹살을 선택했다. 아이들은 할머니 집에 내려놓고, 청도 운문댐을 지나 산 중턱에 있는 처가로 향했다. 배추는 소금에 잘 절여져 있고, 김장 양념도 모두 준비가 되어 있었다. 비닐을 깔고 시골 마당에 앉아 배춧잎 사이사이에 양념을 바르는 일은 한참 동안 진행이 되었다. 채워지는 김치 통, 잘 삶겨진 돼지 수육, 힘은 들지만 다들 얼굴에는 미소가 끊이지 않는다.

2020년 1월 설 연휴, 아이들의 얼굴에는 마냥 즐거움만 가득하다. 가끔 뉴스에서 중국 우한에 알려지지 않은 바이러스의 전염이 심상치 않다고 한다. 극장도 가고, 외식도 하고, 게임도 하면서 아이들의 웃는 모습이 온 집안을 행복 바이러스로 가득 차게 한다. 연휴 마지막 날이 되자 모든 에너지를 소비한 아이들은 단잠에 빠진다. 그 모습이 마치 천사의 모습과 같다. 잠을 자기 전 아이들은 눈빛으로 이렇게 이야기를 한다.

"아빠! 올해 추석도 금방 오겠지?"

2월 18일 대구에서 코로나-19 첫 확진자가 발생했다. 31번째로 양성 판정을 받았다고 한다. 국내 첫 감염자가 발생한 이후에 혹시나 하는 마음에 간혹 마스크를 착용하곤 했다. 서로 얼굴을 마주하고 술잔을 기울일 땐 이런 이야기도 했었다.

"대구는 보수적인 동네라서 이런 시기에 참 다행인 것 같다. 그 어느 지역보다 안전하잖아."

알지 못하는 사람과는 이전과 같이 마음의 거리만 두고서 이렇게 자만하곤 했다.

'도대체 왜? 대구에서 이런 일이 생겨났을까?'

매일 아침 질병관리본부에서 현황을 설명해 준다. 전체 확진자 중 대부분이 대구에 거주하는 사람들이다. 주위의 모든 시선, 안타깝게도 대구는 이미 중국의 우한이 되어 버렸다. 다른 도시에 감염자가 생기면 대구를 방문한 아무개란 기사가 자주 눈에 띈다. 풍수지리학적으로 살기 좋은 도시 대구, 보이지 않는 바이러스를 막지 못한 회색 도시가 되었다.

앞으로 어떤 일이 생길지, 잠을 잘 수가 없었다. 70을 훌쩍 넘긴 부모님, 의료 업종의 일에 종사하는 아내, 아직 엄마의 손길이 필요한 세 명의 아들딸, 2004년 독립한 이후 매년 성장해 온 회사. 장남, 남편, 아버지, 대표로서 어떻게 대처해야 할지에 대한 걱정이 앞선다. 어쩌면 한동안 멈출지도 모르는 시간의 태엽을 계속해서 감아야 한다. 평정심을 잃은 마음에 내성이 생기길 바라면서 어제와 다른 오늘이 반복되고 있다.

아침에 눈을 뜨면 피곤하다. 저녁에 잠을 깊게 자지 못한다. 아내는 먼저 일어나 출근 준비를 한다. 간단히 아침을 먹고 20분 정도 운동을 한다. 잠자고 있는 세 아이를 두고 출근을 한다. 손 소독제를 챙기고, 장갑을 끼고 일회용 마스크를 쓴다. 퇴근 후 돌아오는 길에 마트에서 장을 본다. 대문을 열고 들어와서 그날 쓰레기를 분리수거한다. 사용한 일회용 장갑을 벗어 마스크와 함께 버린다. 욕실로 바로 가서 몸을 씻는다. 잘 말린 천 마스크로 다시 얼굴을 가린다. 그렇게 반복되는 상황을 당연하게 받아들이고 있다.

백신, 치료제 등을 통해 지금 상황이 안정화된다면 사회는 어떻게 변할까? 여유없이 일했던 시절에는 주변을 전혀 볼 수가 없었다. 한국 나이로 마지막 40대를 지나가고 있는 나, 군 제대 후 IMF, 사업 초기에 금융위기도 경험했다. 취업이 힘들어졌고, 매출 이익은 감소했다. 계획하고 대처한 것은 아니지만 그냥 묵묵히 가야 할 길을 걸어갔고, 어느 순간 미래는 현재가 되어 있었다.
지금까지 한 번도 경험하지 못한 현실 속, 각자의 이정표에서 조금은 벗어나 불안하게 걸어가고 있다. 인간이란 어떤 환경에서도 변화에 빨리 적응한다고 생각했다. 하지만 보이지 않는 바이러스가 얼굴도, 내일도 가려 버렸다. 결과를 알 수 없는 반복된 상황이 일상이 된다면, 다시 어제로 돌아갈 수 있을까? 아니, 어제의 바이러스로 인해 내성이 생긴 오늘 하루가 내일의 일상이 될 것이다.

인플루엔자의 사례에서 볼 수 있듯이 바이러스는 쉽게 정복할 수 없다. 공동체에 닥친 위기에서 진정한 방역은 서로를 존중하고 배려하는 마음이다. 무방비 상태로 대구, 아니 대한민국을 덮

쳐버린 코로나-19, 모두의 노력으로 빠르게 회복되어 가고 있다. 끊임없이 변이하는 바이러스처럼 정답이 없는 미래, 회사에서든 가정에서든 상황에 맞는 적절한 의사결정이 필요하다. 다음 미래에 새로운 바이러스가 세상의 시간을 다시 멈추게 하고, 우리의 얼굴을 가리게 할지도 모른다. 이미 코로나-19라는 백신을 접종한 우리의 일상이 그 위기를 극복하게 해 줄 것이다.

경험하지 못한 바이러스로부터 우리의 일상을 지켜주기 위해 일선에서 고생하시는 모든 이들에게 고개 숙여 감사드립니다.

강한 자가 살아남는 것이 아니라
살아남는 자가 강한 것이다

민영주

블루마린투어(동구 율하동) 대표

벚꽃이 지고, 그만큼 봄은 우리 곁에 한걸음 더 깊숙하게 다가왔다. 코로나-19가 만들어 놓은 것만 같았던 회갈색의 산과 들. 어느새 꽃은 피었다 지고, 하얀 솜털 같은 옷을 입은 잎들이 세상을 생명으로 꿈틀거리게 한다. 봄이다. 하지만 아직 내겐 멀게만 느껴지는 봄이다. 그래도 희망을 꿈꿔본다.

절망은 남의 이야기였고, 그러길 바랐지만 어느새 그것은 나의 이야기가 되고 말았다. 코로나가 중국 우한 지역에서 처음 발병해 확산하고 있다는 뉴스를 접했을 때 그것은 남의 나라 이야기였고, 크게 관심 가지 않는 소식이었다. 하지만 점점 그 위력은 더해져 맹위를 떨치는 1월, 조금씩 걱정되기 시작했다.

나는 동구에서 작은 간판 여행사(대리점)를 운영하고 있다. 아직 코로나의 위험이 가시지 않고 사회적 거리두기가 진행 중인 상황에서 이런 글을 쓴다는 것이 다소 어색하지만 일련의 경험들이 내 기억 속에서 떠나기 전에 정리해야 한다는 다그침에 그동안 나에게 있었던 적지 않은 변화들에 대해 이야기해 본다.

지난 연말 중국 우한 지역에서 바이러스가 발생했다는 것을 뉴스를 통해 접했다. 대유행이 될 수 있다는 말에 알아서 잘 대비하겠지라는 생각으로 대수롭지 않게 넘겼다. 해가 바뀌고 새해를 맞은 지 얼마 안 되어 첫 단체팀을 모시고 중국으로 들어가야 하는 상황에서 전염병에 대한 걱정을 전해 들었다.

그때까지만 해도 확산 지역은 우한으로 국한되어 있었고, 방문지는 거리상 멀리 떨어져 있어 크게 걱정하지 않아도 된다는 현지 통보에 혹시 모를 감염에 대비해 마스크와 손소독제를 준비하고 무사히 다녀왔다.

중국을 다녀온 직후 중국의 분위기는 완전히 바뀌었고, 지역 봉쇄라는 초유의 조치와 인근 지역 확산을 경계하는 목소리가 커지기 시작했다.

그 시기 중국 여행은 경보가 자제에서 제한으로 바뀌며 자동 취소되었고, 1월의 끝자락에 있는 설 명절을 기점으로 바이러스 확산에 대한 불안감으로 동남아 지역의 여행 취소에 대한 문의가 쇄도하기 시작했다.

설 명절이 끝난 뒤 2월에 접어들며 정신을 차릴 수 없을 정도로 취소 요청이 쇄도하기 시작했다. 솔직히 든 생각은 '아, 이제 망했구나', '이번 생은 망했어'라는 자조적인 말만 되뇌며 자포자기한 상태가 되었다. 하루 업무는 출근해서 여행 취소 문의에 응대하고, 예약된 여행을 취소하며 보냈다.

2월 초 베트남 단체 두 팀 중 한 팀이 취소되고, 남은 한 팀의 인솔을 진행하고 돌아온 뒤 개인적인 일로 필리핀 출장을 다녀왔다. 그때까지만 해도 코로나는 해외에서 전염되어 온다는 인식이 컸다. 때문에 돌아온 날부터 2주일간 자가격리를 위해 집 안에서만 머무르고 있었다. 그때 상황은 말로 표현할 수 없을 정도로 최악으로 치달았다.

그 유명한(?) 대구 31번 환자와 신천지.

대구지역에서 확진자가 폭발적으로 늘어나자 해외에서는 점차 대구 경북 거주자 및 방문자 입국금지에서 한국인 입국금지로 전환하는 국가들이 늘기 시작했다. 해외여행을 전문으로 하는 우리 여행사의 입장에서 보면 사형선고나 다름없었다. 오지 말라고 한다. 한국인은 어디에서도 오지 말라고 한다. 하루 이틀 금지하고 끝날 일이 아니란 생각이 번쩍 들었다.

2월에 출발하는 여행팀들에 국한될 사안이 아니었다. 중국에서의 폭증과 동남아로의 확산으로 2월 중순 이후 여행팀들의 취소가 시작됐다. 2월 말경부터 예사롭지 않은 코로나의 확산으로 3월 출발 여행팀들도 취소 쪽으로 가세하기 시작했다. 3월에 접어들어서는 4월과 5월, 6월까지 출발이 예약되어 있던 팀들마저 모두 취소되었다.

세계 어디에서도 한국인의 여행은 어려운 상황이 되고 말았다.

위험을 무릅쓰고 그나마 청정지역이라 불리던 남미와 동유럽 일부 지역으로 떠났던 여행객들은 항공이 취소되면서 고초를 겪는 상황이 벌어지기도 했다.

다른 업종들의 경우는 그나마 내수라도 살아나면 좋아지겠지만 여행업계에서는 코로나-19의 여파가 1년 이상 지속될 것이라는 조심스러운 예측이 나왔다. 국내 문제를 넘어 전 세계로 확산된 바이러스 공포는 국가 간 이동을 서로 통제하는 상황에 이르러 여행업계의 줄도산을 예고하고 있다. 국내 1~2위의 대형 여행사뿐만 아니라 대부분의 여행사들은 운영유지를 위한 최소 인원만 유지한 채 대부분의 직원들에 대해 유급휴가를 보내고 있다.

이러한 상황은 큰 여행사에게만 국한된 것이 아니다. 규모가 훨씬 작은 종업원 2~3명의 소규모 여행사들은 고사 위기에 놓여있다. 대부분의 직원은 정부에서 지원되는 유급휴가를 보내고, 전기세라도 아껴야 한다는 생각으로 사무실 문을 닫고 있는 상황이다. 언제 종식될지 모를 위기에 하나둘 건설노동자로, 선거운동원으로, 배송원으로 당장 할 수 있는 다른 일을 찾기 시작했다.

무너지는 지역 경제에서 제일 먼저 피해를 본 분야는 여행업일 것이다. 12월 프로모션 행사를 통해 2020년 6월까지 판매 예약한 여행상품은 1월 말부터 취소가 시작되었다. 2월 중순으로 접어들어 출발 날짜가 가까운 여행상품부터 자체적으로 혹은 정부의 여행경보 발령으로 취소되기 시작됐다. 취소 경향은 가까운 동남아부터 시작되었다. 2월 말로 가면서 유럽이나 미주, 호주 지역 같은 장거리 노선이 취소되기 시작했다.

그때까지도 어느 정도의 피해를 입었는지 모른 채 막연하게 앞일만 걱정했다. 본격적인 피해가 시작될 무렵 여행협회에서는 피해 규모를 파악하기 시작했고, 전년대비 매출 감소 규모를 확인하고서 정신을 차릴 수 없을 정도의 충격을 받았다. 더 문제는 일시적인 현상이 아니라 오랜 시간 지속될 것이라는 사실이었다.

전년대비 2월 매출이 50% 가까이 감소했고, 3월 이후 100%, 매출이 '0' 원이라는 결과로 인한 충격은 쉽게 가라앉지 않았다. 그냥 망연자실한 채 가만히 있을 수만은 없었다. 지루하고 답답했던 자체 격리 기간이 끝난 뒤 무엇이라도 해야 한다는 간절함이 생겼다. 당분간 여행업은 어려울 것이란 판단, 그렇다고 폐업할 수도 없는 불확실한 앞으로의 상황에서 버틸 수 있는 무엇인가가 필요했다.

쉽게 시작할 수 있는 일이 무엇일까? 대리운전을 생각했다. 하지만 모르는 사람을 대면하면서 걱정해야 할 코로나-19의 공포도 컸지만 감염병 때문에 술자리가 줄어들며 이용객도 줄어들어 제외했다. 고민하던 중 배송 아르바이트에 도전했다. 요즘 뜨고 있는 새벽배송이었다. 일하는 시간도 밤 시간이라 사람들과의 접촉도 최대한 줄일 수 있고, 낮에는 어떻게 될지 모를 여행 업무를 보는 것이 가능하다는 판단이었다.

2월 말부터 체력이 허락할 때마다 심야배송을 시작했다. 하지만 지역 경제가 무너지기 시작하면서 일자리를 잃거나 사업장 운영을 잠시 멈춘 사람들이 생계를 위해 배송시장으로 쏟아져 들어

오기 시작했다. 일하려는 사람들이 몰리다 보니 배송단가도 절반으로 줄어들고, 이마저도 배정받기 힘들어지기 시작했다.

장기전으로 준비해야 한다는 생각에 우선 임시로라도 일할 수 있는 일자리를 찾아야 했다. 가까운 지인을 통해 어떤 일이라도 할 수 있다고, 해야 한다고 다급함을 토로했다. 함께 고민해 주던 그는 며칠이 지나 "처음 해보는 힘든 일이지만 할 수 있겠냐?"고 물어왔고 나는 자신 있게 할 수 있다고 했다. 하지만 소개해 주려던 사업장도 코로나-19에는 별 수 없었는지 물량이 줄어들고 있어 상황을 좀 두고 지켜보자는 답변이 돌아왔다.

한동안 배송 아르바이트를 하며 지내던 중 서울에서 대학 입학과 취업 관련 컨설팅 사업을 하는 처남에게서 연락이 왔다. 대학 졸업예정자들의 취업 컨설팅을 진행 중인데, 학생들의 자기소개서를 지도해 줄 수 있겠냐는 것이다. 글을 쓴다는 것은 부담스럽지만 글을 봐준다는 것은 그리 어렵지 않았다. 소싯적 자기소개서를 많이 써본 경험과, 학이사 독서아카데미를 통해 배운 서평쓰기, 독서토론이 큰 도움이 됐다.

하루 배송 아르바이트를 통해 벌 수 있는 금액과 한 건의 자기소개서 첨삭을 통해 벌어들일 수 있는 수입이 비슷했다. 하지만 둘 차이는 극명했다. 배송은 몸이 힘들지만 잠깐의 시간과 노동을 투입하면 끝나지만 자기소개서 첨삭은 많은 시간과 집중이 필요했다. 보통 1인의 자기소개서는 네 번에 걸쳐 첨삭을 지도해 줘야 하기 때문에 많은 시간과 집중이 필요했다. 이렇게라도 무엇인가를 할 수 있다는 사실이 참 고맙게 느껴졌다.

'폐업하고 새로운 일을 시작할까? 아니면 고정비 부담이 적은 저렴한 비용의 사무실을 찾아 이전해서 큰 파고는 잘 버텨 넘기고 이다음을 기약할까?'

이런저런 고민 끝에 우선 4월 말까지로 계약된 사무실 임대료에 대한 부담을 줄여보려고 임차인께 연락해 이런 상황을 설명하고 임대료 감면을 부탁드렸다. 다행히 임차인께 계약 만료 기간까지 20% 정도를 감면해 주겠다는 답변을 받았다. 고마웠다. 하지만 상황이 어떻게 전개될지 모르는 상황에서 여행 사업을 지속할지에 대한 고민이 더욱 커졌다.

배운 것이 도둑질이라고, 여행업을 떠나 무엇을 새롭게 시작한다는 것에 대한 부담감이 크게 다가왔다. 그리고 아직 여행업에 대한 미련도 많이 남아있었다. 언젠가는 좋은 날이 오지 않겠냐는 다소 의미 없는 기대감도 남아있는 터라 폐업이나 전업보다는 어떻게든 버텨보고 싶다는 마음이 컸다. 오랜 고민 끝에 결론은 '버텨보자'였다.

방법은 이러했다. 고정비의 부담이 큰 사무실은 우선 주택가 구석진 상가라도 저렴한 쪽으로 이전해서 반년이 될지 1년이 될지 모를 기간의 비용을 최소한으로 줄이며 유지해 보자는 것이다. 그 기간 잠시 다른 일을 하면서 사무실 비용과 생계를 유지할 수 있는 비용을 벌고, 이후 코로나-19가 진정되고 여행 경기가 살아나면 다시 여행업에 집중하자는 것이다.

생각이 정리되고 나니 한결 마음이 편해졌다. 우선 사무실 문제를 해결하기 위해 임차인에게 이런 상황에 대해 설명했다. 고맙게도 우리 사정을 이해하신 임차인은 1년간 임대료의 50%를 감면해 주고 이후 상황에 따라 계약 연장이든 종료든 하는 것으로 하자는 답변을 주셨다. 이전을 한다면 그 정도의 비용을 예상하고 있는 상황이었던 터라 너무 고마웠다.

착한 건물주 운동이 일어나고 있다고는 하지만 나의 사정을 알아주시고 배려해 주시는 임차인의 마음이 고맙고 또 고마웠다. 이 상황이 마무리되고 다시 일어설 수 있는 기회를 얻은 것 같아 반가웠다. 사업이 다시 정상화된다면 어떻게든 이번 배려에 대한 고마움을 보답해드려야 한다는 작은 다짐까지도 해봤다.

더욱이 이 시기에 정부에서 지원해 주는 관광진흥개발기금 특별융자 혜택을 받을 수 있게 되어 한시름 놓게 되었다. 비록 갚아야 할 돈이지만 꽉 막혀있는 돈줄의 숨통을 터주며 여유를 갖게 해주었다. 밀린 임대료와 관리비를 정산하고 당분간 고정비 걱정을 덜어주는 고마운 정책이었다.

이 어려운 시기는 여행업계에 당분간이 아니라 한동안 지속될 것이다. 하지만 어찌 됐든 이 어려운 파고를 넘어야 한다. 누구에게나 다 어렵다. 최악이다. 아직은 배송 아르바이트와 자소서 첨삭으로 소일을 하며 지금을 버티고 있는 중이다. 하지만 지인으로부터 소개받은 일자리가 확정되면 상황은 지금보다 좋아질 것이다. 그 일이 안 된다고 해도 다른 무엇인가를 하면서 버틸 수 있다는, 버티겠다는 다짐이 생겼다.

좋지 않은 상황이지만 주위의 따뜻한 손길에 다시 한번 힘을 얻는다. 앞으로의 일을 누가 알 수 있겠는가. 일단 큰 그림은 그려진 상태니 자세한 내용은 순간순간 그려 나가야겠다. "강한 자가 살아남는 것이 아니라 살아남는 자가 강한 것이다." 라는 말도 있지 않은가? 강한 자가 되기 위해 끝까지 살아남겠다는 각오로 오늘 하루도 새롭게 다짐해본다.

저 화사한 봄꽃이
다 지기 전에

박상욱

한일서적(중구 봉산동) 대표

　대구에서 서적 도매업을 수십 년 동안 해오면서 4년마다 겪는 신종 바이러스 상황들이 생겨도 그저 무심히 지냈다. 기본적으로 2월 초부터 서점은 신학기 준비로 바쁘게 돌아가야 되는 상황인데 대구에서 31번 확진자가 나오면서 지역의 모든 경제 근간이 정지되기 시작했다.

　처음에는 시민들이나 담당 공무원들도 우왕좌왕하는 모습이 보였지만 대구시민들은 의외로 큰 동요 없이 차분한 대응을 했다. 사회적 거리두기 실천으로 한산한 거리를 만들었고 개개인의 위생관리를 철저히 하는 자세를 보여주었다.

　우리나라에서 첫 확진자 보도를 접했을 때만 해도 '바이러스가 오래 가겠어?' 하는 생각만으로 심각하게 생각하지 않았다. 몇 해 전 메르스나 사스가 그랬듯이 나와는 상관이 없다고 치부를 했다. 그런데 어느 순간 감염자 숫자가 기하급수적으로 늘어나고 사망자가 속출한단 소식을 접하고부터는 심각성을 인지하고 연일 보도되는 뉴스와 신문에 신경을 곤두세웠다.

　전국적으로는 감염자가 발생하고 있는데 다행히 대구는 코로나 청정지역이라는 뉴스가 들리면 왠지 모를 안도감으로 별 걱정이 없었다. 하지만 언젠가는 우리 지역에서도 확진자가 나올 수 있다고 생각하니 긴장의 끈을 놓을 수가 없었다. 우려대로 31번 확진자가 대구에서 나온 얼마 후부터 종교집단에서 대규모의 확진자가 무더기로 쏟아졌다. 대구 코로나, 대구 봉쇄라는 말이 나올 정도로 심각해지자 대구는 태풍의 눈처럼 극도의 공포감과 긴장의 연속인 하루하루를 보내고 있었다.

　특정 종교집단과 열악한 요양병원에서 집중적으로 발생하니 대구시민 모두가 멘붕 상황을 맞게 되면서 급격하게 소비가 위축되었다. 확진자가 다녀간 영업장들은 저마다 문을 닫고 집중해서 소독과 방역을 실시했다. 확진자의 동선 하나하나에 네티즌들의 마녀 사냥식 댓글과 비방이 이어졌고, 온라인에서는 31번 환자와 신천지에 대한 이야기로 도배가 되었다.

　코로나-19로 닫혀 버린 지갑은 생필품이나 마스크 구매에만 열릴 뿐 신학기를 맞아 한참 준비해야 할 참고서나 문제집조차도 나가지 않은 상황이었다. 학교가 개학을 않으니 어쩌면 당연한 결과였다. 책을 구매하러 오는 소매상들의 출입도 완전히 끊겼다. 특히 자기계발서나 취미서적, 수필, 여행서는 전혀 움직이지 않았고 서점 매출은 눈에 띄게 떨어졌다. 그로 인하여 일거리가 없어지니 피해는 결국 대표인 내가 고스란히 떠안을 수밖에 없었다. 상황이 이렇다 보니 급속도로 자금 상황은 나빠지기 시작했다. 서점도 몇 시간이라도 단축근무를 시행하게 되었고 코로나-19로 인한 불안증세로 병원 진료를 받는 직원도 생겼다.

감염증 예방을 위해 산업 전반에서는 재택근무를 장려하였고 실제로 재택근무가 많이 이루어졌다. 하지만 재택근무가 곤란한 분야도 많다. 제조업은 현장에서 이루어져야 하는 직무들이 많고 서점 도매업 역시 마찬가지다. 서울과 파주를 오가는 출판사의 영업인들이 한 달에 한 번씩 지방으로 출장을 다녀가면서 신간 소개와 매장 내의 재고 점검 등으로 업무를 협의해야 하기 때문이다. 그러나 2월과 3월 두 달이 지나는 동안 출판사 관계자들은 단 한 명도 내려오지 않았다.

더구나 다른 지역에 사는 사람들은 대구가 마치 바이러스의 온상이나 문제 있는 지역인 것처럼 안타까운 시선으로 쳐다보았다. 대구지역 토박이로 살고 있는 사람으로서 화가 났다. 그러나 많은 분들의 격려로 참을 수 있었다. 대구시 새마을문고 회장직을 맡고 있다 보니 18개 시도 회장님들의 위로와 서울과 파주에 있는 많은 출판사나 거래처 관계자들의 걱정 어린 전화와 문자, 마스크며 생활필수품 등은 금액의 크고 작음을 떠나 큰 힘이 되었다.

이 외에도 많은 분들이 그 옛날 국채보상운동의 저력을 다시 재현하듯 대구시민들의 단합을 다시 한번 믿고 응원하겠다는 말로 힘을 보태주셨다. 타 지역에서 많은 자원봉사자들과 의료인들이 앞다투어 도움의 손길을 주고 있으니 머지않아 분명 코로나는 잡힐 것이고, 두어 달 후에 만나 힘들었던 소회를 나누자고 에둘러 말했다.

서점에서 매달 해오던 독서토론 모임도 무기한 연기했다. 그리고 각종 회의와 봉사활동까지도 모두 문서와 이메일, 전화로 진행해야 되는 현실이 익숙하지 않았다. 늘 사회활동으로 바쁘게 움직이던 시민들이 사회적 거리두기를 실천하면서 지내야 하는 상황이 무척이나 힘들어 우울증까지 오는 사람도 생긴다는 이야기가 들려왔다. 그러자 소소한 행복에 감사함을 모르고 살았던 지난날이 새삼 소중하게 느껴졌다. 이렇게 코로나-19는 많은 대구 사람들을 우울감과 무력감으로 빠뜨렸고 심지어 대구는 특별재난지역에 선포될 만큼 위태로웠다.

이러한 대구에 살고 있지만 단 한 번도 나 자신이 코로나가 겁나서 위축되거나 일로서 사람 만나는 걸 두려워해보진 않았다. 하지만 일반 시민들이 느끼고 있는 공포감은 확실히 크다는 것을 느꼈다. 검증되지 않은 가짜뉴스와 자극적이고 무분별한 기사들로 인해 시민들의 실망감은 더욱 커져갔다. 하지만 전국의 각계각층에서 성금과 물품을 자원봉사자와 사회공동체에 모금함에 전달하는 모습들은 우리나라 국민들의 따뜻한 정을 보여줬다. 힘들 때일수록 뭉치는 국민성을 잘 느끼게 해 주었다.

아직도 학생들의 등교는 언제가 될지 장담할 수 없다. 새 학기로 시끌벅적해야 할 교실 안은 텅 비어 냉기가 돈다. 학생들이 등굣길에 학교 앞 서점에서 북적대는 모습을 빨리 보고 싶다. 대학교 캠퍼스에는 꽃다운 청춘을 맞이하는 신입생 환영회 등으로 활기가 넘쳐야 할 상황인데 그런 낭만과 즐거움까지 코로나에 다 빼앗겼다.

코로나-19로 인해 우리의 삶 자체가 한 번도 경험해보지 못했던 일들이 일상이 되다보니 전 세계가 혼란스럽고 힘든 나날을 보내고 있지만 언젠가는 끝날 것을 믿고 있기에 우리는 오늘이 아닌 내일을 생각하고 미래를 계획하고 꿈꿔야 하지 않을까 싶다.

이런 상황에서도 봄은 어김없이 왔다. 학교에서는 아이들의 재잘대는 소리가 들려오고 시민들의 발걸음이 힘차게 거리를 내딛게 되기를 기대한다. 또 서점에도 책을 구하러 오는 독자들의 발걸음이 하루빨리 이어지기를 기다린다. 저 화사한 봄꽃이 다 지기 전에.

어떻게
이런 일이…!

백 무 연

뷰티 코하트 대표

조마조마하던 것이 급기야 터졌다. 응축되었다가 한꺼번에 폭발하듯이 터졌다. 중국 우한에서 처음 우한폐렴이 발생하고 박쥐와 천갑산이 어쩌고저쩌고할 때도 우리 일은 아니었다. 우한 시장을 중심으로 바이러스가 점점 심각해지고 우한시 봉쇄조치가 단행될 때도 조심스러운 걱정이 있었지만 그저 남의 나라 이야기일 뿐이었다. 바이러스는 점점 그 범위가 넓어지기 시작했고 후베이성에 대한 확진보도가 연일 매스컴을 달구며 중국 전역으로 급속히 번지고 있다. 중국 입국을 막지 않으면 우리나라에 직접적인 위협으로 번질 거라는 대한의사협회의 우려는 다만 유비무환의 근심으로 느끼고 있었다. 그런데 느닷없이 국내 31번 환자가 대구에서 확진되었다. 어떻게 이런 일이… 대구에 큰 사달이 났다.

우려했지만 믿고 싶지 않은 일이 현실이 되었다. 우리 회사 (주)뷰티 코하트는 뷰티헤어살롱 코하트(수성못 본점), 비아이티살롱(신

65

세계백화점 7층) 등 미용실 두 곳과 스파인더비아이티 스파 한 곳을 운영하고 있다. 미용서비스업도 예외 없이 최저임금 인상과 얼어붙은 국내경기 등으로 심각한 동절기를 겨우겨우 보내고 있었다. 미용서비스업은 국내 경기가 나빠지면 그 여파가 바로 전달되는 업종이다. 희한하다. 관계가 없을 것 같은데 바로 타격이 오는 것이다. 1월 빠른 설을 보내고 2월부터는 그나마 조금씩 경기가 나아질까 싶었는데 대구가 속절없이 코로나-19에 뚫렸다. 확진자의 수가 증폭되기 시작했고 정신을 못 차릴 정도로 대구가 무너졌다. 덩달아 순식간에 우리 매장의 고객이 다 증발해 버렸다.

뷰티헤어살롱 코하트 본점과 스파. 텅 비어버린 매장을 지키자니 기가 막힌다. 신천지로 온 나라가 떠들썩할 때, 방역을 겸해서 사태를 지켜보자 하여 본점과 스파는 4일간 문을 닫았다. 그러나 시간이 지날수록 확진자는 폭증하고 사태는 더욱 긴박하게 진행이 되었다. 아예 매장 문을 길게 닫을까도 생각했지만 비상시국인 이럴 때일수록 한 분이 오시더라도 시술을 해드려야 하고 불을 켜놓아 도시를 밝혀야 한다는 생각이 들었다. 당번을 정하여 최소 인원만 출근하고 사회적 거리 2m 지키기와 방역과 소독을 철저히 하기로 했다. 뜻하지 않게 우리 미용인들에게 휴식이 생긴 것이다. 나름 나쁘지는 않았다. 직원들에게 당부하여 당번이 아닌 이들은 자발적 자가격리에 들어갔다. 이리 길어질 줄 모르고.

비아이티살롱 신세계 대구점. 역시 백화점이라 방역도 철저히 하고 직원교육도 엄격하여 내가 달리 마음 쓸 것은 없었다. 백화점 자체에서 방역에 집중해주니 매출이 줄었지만 그럭저럭 견딜 만하고. 그러나 그것도 잠시, 같은 층 바로 옆 매장에서 신천지 확진자와 접촉한 직원이 확진자로 진단되어 2월 26일 백화점 전체 방역으로 긴급 휴점. 역학조사에서 그 직원이 우리 매장에 케이크를 가져다 준 사실이 밝혀져 10초 정도 데스크에서 마주한 우리 직원 4명도 예방차원에서 2주간 자가격리에 들어갔다.

그 여파로 백화점 내부는 더욱 휑하다. 각 파트의 직원들만 조용히 고객맞이 준비를 하고 있을 뿐, 역시 우리 매장도 텅 비었다. 최악의 순간을 맞은 것이다. 또 열이 난다고 직원휴게실에서 잠시 쉬고 있던 같은 층의 직원이 확진자로 밝혀져 10분간 동선이 중복됐던 우리 직원 한 명이 자가격리 들어갔고, 백화점 전체 방역으로 두 번째 긴급 휴점. 우리 직원의 엄마가 확진자와 접촉한 사실이 있어서 직원과 엄마가 자가격리. 난리도 이런 난리가 없다. 이제는 전화만 울려도 가슴이 덜컹 내려앉을 지경이다. 평시에 20명 근무하는 곳이 최소 인원 4명씩만 교대로 시술 대기하기로 하고 나머지 직원들은 자발적 자가격리로 들어갔다. 머릿속은 멍하니 아무 생각이 없다. 매출은 이미 80%가 날아가 버렸다.

한 가족 같은 파트너들이 회사 걱정은 나중에 하고 우선은 대표님 건강을 돌봐야 한다는 당부와 '예순 넘은 사람은 자택에'로 등 떠밀렸다. 기침도 나고 목도 아프고, 혹시?라는 건강 염려증을 싸들고 혼자 잘 놀기에 들어갔다. 넉넉히 한 달 정도면 끝날 것이란 기대와 함께.

3월 2일. 지워지고 있다. 내가 세상을 지우는가. 세상이 나를 지우는가. 격리 13일째다.

3월 7일. 나, 코로나 블루인가. 격리 18일째다.

3월 17일. 월급날, 아이 장가보낼 밑천을 꺼내어 썼다. 다음 달은? 격리 28일 째다.

3월 25일. 대구가 재난지역 선포 되었지만 내가 받은 것은 마스크, 두 번에 걸쳐 다섯 매다.

4월 8일. 자가격리 50일 째. 하릴없는 자괴감이 든다. 사회생활을 시작한 때부터 한 달 이상을 쉬어본 적이 세 번째인가. 또다시 엄청난 시련에 그대로 노출되고 말았다. 나름 열심히 살았건만 바로 자금 압박이 들어오고 헤어날 출구도 찾을 수가 없다. 운영자금 대출을 알아보지만 내 입장에서는 어느 곳에도 해당되지 않는다. 신용보증재단과 시중 은행은 창업 때 이미 아파트 담보와 함께 대출을 받았으니, 대구 특별 재난지역선포, 중소기업 자금 대출은 요원하기만 하다. 당장 앞으로의 운영자금 걱정에 등이 다 아프다. 각자도생할 수밖에.

일어서라. 어서 일어서라. 땅속으로 기어들어 가는 마음을 다잡아 본다. 도 닦는 기분으로 정약용의 『다산산문선』을 지나 노자의 『도덕경』을 집어 든다. 내 엉덩이와 의자가 씨름을 한다. 심중은 오히려 더 복잡해진다. 기분전환으로 미스터트롯도 보고 드라마 몰아보기도 하고 아파트 옆 화랑공원도 걷는다. 몸살이 약간 났지만 조금씩 기분이 좋아진다. 내친김에 자전거를 타고 본점으로 출근하며 자가격리를 살살 풀어본다. KBS부터 황금네거리까지 범어산을 넘는 코스로도 걷고 어떤 날은 수성못도 세 바퀴씩 돈다. 걷기운동 덕분으로 가슴이 펴지고 온몸에 에너지가 돈다. 이 난국을 뚫기 위해 공격적인 영업을 하기로 결정하고 매장의 홍보로 SNS 광고를 계약했다. 어차피 나만 겪는 것도 아닌데 징징거리지 말자.

그리고 가뭄 속의 단비처럼 본점의 건물주는 석 달간 30%의 점포세를 깎아주었고 백화점도 세 달의 관리비(이건 크다)를 면제해 주었다. 비아이티 본사에서도 프랜차이즈비를 3개월 면제해주니 그 덕분에 도움이 많이 된다. 그러나 가장 든든한 지원은 역시 우리 직원들이다. 고맙게도 자발적 자가격리를 철저히 지켜주어 아직은 감염된 직원이 없다. 무급휴무도 이해해주고 스스로 무력감과 자괴감에 빠진 불안한 오너를 따뜻하게 위로해 주었다. 그동안 소식이 뜸했던 친척들과 지인들에게 온 걱정의 안부 전화도 고마웠다.

지금, 내 삶에 빨간 불이 켜졌다. 인생의 긴 여정에서 만난 크고 작은 장애물이 어디 한두 가지였을까만 또다시 큰 장애물을 만났다. 철들고부터 자의 반 타의 반으로 "내 삶의 주인공은 나!"라고 생각하고 잠시의 쉼도 없이 치열하게 살았다. 그러나 나이가 이쯤 되고 보니 인생은 오히려 내 주변의 사람들과 더불어 살아가야 하는 것이란 생각이 든다. 이럴 때, 서로 위로하고 격려하니 얼마나 좋은가. 코로나 증세 중 하나는 미각을 못 느끼는 것이라 했는데 이 봄에 나는 봄을 느끼지 못하고 봄을 건너가고 있다. 그러나 우울하고 두려운 일상 잠시 내려놓고 내 주변도 돌아보자. 또 봄 풍경을 마음에 담는다고 누구 눈치 볼 일도 아니다. 넘어진 김에 쉬어가자. 하늘도 좀 보자. 어차피 내일은 내일의 태양이 뜬다.

아모르파티amor fati "자신의 운명을 사랑하라."

코로나에
빼앗긴 봄

신두리

해송해물찜(서구 내당동) 대표

우리 식당은 주택가가 밀집한 골목에 있다. 그래서 손님의 대부분은 동네 주민들이다. 대부분의 손님들은 매일 오시는 분들이다. 인근에서 가내공업을 하시는 분이나 혼자 영업을 하시는 분들의 점심 식사와 일을 마친 후 인근 주민들과의 간단한 술자리로 이루어진다. 말 그대로 이웃사촌들이다. 그래서 인근 대로변의 식당들처럼 가격을 비싸게 받을 수가 없다. 그래도 음식을 만지는 사람이라 누구보다 먼저 마스크를 쓰고 일을 하기 시작했다. 늘 오는 분들이 불안해 할까 봐 걱정이었다. 다 마찬가지겠지만 이 작은 골목식당에서도 코로나라는 큰 파도를 피할 수는 없었다. 아니 어떻게 보면 더 큰 충격으로 닥쳐왔다. 어찌 보면 생사가 달린 문제였다.

2019년 연말에 중국 우한지역에서 코로나가 발생했다는 소식을 들었을 때만 해도 크게 걱정하지 않았다. 사실, 동네에서 작은 식당을 하는 사람으로서 해외여행을 할 시간이나 여건이 되지 않왔기 때문이다. 중국에서의 일은 마치 남의 일처럼 느껴졌다. 이후 우리나라에도 우한에 다녀온 사람들이 감염되었다는 뉴스가 나올 때에도 사실 그렇게 걱정은 하지 않았다. 저렇게 몇 명 생기다가 말겠지 생각했다. 그러다가 언제부터인가 대구에도 감염자가 발생했다는 뉴스가 나왔다. 그러자 슬슬 걱정이 되기 시작했다. 혹시 우리 식당에 감염자가 오지는 않을까 하는 걱정이었다.

그런데 일은 31번 확진자가 생기면서 시작되었다. 당시만 해도 거의 모든 음식점이 손님은 줄었지만 문을 닫은 곳은 별로 없었다. 그런데 31번 확진자가 식당 바로 앞에 있는 아파트 거주자라는 것이다. 사람들은 어떻게 알았는지 골목은 금방 썰렁하게 비워졌고 온갖 소문은 무성했다. 겁이 났다. 혹시 내가 모르는 사이에 우리 식당에 다녀가신 분은 아닌지, 손님들이 농담 삼아 "31번 여기 왔다 간 것 아닌가?"라는 말에 가슴이 철렁 내려앉았다. 정말 그랬는지 알 수 없는 일이었다.

이미 동네에는 온갖 소문만 무성했다. 가장 먼저 타격을 입은 곳이 식당과 마트였다. 31번 확진자가 누구인지 모르는 상황에서 온갖 소문이 나돌기 시작했다. 마트에 뭐라도 사러 갔을 것 아니냐? 그 사람 직업을 봤을 때 식당에 밥 먹으러 많이 다녔지 않겠나? 하는 것이었다. 당장 식당 문을 닫고 싶었다. 그런데 그렇게 좋지 않은 소문만 무성할 때는 문을 닫을 수도 없었다. 특히 우리 식당은 일요일에도 동네의 어르신들이나 주민들이 모임을 하니 거의 1년 내 문을 여는 곳이라 더 힘들었다.

손님들의 화제는 당연히 코로나였다. 어느 식당이 문을 열지 않던데, 혹시 주인이 감염된 것 아니냐, 감염되지 않았으면 왜 문을 닫았느냐, 는 식으로 아예 확진자 취급을 하는 말을 들으니 그것이 더 무섭고 두려웠다. 이런 소문이 나면 다시 회복하기 어렵기 때문에 문을 닫을 수가 없었다. 손님도 거의 없었고, 이웃의 가내 공업 하시는 몇 분들만 그래도 매일 점심 식사를 할 뿐이었다. 물론 저녁 시간에 손님은 전혀 없었다. 아무리 양을 줄여 밥을 해도 늘 반 이상이 남았다. 그 두렵고 위험한 시간에 누가 와서 함께 밥을 먹고 술을 마시겠는가?

그 후 얼마가 지났는지 모르겠다. 대구 신천지교회에서 엄청난 숫자의 감염자가 나오고, 텔레비전에서는 종일 코로나 관련 뉴스만 나왔다. 그래서 매일 오시는 분들에게 양해를 구했다. 도저히 내가 겁이 나서 문을 열지 못하겠으니, 도시락을 싸 오셔서 드시라고. 그러고는 한 주일 정도 문을 닫았다. 우선 내가 살아야겠다는 생각이 들었다. 만약 골목장사를 하는 내가 감염이라도 된다면, 그 소문이 난다면 이 불황에 하루 벌어 하루 먹고 사는 입장에서 더 이상 코로나가 종료되더라도 이 동네에서는 살 수 없다는 생각이 들었다.

동네 장사는 서로의 믿음으로 해야 한다. 모두가 한 달에 한 번이라도 오는 분들이다. 이웃 할머니들의 모임이 있는 날, 물김치를 특히 좋아하시는 할머니에게 가실 때 조금 싸 드리면 꼭 자녀들을 데리고 오신다. 자녀들이 어머님을 뵈러 왔을 때 외식을 하자고 하면 "저 집을 팔아주자."라며 데리고 오신다. 그때 자녀들이 "우리 어머니께 잘해 주셔서 고맙습니다."라고 인사하며 갈 때가 행복하고 고맙다. 이런 동네에서 식당을 하는 내가 코로나에 걸렸다는 소문이 난다면 이 동네를 떠날 수밖에 없다.

그렇게 한 주일 정도를 영업하지 않고 집에만 있으니 갑갑해서 견딜 수가 없었다. 그래서 청소라도 해야겠다고 식당에 나가니 매일 식사하러 오시던 이웃 가게의 사장님이 가게 문을 좀 열라고 말씀하셨다. 밥 먹을 곳도 없고, 식당은 문을 닫으면 단골들이 다 떨어져나간다는 말이 새로운 두려움으로 들렸다. 그래서 다음 날부터 문을 열었다. 대신 위생 관리를 철저히 하기로 했다. 매일 아침 일찍 나와 식당 구석구석을 소독하고, 드나드는 손님들에게 손소독제를 꼭 이용하라고 입구에 준비했다. 그리고 마스크를 쓰지 않은 분들은 출입을 삼가달라고 부탁했다.

또 손님이 없으니 다른 손님들은 가능하면 멀리 떨어진 테이블에 앉게 했다. 그리고 모든 음식은 개별 접시로 덜어 먹게 하고 설거지한 그릇은 모두 소독을 했다. 반찬도 적게 해 당일 다 소비하거나 남아도 버렸다. 물론 저녁 장사는 하지 않았다. 기다려도 손님이 없었을 뿐 아니라 술을 마시는 분들은 아무래도 식사 손님보다는 위생에 관심이 덜했기 때문이다.

두려웠지만 그렇게 버텼다. 월세나 공과금을 생각하면 한 푼이 아쉬웠지만, 그것보다는 우선 안전이 더 급했다. 그렇게 하루하루를 살얼음판을 걷듯이 지냈다. 그렇게 어둡고 두려운 시간이 지나니 확진자가 몇십 명으로 줄어들기 시작했다. 이제는 손님들도 약간 긴장을 늦추는 것이 보인다. 하지만 여러 사람이 모이는 식당에서는 긴장을 늦출 수가 없다. 나라에서 완전히 코로나 확진자가 없어졌다는 발표를 하기 전에는 지금의 운영 방식을 그대로 따를 수밖에 없다. 두류공원이 인근이라 해마다 벚꽃이 필 때는 꽃구경 다녀오신 손님들이 많았다. 올해는 아직 그렇지는 못하지만 다행이라 생각한다. 내가 자가격리되지 않았고, 어려운 시기에 찾아오신 손님들도 지금까지는 다 건강하게 탈 없이 보내신다.

　모두가 다 마찬가지였지만, 31번 확진자가 바로 이웃이라는 탓으로 더 많이 두렵고 힘들었다. 빨리 모두 건강하게 예전처럼 이웃이 함께 모여 웃으며 식사를 하고, 퇴근 후에 술도 간단히 한잔할 수 있는 날이 오기를 기다린다.

2020코로나의 기억_
사소함의 소중함

윤은경

한울네오텍 대표이사

예전에 누군가 그랬다.

중세 페스트(흑사병)로 유럽 인구의 1/3이 사망했듯이, 미래에 인류가 멸망한다면 그건 핵전쟁이나 행성 간 충돌이 아닌 바이러스와 같은 전염병으로 인한 것일 거라고. 의학이 고도로 발달한 이 시대에 설마 그런 일이 발생할까 했는데 세상에 그런 일이 실제로 일어났다.

작년 말부터 우한 코로나, 말은 들었지만 나와는 별 상관없는 일이라 생각했고, 솔직히 심각성을 느끼지 못했다. 그런데, 2020년 2월 20일경, 청도 대남병원에서 국내 첫 번째 사망자가 발생하고 대남병원과 신천지교회에서 무더기로 코로나-19 확진자가 발생했고, 문제의 31번 확진자가 대구 전 지역을 휘젓고 다녔다고 한다. 감염자 수가 기하급수적으로 증가한 대구는 그야말로 공포의 도가니가 되었다.

갑자기 심각해졌다. 매일 열심히 다니며 운동하던 헬스클럽이

2주간 휴관한다 하고, 회사와 같은 건물에 있는 노래방 문에는 협회 차원에서 코로나 감염 예방을 위해 잠정적으로 문을 닫는다고 써 붙여져 있고, 지나가다 이마트 트레이더스 주차장에는 무슨 차량들이 저렇게 줄을 길게 서 있나 궁금했다. 무슨 파격 세일을 하는가 싶었는데, 알고 보니 마스크 구매를 위한 줄이었다. 이후 약국마다 이른 아침부터 줄 서기로 북새통이었다. 길거리에서도 실내에서도 100% 마스크를 착용한 사람들이다.

확진자가 다녀간 장소는 방역 후 폐쇄, 그러다 어느 특정 장소가 아니라 이젠 불특정 다수인들이 이용하는 공공장소도 하나둘 통제가 되기 시작했다. 손님이 끊겨 문을 여는 것보다 닫는 게 차라리 덜 손해라며 영업을 중지하는 음식점. 우리 집 뒤에 내가 참새 방앗간처럼 들락거리던 도서관도 휴관했고, 사회적 거리두기 강조에 협회에서 매월 진행하던 행사도 취소, 모임도 취소, 거래 당사자들의 약속도 사인 간의 만남도 모두 취소되었다.

재수 끝에 서울에 있는 대학에 합격한 큰딸, 올해 드디어 중학교 입학하는 둘째 딸, 모두 학교 갈 날만 손꼽아 기다리며 코로나가 빨리 진정되길 기다렸는데, 개학이 2주 연기되더니, 또 2주 연기, 또 연기, 이제는 온라인 개학이라며 1학기는 아마 친구 얼굴도 못 보고, 선생님도 못 만나고, 온라인 강의 들으며 과제 하느라 하루 종일 집 안에서만 보내야 할지도 모르겠다.

내게는 특히 이번 코로나-19 관련으로 잊을 수 없는 일이 하나 생겼다.

4.15 총선을 위하여 2019년 12월 17일 예비후보 등록을 한 우리

지역 모 변호사님을 돕게 되었다. 지역구에는 같은 정당 예비후보가 총 9명이나 되어, 본선 진입 전 당내 경선을 통과해야 하는 일이 중요했다. 어쩌면 대구에서는 당내 경선 통과가 선거에서의 승리와 동일시될 정도로 어렵고도 힘든 일이다.

아침 일찍 출근하는 차량을 향해 이름이 새겨진 커다란 피켓을 들고 인사하는 것부터, 온 동네 사람들이 모이는 행사라는 행사는 다 뛰어다니며 본인을 알리고, 선거사무소에 손님들 오시면 얼른 뛰어가 맞이하고 대화 나누며, 사람들이 제일 많이 다니는 홈플러스나 상설시장, 교회, 성당, 번화가, 지상철 역에서 양쪽 주머니 볼록하게 명함을 넣고는 주민들에게 이름을 말하며 명함을 건네기 바빴다. 다른 예비후보들보다 늦게 선거에 뛰어든지라 정말 열심히 선거운동을 했다. 이름 세 글자를 알리기 위해 거의 잠자는 시간 외에는 동분서주하며 인지도를 이제 막 올리기 시작했는데, 그즈음 갑자기 대구에 코로나-19 사태가 벌어진 것이다.

우리 일상생활이 중지된 것처럼 선거운동도 중지되었다. 정치 신인의 경우 정말 큰 타격이다. 이 심각한 시기에 욕을 감수하고라도 선거운동을 계속해야 하는가, 고민이 커졌다. 며칠 뒤, 마스크를 하고 피켓엔 이름보다 더 크게 "위기, 함께 이겨냅시다!"라는 문구를 새겨 출근하는 시민들에게 아침 인사를 다시 시작했다. 모든 행사가 취소되면서 주민들을 만날 기회가 없어졌다. 대면접촉을 피해야 하는 상황이라 예전처럼 유동인구 많은 곳을 찾아다니며 명함을 건넬 수가 없었다. 악수는커녕 가까이 다가가는 것도 삼가야 했다. 더욱 조심해야 했던 건, 옆 동네 다른 예비후보의 선거사무장이 코로나-19 확진 이후 사망했기 때문이다. 개인적으로 친분이 있었던 사이라 며칠 동안 마음이 참 힘들었다. 이게 나의 일, 우리의 일이 될 수도 있구나 하는 것을 느꼈다.

할 수 있는 건, 전화와 문자, 카톡, 블로그, 유튜브, 페이스북을 비롯한 SNS 홍보뿐이었다.

이전부터 오랫동안 선거를 준비하며 인지도를 높인 후보의 벽을 넘기엔 힘들었다. 여러 가지 이유가 있었지만, 무엇보다 코로나-19로 인해 오프라인에서 주민들을 만나 얼굴 보고 잠시라도 얘기하고 함께하는 시간을 갖지 못한 게 결정적인 요인이었다.

지청장을 세 번이나 역임한 특수통 검사 출신 대형 로펌 변호사, 선입견과 편견이 많은 직업이라 직접 만나 표정이나 눈빛, 말투, 행동을 봐야만 "아, 이 사람은 생각보단 참 괜찮구나." 싶고, 만나서 함께할 때 더 호감이 가고, 믿음이 가는 사람이 있다. 내가 도와드린 후보가 딱 그런 분이었다. 그런데 코로나-19가 그런 소중한 기회를 빼앗아 갔다. 진정될 기미는 안 보이고, 갈수록 확진자가 늘어나는 상태에서 결국 한 달 가까이 온라인 홍보만 하다 당내 경선에서 결국 2등으로 지고 아쉽게도 본선에 진출하지 못했다. 새롭게 명함 디자인을 바꿔 무려 1만 장이나 제작했는데, 사회적 거리두기로 인해 명함은 결과적으로 재활용 폐지가 되었다. 3개월을 함께했던 기억에 눈물이 났다.

여전히 코로나-19는 진행 중이다.

큰딸은 운동을 좋아하는데 헬스클럽에 가지 못한 뒤로는 밤만 되면 집 앞 팔거천을 따라 뛴다. 마스크를 하고 뛰다 보니 숨이 가쁘다고 하면서 "엄마, 나 학교 가고 싶은데, 정작 서울이 아닌 방콕 캠퍼스에 있네." 한다.

둘째 딸은 체질이 백수인지 하루 종일 집안에서 뒹굴뒹굴해도 하나도 답답하지 않고 편하단다. 그런데 이 녀석도 사람인지라 "우리 밖에 바람 쐬러 갈까?" 하면 씨익 웃는다. 남편은 바깥일을 하며 사람들을 만나지 않을 수 없어 종일 마스크를 하고 손 씻기와 손 소독을 철저히 한다. 혹시나 아이들에게 자신도 모르게 바이러스를 옮길 수 있다고 생각하는지, 집에서도 마스크, 밥도 따로, 아이들과도 늘 거리를 둔다. 심각할 정도로 말이다. 아, 부부 사이도 심각하다.

"당신도 등 돌리고 자라, 내 옆에 가까이 오지 마라. 내가 태어나 이렇게까지 조심한 적 없지만, 조심 안 할 수가 없다. 당신은 안전해야지."

걱정이 태산 같은 남편이다. 겨울이 지나고 봄이 오는 것이 당연한 줄 알았다. 시간은 그렇게 흘러가고, 계절은 알아서 오고, 날이 따뜻해지면 꽃놀이 가는 게 당연한 줄 알았다.

식구들, 친구들, 지인들과 함께 마주 보며 이야기하고, 차 한 잔, 술 한 잔, 밥 한 끼 하는 게 너무나 당연하다고 생각했다. 당연하고 사소한 일들이 이렇게나 소중한지 몰랐다. 보이지 않는 바이러스로 인해, 일상의 사소한 것들은 물론 온 나라의 경제, 교육, 문화가 눈에 보이게 다 무너지는 것 같아 가슴이 아프다. 진정한 봄이 오기를 가만히 기도해 본다.

코로나를 이겨 다 함께
행복한 사회가 이루어지기를

이광석

월드인쇄(중구 남산동) 대표

2020년을 시작하면서 지난해를 뒤돌아보았다. 2005년에 인쇄사를 창업한 후 작년에 처음으로 구조 조정을 하여 연말쯤에는 좋은 결과로 나타나기 시작했다. 그래서 2020년에는 또 한 번 성장을 할 수 있겠다는 희망을 가지고 시작할 수 있었다.

1월 중순쯤으로 기억된다. 언론에서 우한 코로나에 관한 뉴스가 나오기 시작했다. 처음 들어보는 단어였고, 별다른 관심도 없었다. 다른 나라 이야기, 남의 이야기로 들렸기에 무관심했다. 지구온난화로 생긴 이상 기후 때문인지 가장 추워야 할 1월이 따뜻한 날들로 이어져 겨울에는 하지 않는 골프도 두 번쯤 하고 나니 우리의 명절인 설날이 왔다. 평소에 감사한 분들께 인사도 다니고 직원들과 한 해 동안 수고하였다는 인사도 하고 가족, 친지 그리고 친구들도 만나며 즐거운 시간을 보냈다.

그렇게 1월을 보내고 월말 결산을 하였는데 매출이 약 10%쯤 감소했다. 구조 조정과 신규거래처 확보로 매출이 20% 이상 성장

할 것으로 기대하고 있었는데, 아쉬운 결과였다. 매년 1월은 인쇄업계 특성상 매출이 줄었지만 지난 연말부터 실적이 좋아지고 있어서 크게 걱정하지 않았던 것이다.

2월이 오자 상황은 급변하기 시작했다. 언론매체에서 코로나-19 뉴스가 나오기 시작했지만, 코로나 사태가 이렇게 커질 것이라고는 예상하지 못했기 때문에 큰 걱정은 하지 않았다. 외한 위기나 사스, 신종플루, 그리고 얼마 전 겪었던 메르스 등 많은 어려움을 잘 극복한 경험이 있었기 때문이었는지 모른다.

그런데 우째, 이런 일이! 매출이 급격히 상승해야 하는데 급격히 하락하기 시작했다. 우리나라의 중소기업 소상공인이 코로나-19로 폐업의 위기로 몰렸다고 모든 언론들이 보도했다. 인쇄산업도 코로나-19를 비켜갈 수 없었다. 코로나-19는 인쇄산업을 거의 붕괴될 정도로 만들어 버렸다. 인쇄산업은 인류문명의 발전과 지식을 전달하는 가장 큰 매체로서 인류문명의 발전에 꼭 필요한 산업인데, 그 산업이 고사할 지경이 되었다.

우리 회사는 우리나라의 인쇄산업을 이끌어 온 인쇄골목인 중구 남산동에 위치하고 있다. 인쇄골목이 성황을 이룰 때는 2000여 업체가 있었으나 지금은 수백여 업체로 줄었고, 물량의 부족으로 날이 갈수록 가격 경쟁이 심해져 인쇄산업의 근간마저 흔들리고 있다. 인쇄산업에 종사하는 모든 이의 생존이 위태로울 지경까지 온 것이다.

골목산업은 업체 간의 경쟁도 있지만 서로가 정보도 교류하며 타협과 협상도 하고 공존하며 살아온 곳이다. 많은 골목산업들이 쇠퇴하여 사라졌고 또 사라질 위기에 처해 있다. 남산동 인쇄골목도 마찬가지다. 여러 지역에서 인쇄업에 종사하시는 분들의 전화가 왔다. 남산동 인쇄골목은 어떠냐고, 그러면서 한결같이 너무 힘들다고 했다. 나도 그렇다, 잘 참고 견뎌보자는 말밖에 할 수 없었다. 이번 사태로 업체들 간의 만남도 자연스럽게 줄어들어 그나마 교류하던 정보도 단절되었다. 인쇄골목을 걸으니 사람도 보이지 않고 기계 소리도 들리지 않는다.

우리 회사에도 마찬가지로 큰 위기가 닥쳤다. 물량이 눈에 띄게 줄어가고 있었다. 이 상황이 얼마나 오래갈까? 어떻게 위기를 극복할 수 있을까? 이 사태가 끝나면 사회는 어떻게 변화할까? 수많은 물음표가 머릿속에서 떠나질 않는다. 생각을 정리하고 위기 극복을 위해 행동으로 옮기기 시작했다. 사회의 움직임을 주시하고 회사의 경영 상황을 좀 더 세밀하게 살피고, 특히 직원들의 사기가 떨어지지 않도록 많은 신경을 썼다. 우선 직원들에게 우리는 이 위기를 이겨낼 수 있다는 자신감을 가지게 했다.

그러다 2월 중순쯤인 듯하다. 대구에서 31번 확진자가 나오면서 상황은 더욱 나빠지기 시작했고, 코로나 확진자들이 하루에 수백 명씩 쏟아져 나와 대구시민들을 급격히 공포로 몰고 갔다. 도시 전체가 거의 패닉 상태에 빠졌다. 언론에서 신천지라는 종교단체가 보도되기 시작하더니 사회의 모든 이슈를 블랙홀처럼 삼켜버렸다.

대구시의 대책본부가 생기고, 국무총리까지 대구에 상주하면서 사태 극복을 위한 시민들의 협조를 부탁했다. 코로나-19를 종식하기 위해서는 자발적 시민의식이 필요하다며 사회적 거리두기, 단체모임 중지, 사람이 모이는 곳 피하기, 마스크 착용하기, 30초 이상 손 씻기 등을 부탁했다.

우리 회사도 이 상황을 극복하기 위해 모든 걸 내려놓고 자발적으로 정부 지침에 따르기 시작했다. 그럼에도 불구하고 대구를 봉쇄해야 한다는 이야기도 나왔고, 대구 코로나로 지칭하는 사회 지도층 인사가 있을 정도로 심각성은 분열과 반목으로 치달았다.

모든 언론이 대구 상황을 머리기사로 다루기 시작했고, 대구는 영화에서나 볼 수 있는 그런 도시, 곧 고담으로 묘사가 되기도 하였다. 마치 사람이 살지 못하는 도시로 인식되고 있는 듯하여 끓어오르는 분노를 참을 수가 없을 정도였다.

그렇게 또 시간은 지나갔다. 결산을 하니 매출은 예상의 절반으로 떨어졌고, 이 상황이 언제까지 갈지 알 수 없다는 생각이 두려움으로 다가왔다. 직원들의 표정에도 걱정이 묻어있었다. 직원 중 한 녀석이 말한다. "사장님, 다른 회사는 직원들 무급휴가를 가기로 했대요." 걱정 어린 말투로 말끝을 흐린다. "야~ 우리는 죽어도 같이 죽고 살아도 같이 산다!" 자신 있는 목소리로 이야기했지만 당장 돌아오는 월급부터 걱정해야 할 처지였다.

또 한 달이 지나고 급여일이 다가온다. 지금은 자금을 확보해야 했다. 운이 좋게도 당분간 버틸 수 있는 자금을 확보하고 나니 또 다른 두려움이 몰려왔다. 이제 대구는 서서히 안정을 찾는 것 같으나 전 세계로 코로나-19가 확산되어 끝이 보이지 않는다. 언젠가 코로나-19도 종식될 것이고 우리는 또 일상으로 돌아갈 것이다.

이 모든 것에 아랑곳없이 어느새 봄이 왔다. 벌써 산수유, 개나리, 벚꽃, 참꽃 등이 한꺼번에 피어 그 자태를 뽐내고 가로수는 어느새 연둣빛 잎들로 덮여 있다. 유독 이번 봄은 우리에게 간절한 희망의 메시지를 주는 것 같았다.

나의 가치관은 '다 같이 행복하게 살자'이고, 나의 목표는 '녹색 신호등으로 가자'이다. 나의 가족, 친지, 친구, 회사 동료, 내가 사랑하는 모든 이가 녹색 신호등 안에서 살아가기를 꿈꾸고 노력해왔다. 사업을 시작한 지 16년, 좋은 직원들을 만났고, 많은 분들의 도움이 있었기에 앞만 보고 달려 여기까지 올 수 있어 언제나 감사했다.

나는 바란다. 이번 코로나-19 사태로 작게는 나의 가치관이 흔들리지 않고, 더불어 우리 사회도 좀 더 성숙해져서 다 함께 행복해지는 사회가 꼭 이루어지기를….

힘들 때
더 빛나는 사람

이영옥

커리어스타 대표

2020년 4월 3일, 오늘은 코로나가 발생한 이후 처음으로 감염 확진자 숫자가 한 자리로 떨어진 날이다. 우리 회사 사무실도 오랜만에 웃는 목소리로 잠시 활기찬 순간이 흘렀다. 구직자 대상 취업역량 강화프로그램을 운영하던 팀들이 코로나-19 발생으로 재택근무를 하던 중 오늘 모두 사무실에 잠시 들르게 되었다. 분기 보고 서류에 사인하러 사무실에 온 직원들은 검은색, 흰색 마스크를 쓰고는 조심해서 문을 열었다. 거리 유지는 이미 몸에 밴 듯 적당한 간격을 두고는 반가움에 큰 소리로 웃으며 그간의 일상생활 근황을 교환하였다.

김은숙 선생님은 작년에 귀촌한 터라 쑥 뜯고 냉이 캐고 시골 할머니들과 정분을 쌓았다 한다. 정한결 선생님은 3주 동안 집 안에만 있다 보니 살이 찌고 너무 갑갑하기도 해서 실내 운동으로 허리 살을 다 뺐다 한다. 송 선생님은 대전에 있는 아들 집으로 잠시 갔다가 경상도 사투리로는 말도 할 수 없어 당일 바로 내려왔단다. 성희 선생님은 남편이 구미에서 근무하시기에 대구에 올 수 없어 격리 생활을 어제까지 하고 오늘 만났다며 행복한 모습이다. 허 선생님은 가족이 독일에서 2주 전 귀국하였는데, 어제 자가격리가 끝나서 오늘 재검사 받는 날이라 올 수 없었다, 등등.

각자 그동안 코로나-19를 겪으며 보낸 몇 주간의 생활을 이야기하며 우리는 평범했던 일상을 그리워하였다. 짧은 만남에 활기 넘치는 사무실을 떠나며 모두가 하는 말은 똑같았다.

"이 코로나-19 빨리 물리치고 우리 건강하게 만나요."

지난 2월 29일 토요일은 대구에만 확진자 수가 741명이라고 발표하여 정말 앞날이 암울하게 느껴졌다. 그 후로 날마다 오늘은 숫자가 좀 줄어들기를 하고 간절한 마음으로 매일 오전에 발표하는 바이러스 감염자 상황 방송을 가슴 졸이며 보았다. 우리 사무실에는 규칙을 만들어 거리를 두고 서로 옆으로 앉기, 차를 마시거나 점심식사도 각자의 자리에서 할 것, 외부인 출입 시 소독할 것, 환기할 것, 등등 지침을 마련하였다. 또한 본사 직원의 예기치 못한 격리상황을 대비하여 본사 직원들은 두 팀으로 나누어 2주 간씩 교대로 출근하게 했다. 한 팀에서 환자나 격리상황이 생기면 또 다른 팀이 일을 할 수 있도록 준비한 것이었다. 이런 불편한 상황에서도 모든 직원들은 정말 열심히 손을 소독하고, 하루 종일 마스크를 쓰고 근무하는 것을 마다하지 않았다. 누구 열나는 사람은 없는지 확인하면서, 하루하루를 긴장 속에서 보냈다. 환자가 생기면 사무실을 폐쇄하고 자가격리해야 하는 상황이 된다. 그렇게 되면 회사의 상황은 더 어려워질 것이고 직원들도 함께 힘들어지기 때문이었다.

 그런 중에도 정말로 고맙고 감사한 일이 있었다. 안양에 있는 사촌동생으로부터 회사 직원들과 맛있게 먹고 힘내라는 메시지와 함께 큰 박스로 천혜향 택배가 왔다. 평소에 바쁘다는 핑계로 연락도 자주 않고 살던 동생인데 미안하고 고마웠다. 이 동생한테 난 뭘 해 주었었지? 하고 며칠 동안 사무실에 두고 먹던 과일을 볼 때마다 자꾸만 나를 돌아보게 했다. 아무것도 해준 것이 없었다. 늘 일하는 언니, 바쁜 언니였던 것이다. 공부하고, 일하면서 주변을 돌아볼 겨를이 없다고 스스로에게 위안하며 살았었다. 그리고 며칠 뒤 오후, 서울에 있는 셋째 올케언니가 문자를 보냈다. 직원들 다 함께 먹을 수 있게 피자를 배달하겠단다. 극구 만류했음에도 출출한 4시쯤 대형 크기의 피자 세 판이 배달되었다. 평소에 별로 즐겨 먹지 않는 피자이지만 형형색색 푸짐한 토핑을 올린 피자를 보고 마음이 풍성해졌다. 사무실에서 일할 때, 오후 4시는 정말 정확하게 달콤한 뭔가가 필요한 시간이다. 코로나-19 사태 이후 각자의 자리에 배달된 따뜻한 피자를 보며 웃던 그날이, 우리 직원들이 가장 좋아한 날처럼 기억된다. 언니는 항상 내가 무엇이 필요한지를 나보다 더 잘 알고 있는 것이다. 이 은혜를 어찌 다 갚을까….

 지금은 마스크를 약국에서 태어난 년도의 끝자리 순서대로 5부제를 시행해 판매하고 있다. 그래서 마스크를 사려고 길게 줄을 서는 것을 볼 수 없지만 대구에서 코로나-19 환자가 발생했을 때는 마스크를 구입하지 못해 사람들이 마음을 졸였다. 아침마다 출근할 때면 출근길에 있는 농협 앞은 마스크를 사기 위해 사람들이 길게 줄을 서 있었다. 나는 작년 봄 황사 때 사둔 마스크를 찾아서 쓰고 다녔다. 대구에 마스크가 없다는 소식을 들은 큰아들이 서울 약국에서 마스크를 샀다며 작은 박스를 보내온 것을 시작으로 거의 매일 친척과 지인들로부터 마스크 택배가 집에 도착했다. 평소에 연락도 잘 하지 않던 남편 친구까지 마스크를 보내왔다. 많게는 수십 개, 적게는 6개까지 마스크 박스가 넘쳐났다. 감동이었다.

이런 나눔의 물결, 이 흐름이 나에게서 멈추어져 고여 있지 않기를 바랐다. 이 흐름이 나한테서도 다른 곳으로 흘러가기를… 받은 사랑과 관심과 격려를 다시 되돌려주며 살아갈 수 있게 되기를 저절로 기도하게 된다.

한편 내가 회원으로 있는 한국여성벤처협회 서울본회에서도 대구경북여성벤처협회 앞으로 마스크 1,000장을 보내왔다. 마스크 구입하기가 하늘의 별따기 만큼 어려울 때에 황금 같은 선물이라며 모든 회원들이 감사한 마음을 표현하였으며, 대구 임원들도 소독제를 보태 각 회원들 앞으로 배달했다.

또한 마스크 대란 뉴스가 연일 보도될 때 한국여성경제인협회에서도 대구 회원들에게 마스크와 소독제를 보내왔다. 어려운 때에 마음을 나누어 주니 더욱더 고마웠고, 배달된 택배 박스를 열어본 직원들도 또한 함께 풍성함을 더했다. 우선 일대일 대면상담을 하면서 마스크가 가장 많이 필요한 직원부터 나누기 시작했다. 무엇이 없다고 모두가 아우성칠 때, 내 것을 내어주는 것, 그

것을 나눌 수 있다는 것, 이것이 진정 나눔이구나. 우리는 정말 다급할 때 잘 뭉치는 민족인 것을 몸소 깨닫게 되었다.

어제도 오늘도 나는 늦게 출근하고, 일찍 퇴근하고 있다. 코로나-19가 발생한 후 거의 한 달째 사무실에서 보내는 시간이 줄었고, 일찍 집으로 가서 집 뒤에 있는 작은 산길을 걷는다. 첫 한 주일은 '이렇게 회사 일이 줄어들면 앞으로 어떻게 하나?' 하고 걱정이 많았다. 그러나 내가 할 수 있는 일과 내가 할 수 없는 일을 구분하고 나니 질서가 생기고 마음에 평화가 찾아왔다.

내가 할 수 있는 일은 '사회적 거리두기'를 잘하는 것과 회사 직원들이 코로나 예방수칙 잘 지킬 수 있도록 기준을 마련하는 것이다. 그러나 코로나-19를 당장 종식시키는 것은 내가 할 수 없는 것이었다. 받아들일 것은 받아들이고 나니 회사에서나 그 외 나의 일상은 과거와 매우 다르게 흐르기 시작했다. 매일매일 뜀박질하는 듯 헉헉거리던 시간 사이에 긴 호흡이 생겼다. 그때 깨달았다. 내가 정말 앞만 보고 질주를 하고 있었구나. 그 질주 속에서도 많은 사람을 만나고, 많은 모임을 하며 관계 안에 있어야만 하는 줄 알았다. 그래야만 뒤처지지 않고 불안하지 않을 것이라고 생각했나 보다.

코로나-19로 인하여 뜻하지도, 계획하지도 않게 사람들과 단절되어 오롯이 나를 만나게 되었다. 우리 아파트 뒤 산길을 걸으며 시간이 천천히 가는 것을 보고, 봄 산에 돋아나는 생명을 경이롭게 보며, 이 시간을 감사함은 또 무슨 모순이란 말인가. 활동은 휴식이 있을 때 그 의미를 찾나 보다. 언제까지 이런 시간이 이어질지 모르지만 멈추어 쉬고 호흡하는 이 자리에서 최고의 가치를 발견하는 기쁨도 누려야 할 것 같다.

아직 언제 이 코로나-19 상황이 끝날지는 모른다. 하지만 우리가 잃은 것들과 받은 고통만을 헤아리기보다 멈추고, 호흡하는 순간순간에도 쑥쑥 자라나고 꽃 피우는 생명에 살뜰한 눈길 한 번 더 보내야겠다.

코로나-19 사태에서
배운 배려

이은영

해피어린이집(수성구 매호동) 원장

2월 19일 수요일 오후 2시.

보육 정보시스템으로 구청에서 업무 연락이 왔다.

제목은 '코로나-19 확진자 다수 발생에 따른 관내 전체 어린이집 휴원 명령'이였다.

"원장님, 오늘부터 신입생 오리엔테이션인 데다가 금요일 졸업식인데 휴원 명령이 떨어져서 어떻게 해요."

"원장님, 휴원 명령인데 아이들 짐 다 싸야 하나요?"

"원장님, 우리 곧 다시 만나겠죠?"

"네, 선생님들 침착하세요. 몇 주 있다가 우리 다시 만나겠죠. 우선 오리엔테이션, 졸업식 다 취소하고 아이들 가방이랑 수업준비물, 낮잠 이불 가방 등 모두 정리해서 하원 때 집으로 보내세요."

어이없는 코로나 사태에 우리는 경황이 없으면서도 아이들 짐을 꾸리기 시작했다. 그때만 해도 1, 2주가 지나면 모두 다시 볼 수 있을 것이라 생각했다.

　그런데 벌써 2월이 지나 3월이 지나 4월이다. 뿐만 아니라 어린이집이나 유치원은 개원이 무기한 연장되었다. 개원의 기한도 없이 폐쇄된 것이다. 아이들을 볼 수 없다.

　3월 중순이었다. 교사들의 권리 요구가 시작된 것은.

　어린이집은 3월 25일이 교사들의 급여일이고, 원아 부모님들의 보육료 결제는 3월 15일 전후인데, 원아 부모님들의 보육료 결제가 이루어져야 교사들의 급여가 정상적으로 지급된다. 그런데 그동안 휴가로 조용히 집에 계시던 선생님들이 부모님들의 보육료 결제를 서둘렀다. 원장인 나는 아이들이 등원을 하지 않는 상태에서 한 달 보육료를 결제할 수가 없다고 생각했다. 특히 신입생들은 어린이집에 한 번도 와보지 못한 아이들도 있어서 더더욱 보육료 결제를 해달라는 말을 할 수가 없었다.

　"다른 어린이집은 모두 보육료 결제를 한대요 원장님. 부모님들이 보육료 결제를 하지만 그 결제금액은 정부지원금이니 부모님 돈도 아니고 어린이집을 위해서 얼마든지 결제해 주셔야 되는 거 아닌가요?"

　나는 고민에 빠졌지만, 어린이집을 나 혼자 운영하는 것도 아니고 교사들과 함께 꾸려나가야 되니 교사들이 원하는 만큼 보육료 결제를 부탁하기로 했다.

　"부모님, 정말 입이 떨어지지 않지만 한 달간 보육료 결제를 부탁합니다. 교사들의 급여와 어린이집 운영비 때문에 부탁드립니다." 그리고 보육료 결제를 하여 교사 급여를 지급하였다.

하루도 어린이집에 보내지 않았지만 교사 급여 지급 때문에 부모님들은 보육료 결제를 모두 해주셨고, 교사의 권리 주머니는 부모님과 어린이집의 배려로 채워졌다.

3월 말이었다. 부모님들의 권리 요구가 시작된 것은.

어린이집 보육료는 정부지원금으로 보조되므로 부모님들이 결제해주시지만 그 돈은 사실 정부에서 지원을 받는 것이다. 그러나 부모님들이 어린이집을 끊으면 어린이집으로 지원되던 지원금이 양육수당이라는 명목으로 부모님께 지원된다. 그 금액은 연령별로 다르며 어린이집지원금보다 적지만 어린이집을 못 보내고 있고 코로나-19로 경제적, 시간적 어려움을 겪고 있는 부모님들은 어린이집 지원금을 양육수당으로 돌려 경제적 이득, 부모님들의 권리를 채우고 싶어 하셨다.

"원장님, 어린이집을 끊고 양육수당을 받고 싶어요."

"원장님, 주변에서 왜 어린이집에 등록하고 있냐고 해요. 어린이집도 못 보내고 있는데 퇴소하라고 해요."

"원장님, 남편이 코로나 사태가 너무 길어질 듯하다고, 1학기는 없어질 것 같다고 당장 퇴소하라네요, 퇴소시켜 주세요."

교사들과의 이틀에 걸친 회의와 원장으로서의 고민을 깊이 하여, 우리는 교사와 원장 급여를 30% 반납하여(근로기준법에 맞춰) 부모님들께 양육수당에 해당하는 교재, 교구, 책, 간식 등을 제공하겠다고 약속하였다. 또한 아이들과 집에서 할 수 있는 다양한 콘텐츠를 전자알림장을 통해 제공하였고, 집에서의 아이들 모습을 사진이나 동영상으로 받아 선물을 주는 이벤트 등도 마련하였다.

"원장님, 선생님, 너무 감사합니다."

"원장님, 선생님, 빨리 다시 보고 싶어요!"

부모님들의 반응이 좋아졌고, 부모님들의 권리 주머니를 교사와 어린이집의 배려로 채울 수 있었다.

그리고 어린이집(원장)의 권리 요구가 이어졌다.

어린이집은 운영비 충당과 교사의 고용 유지(교사의 권리이기도 한)가 필요했다.

"부모님, 어린이집을 끊지 않고 입소를 유지해주시고 보육료 결제도 해주시면 저희 선생님들의 고용이 유지됩니다. 그럼 코로나-19가 끝나고 아이들이 다시 왔을 때 조금의 불편함도 없이 잘 적응시킬 수 있습니다. 교사의 고용 유지와 어린이집 운영 유지를 도와주세요!"

"선생님들 고용 유지를 위해서는 선생님들께서 코로나-19 사태에서도 부모님께 좋은 콘텐츠를 제공하는 등 원아 관리에 신경을 써 주셔야 하고, 여러 가지로 고통 분담을 함께 해주셔야 합니다."

복지부와 지자체에도 끊임없이 요구하였다.

"코로나-19로 신입 원아들이 등록하지 않아 원아가 많이 감소하였습니다. 있는 원아들도 양육수당 지원으로 전환하고 있습니다. 어려운 어린이집 운영을 위해, 교사의 고용 유지를 위해 어린이집에 지원금을 보내주세요!"

어린이집에 하루도 보내지 않으시고도 한 달간 보육료를 결제해 주신 부모님들의 배려와 교사의 30% 급여 반납, 정부의 고용 유지지원금, 소상공인 지원금 등의 배려로 어린이집 운영비를 충당할 수 있고, 코로나-19 동안 유급휴가 중인 교사의 고용 유지를 할 수 있게 되었다. 어린이집의 권리 주머니를 부모님의 배려, 교사의 배려, 사회의 배려로 채울 수 있었다.

사회의 균형은 이렇게 이루어지는구나!

일반적인 상황에서도 사회적 균형을 잡기는 쉽지 않다. 더구나 위기 상황에서는 조금은 참을 수 있지만, 위기 상황이 길어질수록 사람들은 자신의 권리만을 주장하고 자신의 권리가 채워지지 않을 때 극심한 분쟁이 생긴다.

그러나 아이러니하게도 자신의 권리는 상대의 배려로 채워지고, 상대의 권리는 나의 배려로 채워진다. 이 미묘한 균형이 맞아떨어져야 누구의 권리 주머니도 비지 않고, 피해 보지 않는다.

이번 코로나-19 사태를 통해 정말 머리가 깨질 듯이 아프고, 불안하다. 하지만 우리 각각의 권리 주머니를 채우기 위해서 남을 배려해야 한다는 사실을 알게 되었다. 그렇게 우리 사회가 유지되고 있다는 것을 나에게 가르쳐준 코로나-19이다. 그리고 이렇게 잔인한 봄이 지나가고 있다.

※ 교사들의 급여 반납분은 차후 고용유지지원금과 기타의 지원금으로 모두 다시 지급될 예정임.

이제 우리 함께
희망을 노래하자

이재수

이재수한의원(수성구 수성동) 원장

 벚꽃과 복사꽃이 활짝 핀 완연한 봄의 계절, 4월이다. 하지만 대구는 봄의 향기를 잃어버렸다.

 지난 2월 18일 '코로나-19' 31번 확진 환자로 인해 대구는 벌집을 쑤셔 놓은 듯 패닉 상태에 빠져 위기감이 고조되었다. 여기에 정부는 대구와 청도를 감염병 특별관리지역으로 지정했다. 대구의 각급 학교 개학이 연기되거나 확진 환자가 다녀간 곳은 휴점하고, 임시 휴업을 하는 곳도 눈에 띄게 늘었다. 미증유의 코로나-19 전염병의 사태는 도시의 기능을 빼앗아 가 버렸다. 현재도 진행형이다.
 그날이 있은 후 한 장의 사진이 나를 경악케 했다. "국민소득 3만 달러 국가의 마스크 구매 행렬"이라는 제하에 "이날 오전 대구 북구 이마트 칠성점에서 마스크를 사기 위해 시민들이 수백m까지 줄지어 서 장사진을 이루고 있다."라는 언론 보도에서 '코로나-19'의 전염력을 실감할 수 있다.

"금주 휴진하는 한의원이 많네요."라는 후배의 문자까지 받았다. 며칠 뒤 출근 날 예약 환자의 취소가 눈에 띄게 늘어 평상시와 다른 분위기를 절감했다. '코로나-19'로 큰도로의 자동차 행렬도 확연히 차이가 나 도시의 생명력을 잃어 가고 있음을 충분히 짐작할 수 있었다. 이에 23일 문재인 대통령은 "코로나-19 사태가 중대한 분수령을 맞았다."며 전염병 위기 경보를 최고 수준인 '심각' 단계로 발표했다.

일주일이 지난 26일 '코로나-19'의 현황(오후 4시 기준)은 1,261명의 확진과 사망 12명으로 발표했다. 4월 4일(0시 기준) 확진 환자는 10,156명, 사망 177명으로 계속적인 증가 추세다. 이러한 긴 터널이 언제 끝날지 답답한 마음이다.

'우한 코로나 바이러스폐렴(코로나-19)' 국내 확진 환자가 처음으로 발생한 것은 지난 1월 20일. 그러다 2월 18일 대구에서 코로나-19 첫 확진자 발생 이후 매일 100여 명씩 확진 환자가 기하급수적으로 늘고 있어 안타까운 현실에 망연자실했다.

이에 편승한 정부는 '코로나-19' 관련 보도 자료에 '대구 코로나-19'라고 표현해 지역민의 분노를 자아냈다. 이는 정부가 '우한 폐렴'은 중국 혐오를 조장한다며 '코로나-19'로 쓰라고 하면서 정작 '대구 코로나'라고 하니 참으로 어처구니가 없었다. 대구는 안팎으로 불안감에 시달리며 한편으로는 자존심을 상하고 있다.

코로나-19 사태가 절정으로 치달아 오를 때 공포감은 우리 한의 원도 예외가 아니었다. 당분간 휴진할 것인가를 고민하던 차에 일단 며칠간을 쉬고 추후 경과를 보기로 했다. 거기에 환자들도 자발적(?)으로 내원하지 않아 한동안 생기를 잃어 적막마저 느껴졌다.

참으로 아이러니한 것은 마스크 대란에 이어 손 소독제, 체온계, 소독용 알코올, 의료용 솜 등 한의원의 주요 물품 품귀 현상이었다. 의료 업자에 따르면 지난 1월부터 그런 징조가 보였다고 한다. "요즘 한의원 경기가 어때요?" 하니 "지난 1월 기준으로 2월은 50%, 3월은 30% 정도의 매출입니다."라고 하며 걱정의 눈빛이 역력하다. 이를 토대로 한의원 사정도 별반 다르지 않으리라.

현재 코로나-19의 신규 확진자는 매일 백여 명 내외로 증가하고 있는 실정이다. 방역은 이미 무너져 무늬만 남은 게 아닐까 하는 의구심이 든다. 차라리 이제는 개인위생(마스크 착용, 손 씻기, 기침 예절 등)에 만전을 기해야 할 것만 같다. 세계보건기구(WHO)는 지난 3월 12일 최고 수준의 경보 단계인 팬데믹(pandemic)을 선포하였다. 이로 인해 전 세계에 국제적인 금융위기와 대공황이라는 어두운 그림자가 어른거리는 한편 우리 경제는 활력을 잃어 가고 있으니 걱정이 이만저만이 아니다.

건강보험공단 등급판정위원 회의 때 마스크 착용을 한 채 진행은 기본이고 건물 출입부터 체온을 체크하거나 손 세정제를 바르는 등의 과정이 일반화되고 있다.

그리고 중앙재난안전대책본부는 '사람 간 2m 안전거리'와 '마주 보지 말고 지그재그 앉기', 출퇴근 유연제나 재택근무제 활성화, 집회나 단체행사, 종교행사 등을 자제하는 '사회적 거리'를 유지할 것을 당부한다. 이제 우리는 방역의 대상이며 주체가 되는 중요한 기로에 서 있다.

이러한 패닉 상태와 불안감으로 인해 텅 빈 거리, 인적이 드문 도시는 점점 우울의 늪으로 빠져들고 있다.

그러나 국내 코로나-19 감염 사태에도 대구를 향한 사랑의 물결이 전해졌다.

"코로나 극복 힘 보탤게요!"

기업과 연예인 그리고 각계각층의 기부와 '착한 임대인 운동' 등이 전국적으로 확산되어 온정의 손길이 끊이지 않아 반가운 소식이다. '#대구·경북 힘내세요!', '#대한민국 파이팅!'의 슬로건도 SNS에 봇물처럼 퍼져 나가고 있다.

코로나-19의 빠른 회복을 위한 따뜻한 열정에 희망을 노래하고 있다.

코로나-19의 감염 공포는 우리 누구나 자유로울 수 없다. 따라서 코로나-19의 가장 좋은 방역은 신뢰다. '대구 포비아'가 지금은 전 세계적으로 '대한민국 포비아'로 번져 나가고 있다. 이럴 때일수록 우리는 희망을 얘기하는 지혜가 필요하다.

우리 국민은 힘들고 어려울 때 서로 돕는 저력을 보였다. '어려운 일이 생기면 서로 돕는다.' 는 환난상휼患難相恤의 정신이 지금도 내려오고 있다.

며칠 전 '코로나-19 한의진료 센터' 에서 무료봉사를 한 후배가 문자를 보내왔다. "이번 주까지는 오전은 진료를 하고 오느라 정신이 없었습니다. 다음 주부터는 서울로 센터를 이전한다고 하니 별 힘은 안 되지만 조금이라도 보태려 하고는 있습니다."라는 내용이었다. 그의 용기와 사랑에 잔잔한 미소를 머금는다.

하루빨리 코로나-19의 종식을 위해 인류가 지혜와 힘을 모아야 할 때다.

대한민국은 한 배를 탄 운명 공동체이다. 힘내자 대한민국!

코로나-19,
50일의 기록

이종복

카페23g (달서구 도원동) 대표

　대한민국에 첫 번째 코로나-19 확진자가 발생한 날짜가 1월 20일이었고, 대구 첫 확진자 31번 환자가 발생한 날이 2월 18일이었으니, 벌써 전국적으로는 82일, 대구에서는 54일이 지났다.

　그동안 황량하기만 했던 겨울이 지나고, 어느덧 예년과 같이 벚꽃이 피고, 지고, 다시 푸르름이 서서히 나무를 뒤덮고 있다.

　하지만, 코로나의 상처가 제일 깊었던 대구는 아직 겨울의 터널을 벗어나지 못하고 있는 느낌이다. 아직 학생들은 겨울방학의 연장선에 있고, 모든 학교의 새내기들은 입학의 축하도 뒤로한 채 학우들의 얼굴도 모르고, 담임의 소개도 제대로 듣지 못한 채 개학의 날들만 기다리고 있다.

　내가 운영하고 있는 조그만 카페 카페23g도 코로나의 공격을 피할 수 없었다.

　처음, 중국 우한에서 퍼진 코로나-19는 그저 다른 나라의 일로만 생각했다. 전염병이었고, 전파력도 강했고, 사망자도 있었지만, 그것이 우리나라에 전파되리라는 생각은 하지 못했다. 그저 중국이니까, 하는 안일한 생각을 한 것도 사실이었다. 전파가 되더라도 일부분만, 그리고 금방 큰 손실 없이 제압할 수 있겠거니 하고 생각하고 있었다.

31번 대구 첫 확진자가 생기고, 그것이 교회에서(처음에는 신천지라고 생각 못했음) 발생했다고 했을 때도 당황은 했지만 해결되리라 개인적으로 생각을 했었다. 하지만 그런 안일한 개인적인 생각은 신천지에 무너져버렸다.

무서웠다. 상상을 넘어선 공포와 황당함, 그리고 공황이 엄습했다. 카페는 말 그대로 한순간에 초토화되었다. 하루가 다르게 확진자가 폭발적으로 생기는 가운데 사람들은 패닉 상태로 들어섰고, 길을 다니는 사람도 거의 없었다.

카페의 매출은 한순간에 바닥을 쳤다. 이런 경우를 경험하지 못했기에 나는 많이 당황했다. 카페 운영시간은 대폭적으로 조정을 했고, 일찍 문을 닫기로 조정을 했다. 이런 상황에서 카페운영을 어떻게 해야 할지 판단이 서질 않았다. 왜냐면, 1월은 1년 중 카페의 매출이 가장 좋지 않은 비수기의 달이고, 설날을 끼고 있어 2월, 3월의 매출을 예상하여 대목 지출이 상당히 많았던 상황이었다.

특히 카페의 물품 결제를 대부분 카드로 하기에 카드 결제액이 많아, 2월에 도래하는 결제액이 걱정이 되었다. 목이 그리 좋지 않은 카페이기에 한 달만 삐끗하면 상당한 데미지로 다가오는 게 현실이었다. 헌데 코로나-19의 상황은 당장의 데미지뿐만 아니라 앞으로의 상황을 판단하기 힘든 그런 상황이었다.

그래서 일단 영업시간을 낮 시간에 조절하여 운영하였다. 목구멍이 포도청이라 문을 닫을 수가 없었다. 아내는 위험하니 문을 닫자고 했으나, 그렇게 못 하였다. 위험은 했지만, 이대로 주저앉을 수 없었다. 카드사나 대출이자는 기다려주질 않으니까… 연체라도 하면 바로 신용등급에 영향을 미치고, 차후 미래에 장사를 하는 데 영향을 미치니 어쩔 수 없다는 판단이었다.

지금 생각하면 참 바보 같고 미련한 짓이었다. 운이 좋아서 그냥 넘어갔지만 혹여나 좋지 않은 상황이 벌어졌으면, 그 이상의 문제가 더 발생했으리라 반성한다.

일단, 각 보험사의 계좌이체를 모두 중단했다. 그리고 각종 공과금의 계좌이체를 중단했고, 아울러 카드와 대출이자를 제외하고 모든 납부되는 것을 중단했다. 그리고 조금 빨리 소상공인 공단에서 운영하는 코로나 대출을 알아보았다.

하지만, 역시 소상공인 공단에서 대출하는 것은 어려웠다. 일단 대출자격이 황당했다. 내가 소상공인 공단에 상담한 날이 2월 26일이었는데, 공단 측에서는 전년도 1월부터 2월 25일까지의 매출내역과 올해 1월부터 2월 25일까지의 매출내역을 뽑아 10% 이상의 매출하락이 있어야 대출이 가능하다고 했다.

웃긴다. 대구에 31번 확진자가 생긴 게 2월 18일인데, 그리고 매출급락이 생긴 게 일주일 남짓인데, 비교 구간을 저렇게 잡아놓으면 어느 누가 매출하락으로 대출을 받을 수 있는 것인가. 답답했다.

다행히, 신용보증기금 측에 직접 연락하니 코로나 대출이 조금 가능하다고 해서 신청을 했지만, 집행 시까지 5주 걸린다고 한다. 다 망하고 대출하는 것인가 하는 생각이 들었다. (다행이 지금 은행에서 코로나 대출이 가능하기도 해서 시간이 대폭 줄었다.)

그러면서, 카페는 영업시간은 단축했지만 운영을 계속했다. 수시로 소독을 하며, 손 씻기를 하고 마스크를 끼고 운영을 하기는 했지만, 매출은 오르지 않았다.

하지만 어쩌겠는가. 나의 잘못도 아니고, 나만 그런 게 아니라 지금 다 힘든 시기인 걸. 단지, 살아야 하기에 손님이 없어도 문을 닫지도 못하는 처지가 서글프기도 했다.

대구는 이제 코로나-19 감염자가 많이 줄었다.

많은 감염자는 불행이었으나, 전국적인 의료진의 헌신과 자원봉사자들의 노력으로 많은 희생을 줄였다. 아울러 다른 나라에는 심하게 보이는 사재기 역시 거의 없었다. 마스크 역시 혼란은 있었지만, 나름의 노력으로 극복할 수도 있었다.

그 결과로 손님은 아직 많지 않지만 카페는 정상운영으로 돌아섰다. 아직 불안한 상태다. 앞으로 경기가 어떻게 될지 모른다는 게 두렵다. 왜냐면 코로나-19뿐 아니라, 유가폭락 및 세계적 코로나-19 유행으로 경제가 거의 패닉 상태라 앞으로 어떻게 될지 가늠이 쉽지 않다.

이제부터 더 힘든 상황이 도래할 거라는 생각은 든다. 지금 당장은 코로나 대출로 어떻게 넘기고 있지만 앞으로 경기침체가 나의 삶에 어떤 영향을 미칠지 아직은 아무런 판단이 서질 않는다. 하지만 어떻게 하겠는가. 그것은 내 힘으로 막을 수 있는 일이 아니지 않는가. 우선 당장은 코로나-19 백신이 빨리 상용화되어서 세계적으로 급한 불을 끄고, 세계경제가 정상적으로 회복되길 기원할 뿐이다.

이번 코로나-19 사태는 분명 모두를 힘들게 했다. 아직은 해결되지 않았지만, 적어도 어떻게 생각하고, 대응하고, 살아가야 하는지 생각할 수 있는 시간을 가지게 했다. 앞으로도 코로나-19와 같은 전염병과 같은 어려움이 닥칠지 모른다.

이번을 계기로 좀 더 미래에 대한 대비와 생각을 가지고 삶을 살아가야겠다는 생각이다.

코로나를
관통하며

이종일

이종일놀이연구소(중구 성내동) 대표

한겨울, 일이 전혀 없었다.

출구 없는 카드만 연신 긁어대는 나날이었지만 서랍 속 비상금 30만 원은 손대지 않았다.

아내의 생일을 두 달이나 남겨두고 안계의 송종대 선생님은 나에게 목걸이를 선물하라고 하였다.

2019년 고3 수험생 엄마로 큰아이를 잘 다독여 지역에 있는 국립대를 보냈고, 돈 안 되고 못난 놀이 디자이너 겸 동요 작곡가랑 살아온 세월도 벌써 만으로 20년이니 내가 무언가 감사의 선물을 할 생각을 전혀 못 한 게 부끄러웠다. 게다가 연로하신 노부모님과 쓰러져가는 한옥에서 같이 살면서 봉양하는 요즘 보기 드문 착한 며느리이지 않은가?

며칠을 목걸이를 보러 다녔다. 사실은 교동 쥬얼리 골목이 아닌 인터넷으로 말이다. 당근마켓이라는 중고시장에도 기웃거려보았다. 여러 목걸이를 입질하면서 점점 아내에 대한 생각이 깊어졌고 고마움이 뜨겁게 올라오는 것을 자주 느꼈다. 아내가 목걸이를 충분히 받을만한 자격이 있다고 생각하니 바로 아내에게 "고맙다"는 말이 입에서 자주 나왔다.

생일 며칠 전, "당신 올해 고생했는데 목걸이 하나 해 줄까?" 하니 목걸이를 너무 안 하다 보니 거추장스러워 시계를 갖고 싶다고 하였다. 아내가 딸아이와 교동으로 손목시계 아이쇼핑을 나갔다 온 날, 코로나 바이러스가 대구까지 확산되었다는 소식이 들렸고 '매뉴얼 없는 자가격리로 인한 문제'가 하나둘 나타나기 시작하였다. 포말의 문제와 마스크의 필요성이 강조되니 당장 마스크가 동이 나고 말았다.

당장 나도 일거리가 다 취소되어 없어져 버린 것을 한탄하며 SNS를 열었는데 대구의 가수 황성재님이 대구 쪽방상담소의 장민철 소장님과 한 대화 내용이 보였다. "라면 10박스 고맙다. 돈도 없는 게…", "이젠 돈 벌잖아." 머 이런 내용이었지만 나는 뭔가 문제가 생겼음을 직감하였다. 사회적 약자로서는 견딜 수 없는 사회관계 단절과 물리적 단절, 즉 생존의 문제를 어떻게 해결해야 하는지 여러 군데 전화를 걸었다.

마침 쪽방에 거주하시는 분들이 마스크가 부족하다는 것과 한 사랑 사회복지법인 통합어린이집 교사용 마스크가 없다는 것을 알게 되었다.

아내와 긴급하게 회의를 하였다. 아내의 적극적 동의로 마스크를 만들어 돌리자는 결론이 금방 났다. 아내는 손목시계값으로 마스크 원단을 구입하자고까지 하였다. 아내의 실행력은 이때 드러났다. 당장 인터넷으로 처음 보는 마스크 본을 이곳저곳에서 살피고는 서문시장에 전화를 하고 필요한 게 무엇인지 알아보았다. 금요일, 우리는 아내의 시계 값으로 바로 장을 보았다. 창덕 한약방 성문 형이 보태라고 10만 원을 주었다.

나는 우리끼리 하면 별 의미가 없을 것 같아 아는 사람들에게 전화와 SNS로 연락을 하여 토요일 모이자고 했다.

재봉틀이 한 대밖에 없으니 혼자 하면 금방 할 수도 있을 것이지만 그래도 함께 무언가를 나누는 일은 더디 가도 아름다운 것이라고 생각했다.

그렇게 마스크를 어떻게 만드는지 전혀 모르는 우리는 3.1만세 계단 아래 종일 놀이터에 모였다. 각자 할 일을 분담하고, 아이들도 책을 보다가 일을 거들어 주었다.

저녁은 후원금으로 해결을 하고 다음 날은 모이지 말자고 제안했다. 바이러스의 확산 정도가 심해졌고 사회적 거리두기가 필요했다. 이틀 동안 마스크를 수정하고 완성하는 것은 아내인 손진이 모두 떠안았다. 나는 그저 잔심부름이나 할 뿐 할 수 있는 게 없었다.

다음 날 한사랑 법인에서 인규 씨가 찾아왔다. 한사랑에서도 만들어 보려고 한단다. 이진런 의원도 온 사방에 알리고 있었다.

누구는 선물을, 누구는 간식을, 누구는 재료비를 보내주기도 하였다. 처음에는 재료비를 받지 않는다고 하였으나 그분들의 요구가 집요하다 보니 결국은 허락하고 말았다.

사실 3대가 함께 사는 집의 가장이 겨우내 일 없이 봉사하기란 괴로웠다. 매일매일 숨이 턱턱 막히고 부모님과 눈을 감히 마주칠 수가 없게 된 이 문제를 알게 된 여러 분들이 숨통을 틔워주셨다.

쪽방상담소에서는 마스크 만드는 비용에 보태 쓰라고 상품권도 주셨고, 알고 지낸 지 얼마 안 된 어느 분도 거액의 생활비를 주셨다. 또 전교조 교사들이 돈을 모아 월세를 보태주셨다. 이진련 의원 친구들도, 성문님, 미경님, 우정님, 수옥님, 현주님, 행선님, 용우님, 종남님, 연숙님 등 많은 분들이 하루하루 버틸 돈을 보내주셨다.

이틀이 지나고 한사랑 법인에 마스크를 갖다 주려고 갔더니 벌써 마스크를 만들고 있었다.

다음 날은 대구쪽방상담소에 가져다주었다.

소문을 듣고는 기록을 하려는 사람도 있었고, 취재를 오는 사람도 있었고, 방송을 하러 오는 사람도 있었다.

방송과 지면에 자주 나오면 과거의 기억으로는 '욕만 먹는 게 아닐까?'라는 생각이 들어 거부하고 숨어 버리려고도 했다. 하지만 연출자와 기자와 작가들이 애를 써서 요청해 주셨는데 그냥 운명에 맡기고 모든 출연에 응해주었다.

결국 아내 손진의 생일 시계값은 아내의 손으로 마스크를 완성하여 뜻있게 쓰인 셈이다.

어느새 온갖 칭찬은 내가 받고 있다. 사실은 아니다. 아내인 손진이 받을 칭찬이다.

지금도 한 주에 몇십 장씩은 쪽방상담소에 갖다준다.

일이 하나도 없이 멍하게 있기보다는 예술가의 책임이 무엇인지 알게 되었다. 쪽방상담소에서 물건 분류하는 일을 한동안 도우며 동산병원 식당에서 저녁 식사 봉사를 하면서 코로나-19를 건강하게 관통할 수 있는 노래를 만들어야 했다.

사람들의 불안과 공포심을 자극하는 거짓 뉴스가 극심하였다. 그래서 급히 만든 것이 전염병을 이길 수 있는 규칙 7가지를 담은 "언젠간 끝이 와요."이다. 곧바로 유튜브에 올렸더니 반응이 좋았다. 이어서 몇몇의 노래도 만들거나 다시 불러 올려보았다. 마지막으로 코로나와 싸우는 낮은 자들과 시간과 물질을 내어 봉사하는 분들을 기리는 노래를 만들어 올렸다. 이 노래를 들으신 분 중 한 분이 번역본을 만들어 올려주시기도 하였다.

4월 4일 오늘은 모든 봉사활동을 접고 서문시장에 다녀왔다.

마스크를 잘 만든다는 소문이 나자 몇몇 분들의 마스크 제작 의뢰가 들어왔기 때문이다. 우리는 이분들의 마스크를 만들면서 꾸준히 쪽방에 계신 분들께 마스크를 전달할 계획이다.

손진공방은 이제 한복 제작과 규방 공예가 아닌 마스크 공방으로 더 유명하게 되었다.

꽃들의
비명

푸른꽃화원(남구 봉덕동) 대표

2월 21일, 고객으로부터 전화가 왔다.

"미안하지만 아무래도 코로나 때문에 행사를 못 할 것 같아요. 꽃다발 아직 안 만들었죠? 취소 좀 해주세요."

'이를 어쩌나. 아침 일찍 가서 꽃을 사서 이미 다 준비했는데.'

지난밤에 코로나-19가 번지기 시작했다는 뉴스를 보고 예약된 꽃다발이 취소되지 않을까 걱정했는데 결국 현실이 된 것이다.

그날은 대구에 코로나-19, 31번 확진자가 발표된 다음 날이었다. 코로나가 국내에 확산되기 시작한 날부터 꽃집에는 행사 주문 예약 취소가 줄을 이었다. 꽃은 다른 용도로 활용할 수 없는 품목이라 주문 취소는 바로 손해로 이어진다.

올해는 졸업식을 학교별로 설 명절 전후로 나누어서 진행하는 것으로 알고 있었다. 설 명절 전부터 꽃값이 너무 올라 있어서 졸업식 꽃다발을 준비하는 데 비용이 많이 들었다.

코로나가 서서히 퍼지기 시작하자 설 명절 후 졸업식은 거의 취소되었고, 꽃다발 손님은 점점 줄어들었다. 꽃 냉장고에는 졸업식 날을 대비해 준비했던 꽃들이 시들어갔다.

2월 22일 결혼식에 주문받았던 화환도 예식 취소로 인해 취소되었다.

이날 이후 결혼식은 연기되거나 취소가 되어서 화환 주문은 끊어졌다. 31번 확진자가 다녀갔다는 보도가 있자 그 시간대에 퀸벨호텔 예식장에 배달을 다녀온 기사는 잠복 기간인 14일이 경과했지만 몸에 조금만 이상한 증세가 보이면 감염된 것이 아닌가 하고 후유증에 몹시 힘들어했다.

코로나 확진자가 늘어갈수록 꽃 냉장고에 구입해 놓은 꽃들은 시들어 쓰레기로 버려졌고 손해는 점점 불어났다. 화분 몇 종류를 구입하기 위해 도매상에 들렀다. 마스크를 착용하고 서로 얼굴을 마주하지 않고 비스듬히 서서 인사를 했다. 도매상 사장님은 거의 절망적인 하소연을 했다.

"경매장에서는 대구 상인들을 오지도 말라고 해요. 대구를 우한 취급해요. 물건이 없어도 갈 수가 없어요. 구매해둔 화분들도 팔리지 않고 그대로 있어서 구입할 필요도 없지만…."

난초 화분들을 취급하는 이 매장은 이 시기에는 주문량이 많아서 말을 걸기가 어려울 정도였는데 너무나 한산한 광경에 놀랐다.

난 종류들은 보통 부산이나 서울의 경매장이나 도매상을 거쳐서 소매상인에게 유통이 된다.

35년 정도 꽃집을 하면서 꽃은 과소비라고 해서 규제를 했던 때도 있었고, 청탁금지법(김영란법)으로 인해서 타격을 입기도 했지만 이처럼 코로나로 인해 피해를 본다는 것은 상상도 못했다.

천직이라 생각하며 몸이 허락할 때까지 꽃집을 지킬 것이라고 확신했는데, 요즈음은 점점 자신이 없어져 간다.

서울, 부산, 울산 등 꽃집 사장님들에게서 연락이 왔다.

"우리도 어렵지만, 대구는 정말 힘들지요? 걱정이 돼서 전화했어요. 사실 전화하기도 망설였어요. 너무 막막한 상황이라 뭐라 위로의 말을 할 수도 없고, 별일 없지요? 다 같이 이 시기를 넘기면 잘 되겠죠?"

다들 어려운 상황인데도 대구는 늘어나는 코로나 확진자로 더욱 힘들다고 생각하고 있었다.

코로나 확진자가 다녀간 병원에 있는 장례식장 배달 기사들은 화환을 배송하기가 두렵다고 걱정했다.

고객들이 화환 주문으로 캡처해 온 부고장에는 "문상은 정중히 사절합니다."라는 문구가 있고, 화환을 배송하는 기사들 말에 의하면 상주들만이 빈소를 지키고 있고 장례도 2일장으로 하는 데도 있다고 했다.

3월 초에 있는 인사나 승진은 물론이고 개업, 생일, 결혼기념일, 14일 발렌타인데이, 봄꽃 장식, 학교, 행사장에 들어가는 상품들이 올해에는 전혀 판매되지 않는다.

동양란의 품격 있는 꽃대는 기다리다 못해 말라버렸고, 화려한 호접란들은 이미 때를 놓쳐 꽃을 지탱해준 지지대만 남았다.

봄이면 프리지아, 장미, 라넌큘러스, 튤립, 아네모네, 스토크,

금어초 등 예쁜 꽃들이 너무나 많은데 재고를 생각하면 구입할 수가 없다.

꽃은 사랑이고 감동인데 이제 꽃은 나에게는 아픔으로 다가온다.

봄꽃, 화분으로 채워져야 할 매장은 비어 있어 썰렁하다.

매출이 0인 날도 생겨났다. 임대료, 전기세, 생활비, 보험료, 기타 등등 필요한 자금은 어떻게 해야 하나?

코로나 이전에도 경기가 좋지 않아 어려웠는데 이제는 더욱 힘들어진 것이다. 난값 또한 예외는 아니다. 가격이 떨어졌고 소비 자체도 되지 않는다. 결혼식 화환용으로 많이 사용되는 거베라는 가격이 많이 하락했다.

며칠 전 생화 도매상으로부터 전화가 왔다. 장미 좀 구입하라고. 그 매장은 농가로부터 직접 장미를 위탁받는 업체다.

"지금은 장미가 필요할 때가 아니에요."

말도 안 되는 가격 제시에 한 뭉치를 보내 달라고 했다. 꽃이라도 보면 위안이 될 것 같아서.

이맘때쯤이면 출산, 생일, 결혼기념일, 칠순, 환갑, 개업, 승진 등 축하 선물로 꽃바구니, 꽃다발, 화분, 난 등의 주문이 많을 때이다. 하지만 이제 세상은 코로나의 공포로 꽃집은 안중에도 없는 거 같다. 언론에서는 농가를 살리기 위해서 꽃을 선물하고 1인 1화분 기르자고 홍보도 하지만 우리 가게에는 꽃 한 송이, 화분 하나 찾는 고객이 없다. 어쩌다가 장례식장 화환 주문이 있을 뿐이다.

코로나는 언제 끝이 날까?

아침에 출근하는 길에 라디오에서 "사람들이 꽃말을 붙인 것이 꽃에 마음을 담아 표현한 것이라고 본다면 벚꽃은 치유고 기다림일 거"라는 말을 들었다.

사방 천지에 벚꽃이 만발하고 있다.

농장에 가서 화분을 고르고, 꽃이 가득 쌓인 매장에서 향기를 맡아보고, 꽃과 한참을 눈 맞춤하던 그 시절이 그립다.

밀려드는 주문에 정신없이 일하다가 저녁때가 되어서야 점심을 먹던 그런 날들이 오기는 올까?

보고, 듣고,
느끼는 것의 행복

대구앵글(달서구 죽전동) 대표

밤에 화장실에 가려고 일어나니 눈앞에 커다란 검은 점이 보였다. 괜찮겠지, 하며 참고 견뎌보니 나중에는 물체가 휘어져 보였다. 급히 가까운 안과에 갔더니 당장 큰 병원으로 가라는 것이다. 지금도 마이너스 30디옵터 초고도 근시인데, 더 늦으면 실명할지도 모른다는 말에, 가게 문 닫고 아내와 동산병원 안과로 갔다. 아내가 휑하니 비어 있는 진료대기실을 둘러보며 말했다.

"진찰실이 미어터져야 정상인데 휑하니 비어 있네요."

"코로나 감염될까 봐 모두 조심하는 거지."

창밖에서 삐뽀삐뽀, 하며 구급차가 숨 가쁜 소리를 내며 병원으로 들어오고 있었다. 한두 대도 아니고, 계속 줄을 이어서. 코로나 확진환자가 급격히 늘어나고 있다는 증거였다. 코로나를 조금 지독한 독감 정도로 알고 있다가 코로나-19 중증 응급치료센터로 직접 와보니 상황이 완전 딴판이었다. 갑자기 등골이 서늘해지는 것이, 날이 갈수록 사망자가 늘어가는 추세여서 마음을 놓을 처

117

지가 아닌 게 분명했다.

"와, 이거 무서운 병인가 보네. 사망자 늘어나는 것 봐요."

"기저질환이 있는 사람들이라는데 뭘."

"오십 대 이상의 연배에 기저질환 없는 사람이 어딨어요."

"점점 살기 어려워지네. 영세업자만 죽어나는 거지."

신천지만 아녔어도 초장에 병을 잡을 수 있었다. 어려울수록 서로 도와서 병을 물리쳐야 하는데, 판을 깨자고 작정한 것도 아니고. 가게에서 동산병원이 차로 5분 거리에 있다. 동산병원이 이사를 오니 종합병원이 가까워서 든든하고 좋긴 한데 온종일 쉴 새 없이 울려대는 구급차 사이렌 소리에 불안하고 시끄러운 게 보통 고초가 아니다.

아내가 뉴스를 검색해보더니 신천지 교인이 퍼뜨리고 다닌 코로나-19가 전국으로 번져서 질병본부가 국가재난 심각 단계를 발표했다는 것이다. 이거야 말로 진짜 대형 사고다! 치료제도 없고 전염성도 빠르다던데. 무조건 사람을 만나지 않아야 병을 물리칠 수 있다니, 국민들 한 사람 한 사람이 모두 자가격리를 해야 하나 보다. 손님을 어떻게 받고, 제품 설명을 어떻게 하지. 원하는 물건이 무엇인지 설명을 들어야 하고 설계도면을 그려서 보여주며 물품대금을 결정해야 하는데 2m 뚝 떨어져서 거래를 해야 하나? 모르겠다, 어떻게 되겠지. 옛날에는 하루 한 끼 간신히 먹으면서도 안 죽고 살았다. 지금은 끼니 걱정을 할 때가 아니라 병 걱정을 해야 한다. 병을 집으로 가져오지도 말고, 남에게 옮기지도 말고.

세미나에 참석한 의사가 돌아오고 진찰을 받았다. 의사가 당장 눈 수술을 하자며 일정을 잡아주었다. 의사에게 그렇게 급하냐고 물으니, 미적대다 시력을 영영 잃을지 모른다고 겁을 주었다. 언제 시간이 되느냐는 의사의 물음에 집사람은 내일이라도 일정 잡아주면 수술을 받겠다고 했다. 저 사람, 뭘 믿고 저리도 침착한지 모르겠다. 내 눈 때문에 너무 많이 놀라서 만성이 되었나? 착하면서도 강단 있는 아내다.

웬일이지? 예약을 하고 날짜를 받아 며칠씩 기다리는 게 보통인데 바로 수술을 하자니 위급상황이 맞나보네. 좋아, 수술하라면 하지 뭐. 그나저나 코로나 덕을 보긴 했으니 운이 좋다고 해야 하나? 수술 예약을 하고 집으로 오는 길에 약국에 갔더니 그 사이 마스크가 매진되고 없다.

구급차가 그렇게 많이 다니는 이유를 알았다. 대구 경북이 코로나-19 발생으로 인한 특별재난지역으로 발표되며 전국 300여 명의 구급대원들이 구급차와 함께 대구로 달려오며 기하급수적으로 번지기 시작한 코로나-19 환자를 실어 나른다는 것이다.

"드물게 선천적 초고도 근시네요."

그 눈으로 이때껏 밥 벌어먹고 사느라 고생했다는 듯 아내가 어깨를 꼭 짚어준다. 날마다 하는 말이다. 장하다며. 수술을 받는다고 눈이 맑아질 리가 만무하지만 한동안은 견디지 않겠느냐고 긍정적인 생각을 했다. 일반 환자가 없으니 개인적으론 수술을 빨리 받을 수 있어서 좋다. 병실마다 침대가 텅텅 비었고, 3등실 입원환자가 나까지 두 명이다. 수십 번의 주사와 2시간 30분의 힘든 수술이 괴롭긴 했지만 30센티미터도 안 보이던 앞이 수술 한 달

만에 고도안경을 쓰고 가게에 나올 정도가 되었으니 두 손 모아 천주님께 감사할 일이다.

코로나-19 발생 51일 만에 드디어 대구가 확진환자 0을 기록했다. 질병본부의 빠르고 신속한 대응으로 환자가 줄어들고 있으니 불행 중 다행이라 할 수 있겠다. 고객들에게 물품을 전달하는 70대 단골 퀵 보이는 코로나 때문에 콜이 반도 들어오지 않는다며 힘들어 했다. 또 날마다 가게로 오던 노인은 파지보다 고철이 낫다면서 날마다 앵글조각을 줘서 고맙다고 삼천 원짜리 포도주를 한 병 사왔다. 기껏 앵글조각 몇 개 가져가고 포도주 사오면 손해라며 다시는 이런 거 가져오지 말라고 돌려보냈다. 일요일 빼고는 하루도 빠지지 않던 노인이 무슨 일인지 통 나타나지 않는다.

코로나 시대에는 누가 보이지 않으면 병원으로 실려 간 게 아닐까 해서 영 불안하다. 가게를 운영하는 영세업자들이 모두 힘들어하는 시국이다. 신천지 교인들로 인해 대구에서 확진환자가 전국 1위를 기록할 때는 어디 가서 대구 사람이라고 말하기도 민망했다. 실제로 대구의 청년이 서울에 갔다가 방 얻는데 고생을 했다거나 밥도 못 사먹고 쫓겨났단 말을 듣고 심히 부끄러웠다.

여담이지만, 며칠 전에는 약속이 있어서 부부가 나란히 나갔다가, 친구들이 워워 손을 저으며 코로나 시대에는 몰려다니지 말고 한 사람씩 떨어져 다니라고 해서 한참 웃었다.

철쭉이
활짝 피면

정순희

정순희논술학원(북구 침산동) 원장

지난해 8월 비지땀을 흘리며 논술학원을 열었다.

한 달 꼬박 발로 뛰며 준비한 덕분에 3,000여 권의 책이 책장에 꽂혔고, 삼나무 향이 풍기는 책상도 마련했다. 무엇보다 아늑하고 신선한 숲 분위기를 내고 싶어 나무와 꽃들을 들여와 학원을 꾸민 건 정말 잘한 일이었다. 책을 읽는 어린이들이 "선생님, 여기 오면 이상하게 집중이 잘 돼요." 하며 좋아해 주었기 때문이다.

가을을 보내고 겨울을 맞으면서 차츰 수강생이 늘었고, 수업을 준비하는 나도 차분해졌다. 새 학기가 되면 이제 학원도 자리를 잡을 것 같아 자못 설레던 날이었다.

2월 19일 아침, 방학특강으로 이른 시간부터 수업 하던 중이었다. 연속적으로 문자가 날아왔다. 코로나-19로 학원 휴원을 강력히 권고한다는 교육청의 메시지였다.

'에잇, 그깟 바이러스. 일주일 정도 지나면 잦아들겠지.' 라고 생각하며 씩씩하게 학원 문을 닫고 집으로 왔다.

분주했던 일상에 선물 같은 여유가 주어진 것 같아 어떻게 이 시간을 잘 보낼까 계획을 세웠다. 미루어 두었던 글쓰기 원고를 꺼냈고, 읽고 싶은 책을 찾아 책상에 쌓아 두었다. 영어 회화, 그림 그리기, 인문학 강의 듣기, 스트레칭까지. 휴원 동안 알차게 보낼 요량이었다.

그러나 아침마다 들려오는 뉴스 속보에 마음이 빼앗겨 아무것도 할 수 없었다. 눈덩이처럼 불어나는 확진자 소식에 야심 차게 세웠던 계획은 계획 속에만 머물러 있었고, 짓누르는 두려움과 염려로 매일 머리가 지끈거렸다.

하릴없이 시간은 흘러갔다. 멀리 사는 지인은 고립된 우리를 걱정하며 식료품을 보내주었고, 수시로 전화로 위로의 말을 해 주었다.

그즈음 학원에 있는 나무와 꽃이 걱정되기 시작했다. 두 주 동안 꽁꽁 갇힌 식물들이 픽픽 쓰러졌을 것만 같았다. 특히 복도에 내놓은 큰 철쭉은 물을 못 먹어 말라버렸을지도 모를 일이었다. 차를 타고 학원에 가는 것도 꺼려졌다. 보이지 않는 바이러스가 좀비처럼 덮칠 것 같아 겁이 났다. 남편은 혼자서 다녀오겠다며 학원으로 갔다. 한참 만에 돌아온 남편은 어떤 건 배배 말랐고, 어떤 건 폭 꼬꾸라졌고, 어떤 건 누렇게 떴더라며 긴급 처방을 해 놓았다고 했다. 다행히 철쭉은 푸르게 학원을 지키고 있더라며 기특해했다. 비실거리는 식물은 화분째로 박스에 담아와 베란다에

쪼로미 내놓았다.

눈만 뜨면 텔레비전을 켜던 남편이 그 다음 날부터는 베란다에서 아침 시간을 다 보냈다. 평소에 내가 새 화분을 사 오든, 물을 주든, 분갈이를 하든, 아무 관심 없던 남편이 이제 식물들의 보호자가 된 듯 물을 주고, 잎과 가지를 다듬고, 대를 세우고, 분갈이까지 했다.

어느 날, 하도 기척이 없어서 베란다로 가 보았다. 남편은 학원에서 가져왔던 칼랑코에가 소복하게 꽃을 피운 것을 하염없이 바라보고 있었다. 나는 말을 붙이기가 조심스러워 뒤에서 한참 지켜보다가 조그마한 소리로 남편을 불렀다.

"당신, 뭐 하고 있는 거예요?"

"음, 꽃들과 이야기하고 있지."

남편의 대답에 나는 풋, 하고 웃음이 났다.

'꽃 이름 하나도 아는 게 없던 사람이 코로나-19 덕분에 여성호르몬이 많이 나왔나. 웬 센티멘털?'

하루는 아침을 준비하는 나를 크게 불렀다.

"여보, 이리 좀 와 봐!"

나는 무슨 큰일이 났나 하고 베란다로 달려갔다.

"여기, 여기 좀 봐!"

남편이 가리킨 건 콩알만 한 다육이 새순이었다.

"요 녀석들, 참 대단하네. 이 좁은 데서 자라는 것 좀 봐!"

남편은 생명의 신비를 발견한 양 들뜬 목소리로 말했다.

남편이 식물들과 대화하는 동안 나는 내 계획을 떠올렸다. 마치

딱딱한 화분 속에 물 한 방울도 먹지 못해 말라비틀어진 씨앗 같은 내 계획들, 어차피 학원은 휴원할 수밖에 없는데 이래서는 안 될 것 같았다. 조금이라도 실천해야겠다는 생각이 들었다.

매일 아침 왕초보 영어 회화 공부부터 시작했다. 유튜브에서 만난 선생님과 하루하루 시간을 보낸 게 35일 차까지 왔다. 영어 공부가 끝나면 그림도 그렸다. 산을 그리고, 꽃을 그리고, 사람의 눈을, 코를, 머리카락을 그리는 법도 배웠다. 그다음은 인문학 강의 듣기다. 톨스토이를 만나고, 니체를 만나고, 도스토옙스키, 융도 만났다. 이것도 다 유튜브 선생님을 통해서다. 구스타프 카를 융은 강의만으로는 갈증이 해결되지 않아 660페이지가 되는 자서전도 읽었다. 다 읽고 나니 기억나는 게 별로 없었다. 그래도 읽었다는 것만으로 뿌듯했다.

쓰다 만 원고를 붙들고 끙끙거리기도 하고, 여러 작가도 만났다. 김원일, 김훈, 히가시노 게이고, 앤드루 포터, 사노 요코, 테드 창. 그리고 내가 좋아하는 다수의 한국 동화작가가 쓴 동화도 읽었다. 책을 읽고 무엇을 얼마나 얻었는가보다 읽고 싶은 책을 빈둥거리면서도 읽어냈다는 것으로 만족했다.

영어 회화는 여전히 왕초보이고, 그림도 아직 아무것도 제대로 그릴 수 없고, 인문학은 여전히 어렵고, 글쓰기는 미완성이고, 책은 읽어도 어리벙벙하지만 그래도 지끈거리던 머리가 맑아졌고 불안했던 마음이 진정된 게 어딘가 싶었다.

학원 문을 닫은 지 50일이 지났다.

다행히 확진자 수가 줄어들더니 어제 대구는 확진자 수가 0이었다. 정말 다행스럽다.

통장은 텅텅 비었을 뿐 아니라 굵직한 마이너스가 선명히 보인다. 한동안 현실적인 시름에서 어떻게 헤어 나올지 걱정이 태산이다. 하지만 주문처럼 혼잣말로 중얼거린다.

"우리만 힘든 게 아냐. 다들 힘들잖아. 괜찮아질 거야. 그럼 괜찮아져야만 해!"

오전에 혼자 학원의 식물을 돌보러 간 남편이 영상 전화를 걸어왔다.

"철쭉 있지? 봐봐, 봉오리!"

정말 볼그레한 봉오리가 앙증맞게 맺혀 있었다.

"철쭉이 활짝 필 때쯤 학원 문도 열 수 있을 거야!"

남편은 아무 걱정 없는 사람처럼 활짝 웃으며 말했다.

오늘도 남편은 다육이 잎을 따서 잎꽂이를 했단다. 그런 건 어떻게 알았느냐고 물었더니 유튜브 선생이 가르쳐줬다나. 이제 식물 박사가 되는 건 아닌지 모르겠다.

나도 다시 책을 든다. 학원 문 열기 전에 읽어야 할 책이 아직 다섯 권이나 남았다. 철쭉이 활짝 피기 전에 빨리 읽어치워야겠다.

분노와 광기의
시간을 넘어

천영애

동일전기 이사, 시인

코로나가 이 도시를 덮쳤을 때 제일 먼저 생각한 것은 탈출이었다. 그러나 아무리 둘러보아도 갈 만한 곳이 없었고, 무엇보다 하던 일을 놓고 갈 수는 없었다. 어쩔 수 없이 우리는 바이러스가 덮친 도시에서 속수무책으로 견딜 수밖에 없었다.

『페스트』에서 정부관리들이 날마다 죽어가는 쥐의 숫자를 발표하는 것처럼 우리나라도 날마다 코로나에 걸린 사람들의 숫자와 사망자 수를 발표했다. 시민들이 불안과 공포에 떠는 것을 기회로 종교는 자기들의 신을 믿지 않는 것에 대한 벌이 내린 것이라며 기도를 열심히 하라고 했고, 정말로 일부 사람들은 기도만이 바이러스에 대한 부적이라도 되는 듯이 신에게 매달렸다. 신을 믿지도, 기도도 하지 않는 나는 그저 현대의학을 믿으며 하루빨리 치료약이나 백신이 개발되기를 기다릴 수밖에 없었다.

대구에서 감염자 수가 늘어나면서 외국 각국은 앞다투어 대한민국과 특히 대구사람의 입국을 금지했다. 일의 대부분을 외국에서 하던 우리 회사는 졸지에 날벼락을 맞은 꼴이었다. 중국에서 일하던 직원이 급히 귀국했고, 진행하던 모든 일들은 중지되었다. 날마다 여론은 외국에서의 입국을 막아야 한다고 아우성이었지만 정말 그리 된다면 우리는 속수무책으로 보이지 않는 바이러스만 보아야 할 판이었다.

결국 우리 회사는 직원들의 출근을 정지시켜야 했다. 출근한다고 해도 할 일도 없었고, 직원들의 인건비와 경비를 감당할 도리가 없었다. 정부에서는 그때까지도 인건비 지원에 대한 소식이 없었고, 우리는 어쩔 수 없이 일부 직원들을 해고하기에 이르렀다. 우선 실업급여라도 받으며 서로가 견디는 수밖에 없었다. 그러나 그동안 숙련시켜놓은 기술자들이 손을 놓는 것이 무엇보다 안타까웠다. 회사의 운영이 회복되어 그들을 부르기 전에 그들이 먼저 다른 회사에 취직해 버린다면 그동안의 노고가 물거품이 될 판이었다. 무엇보다도 정부에서 직원들의 급여지원이라도 해주었으면 좋았으련만 아직 우리나라는 그 정도까지의 기업 지원이나 해고될 사람들에 대한 복지 시스템이 없었다. 고작해야 생계지원비라는 명목으로 얼마간의 돈을 주는 것이 고작이었다.

나는 그 모든 것에 대해서 아무것도 할 수 없었다. 남편은 직원들이 출근하지 않는 공장에 매일 출근하면서 도시락을 들고 다녔다. 직원들이 쉰다고 남편이 평생을 바쳐 일군 사업장을 같이 비워둘 수는 없는 일이었다. 밥을 먹을 곳도 마땅찮았고, 혼자서 밥 먹으러 가는 것도 쉬운 일이 아니었다. 난데없이 아침마다 도시락을 싸면서 만감이 교차했다. 사업장을 연 지 30여 년 동안 단 한 번도 우리 손으로 직원을 해고한 적도 없었고, 공장 가동을 일시 중지한 적도 없었다. 그 난감했던 IMF 때에도 우리는 한편으로는 받은 어음이 부도나고, 한편으로는 일이 많아서 여기저기 뛰어다녀야 했다. 또 우리가 어려운 것을 알고 다른 공장에서 도와주기도 했다. 어렵지만 일이 있어서 견딜 수 있다는 희망이 있었고, 우리는 무사히 그 시기를 견뎌 내었다.

그때 우리를 도와주었던 공장에서 큰 화재가 났을 때도 명민하게 대처한 직원 덕분에 우리는 단 한명의 직원도 다치지 않고 무사히 대피할 수 있었고, 금융 불황 때도 IMF 때의 경험으로 현금을 비축해 두었던 덕분에 별 어려움 없이 지나왔다. 우리 공장에는 늘 일이 넘쳤고, 일 때문에 늘 허덕였으니 불황이란 항상 남의 일이었다.

그러나 코로나 바이러스가 우리나라를 강타했을 때 직감적으로 위기감을 느꼈다. 이것은 우리나라만의 일이 아니라 먼저 중국이 당했고, 일본이 당하고 있었다. 어쩌면 전 세계적인 유행이 되어 우리나라만 당했던 IMF와는 차원이 다를 것 같았다. 해고된 직원들에게는 안타까운 일이지만 남편은 우선 직원 규모부터 줄였다. 인건비와 그에 수반되는 경비가 만만찮은 형편에 외국으로의 출국도 못하면서 계속 끌고 간다면 모두가 함께 죽을 판이었다. 다행히 남편은 IMF의 경험으로 부동산보다는 현금을 비축하고 있었으므로 얼마간은 견딜지도 모른다. 그러나 여전히 정부의 기업 지원은 미진하기 짝이 없고, 지난날처럼 견디는 일은 순전히 우리 개인에게 맡겨질 것이다. 그동안 우리가 낸 세금만 있어도 얼마든지 견딜 수 있지만 정부는 그 세금에 대한 대가는 준비해 놓고 있지 않았다.

나는 그런 남편을 바라보며 집 안에 갇혀 글을 썼다. 고립된 환경이란 작가가 글쓰기에 얼마나 좋은 환경인가. 남아도는 시간 동안 팔이 아프도록 쓰고 또 썼다. 30여 년간 일구어온 회사가 잘못될지도 모른다는 불안을 떨구어내기 위해 더 책 속으로 파고들었다.

명절이라서 집에 와 있던 아이는 바로 서울로 돌아가지 못했지만 대구에 코로나가 창궐하면서 서울로 돌아갔다. 대구의 병원이 환자들로 넘쳐나고 있었고 아파도 병원에 바로 갈 수 없는 상황이었다. 아이의 폐가 좋지 않아 전전긍긍하던 우리는 결국 아파도 서울에서 아파야 한다는 생각으로 아이를 서울로 보냈다. 그리고 아이는 곧바로 2주간의 자가격리에 들어갔다. 학교를 코앞에 두고도 대구 출신이라는 이유만으로 학교 문을 들어서지 못하고 좁은 방에서 시간을 보내야 했다. 근처에 있던 큰아이와도 만나지 못하고 혼자서 내가 보내주는 음식을 먹으며 견뎠다. 자가격리 기간이 끝나는 날, 서울에서 형제가 만나 밥을 먹었다는 소식은 우리를 눈물겹게 했다. 코로나는 사람을 가리지 않았다.

다행히 대구는 예상보다 빠른 시간에 바이러스를 퇴치하는데 성공한 것 같다. 어제는 바이러스 확진자가 0명이라는 발표를 했다. 그동안 나는 때때로 분노하고 때때로 절망하면서 긴 봄을 보냈다. 꽃이 피고 새싹이 돋고 있었지만 마치 TV화면을 보는 것처럼 아무런 감흥이 없었다. 나는 바이러스 확진자 0이라는 숫자보다 세계 각국으로 향하는 비행기가 빨리 뜨고 어느 나라든지 자유롭게 드나드는 날이 오기를 바란다. 새벽이면 비행기를 타기 위해 커다란 캐리어를 끌고 공항으로 향하던 남편의 뒷모습을 보고 싶다. 역마살이 많은 내가 어느 날 문득 낯선 도시에 닿아 여행자의 자유로움을 만끽하는 그런 날들이 빨리 왔으면 하고 간절히 바란다. 그동안 도로에 밀리던 차들도, 사람이 많아 시끄럽던 동네 카페의 풍경도 다시 보고 싶다. 조심스럽게 사람들이 움직이기 시작했지만 언제 다시 이 바이러스가 도시를 황폐화시킬지 몰라 전전긍긍한다.

문득 『페스트』의 한 구절이 떠오른다. "현재는 견딜 수 없고, 과거와는 적이며, 미래는 빼앗긴 채로, 이를테면 우리는 인간의 정의 또는 증오심 때문에 철창 뒤에서 살지 않을 수 없는 사람들과 참으로 비슷한 신세가 되어 버렸다. 결국 이 참을 수 없는 휴가에서 벗어나는 유일한 방법은 상상으로라도 기차를 다시 달리게 하는 것, 완강히 침묵하는 초인종 소리를 계속 울리게 해서 시간을 가득 채우는 것뿐이었다."

우리는 코로나 바이러스 때문에 현재는 견딜 수 없고, 미래는 기대할 수 없으며 가장 가까이 하고 함께 살아가야 할 사람을 멀리하고 스스로를 유폐시켰다. 그리고 희생양을 찾아 그들을 증오하고 복수의 말들을 쏟아부었다. 처음 이 도시에 바이러스를 퍼트렸다고 지목받는 종교단체가 시민들의 집중적인 포화를 받았고, 스트레스와 과로로 쓰러지기까지 한 대구시장은 그동안의 노고에도 불구하고 반대파들의 공격을 받았다. 우리는 모두 누군가를 죽여야 살아날 것처럼 분노와 광기에 떨었다. 이것을 벗어날 수 있는 유일한 방법은 지하철에 사람들이 가득히 타서 달리는 것, 공항에는 비행기가 분 단위로 뜨고 내리는 것, 밥을 먹자고 전화벨 소리가 귀찮도록 울리는 것뿐이다. 그것만이 우리가 과거의 평화롭던 시간으로 돌아가는 방법이다.

코로나 바이러스에
잃어버린 건축

최 상 대

한터시티건축 대표

새봄은 어김없이 활짝 찾아왔다. 매화가 피고 지고 진달래 개나리 벚꽃 목련이 화려한 유혹의 계절이다. 그러나 지구촌은 온통 코로나-19 소식뿐이다. 자고 일어나면 확진자, 사망자, 완치자 숫자에 일희일비한다. 세상 아랑곳없는 봄 햇살은 뺨을 간지럽히고 황사 없는 봄바람은 옷깃에 살랑거린다.

봄은 모든 것의 시작이다. 건축도 마찬가지다. 많은 시간과 경제적 비용을 필요로 하는 건축은 한 해의 계획을 세워야 한다. 건축주와 건축가는 겨울 동안 교감을 통해 설계를 하고 인허가 절차를 밟는다. 대부분의 건축은 설 명절을 지나고 언 땅이 녹는 활동기인 봄철에 공사를 시작한다. 소규모 주택이면 장마철인 여름이 되기 전 완공하여 입주를 하게 되지만 규모가 있는 건물이나 빌딩은 가을에 완공하여 임대나 분양을 해 입주를 하게 된다. 봄에 씨앗을 뿌리고 가을에 결실을 맺는 삼라만상의 이치에 건축도

132

마찬가지이다. 그런데 올해는 코로나 바이러스가 그 출발의 봄을 멈추게 했다.

1월 우한에서의 코로나-19 확산 뉴스가 연일 들려왔다. 하지만 인구도 많고, 일도 많은 이웃 나라의 현상 정도로만 여겼다. 2월 18일, 바로 지역의 신천지교회에서 31번 확진자가 발생하면서 설마 했던 대구에서는 본격적인 코로나와의 전쟁이 시작되었다. 모든 것이 정지되었고 일상은 흐트러졌다. 심지어 대구 봉쇄라는 터무니없는 말까지 떠돌았지만 다행히 시민들 스스로 대응 수칙을 잘 이행했다. 스스로 집에서 특별한 일이 없으면 외출을 하지 않았으며, 사회적 거리두기를 어느 도시보다 잘 지켰다.

이런 현상으로 사람과의 직접적인 만남은 당연히 멀리하게 되었다. 설계협의도 현장공사도 다 미루어졌고 행정위원 회의도 서면으로 대체했다. 주위에서도 자가격리자가 발생하고 종합병원에 입원 중인 지인들의 확진 판정 소식도 들려왔다. 바로 주변 어디에서나 코로나 바이러스가 꿈틀거리고 있다는 느낌이 들었다. 이런 상황에서 사람을 만나고 일을 한다는 것은 현실적으로 불가능했다. 하지만 설계건축을 맡길 건축주가 방문하겠다고 하면 어떻게 해야 할까? 거절해야 할 것인가, 만나야 할 것인가? 사무실 경영을 생각하면 만나야 하고, 코로나를 생각하면 만나지 않아야 한다. 많은 갈등이 일었다. 미리 방문 의사를 묻는 전화가 오지만 누구는 만나고 누구는 피할 것인가? 선택에 대해서 시험에 들게 했다.

코로나 바이러스 #1

설계협의가 진행되고 있는 S빌딩의 건축주는 의사이다. 매주 1차례, 병원 진료를 마치고 피곤한 몸으로 밤 8시가 되어서야 관련 분야 사람들과 협의를 하였다. 몇 차례 협의를 하던 중에 코로나 전쟁이 본격화되었다. 건축주는 물론, 병원과 의료진들은 비상근무에 돌입하였고 결론을 향해가던 건축협의는 기약도 없이 밀려 나버렸다.

다시 협의는 재개될 것인가? 건축 의욕의 에너지는 유지될 것인가? 종결이 없는 코로나 전쟁에 혹시 신축계획은 물거품이 되지는 않을까?

이미 봄의 출발이 이루어지지 않아 올해 가을의 결실 희망은 사라졌다. 건축주의 한 해 건축계획에 따라서 사무실 한 해 운영을 노심초사하고 있다. 코로나 바이러스의 소행이다.

코로나 바이러스 #2

건축에도 유행이 있다. 상업적으로 수익과 이득이 되는 건축 용도에 설계와 건설공사가 치우쳐서 진행이 될 수밖에 없다. 한때는 원룸이라 일컫는 다가구, 다세대 주택이 주류를 이루었다. 인구가 줄어들면서는 유치원이나 학교가 줄어들었고, 노령사회에 들어선 최근에는 요양병원과 노인 요소가 많아지는 추세이다. 예전에는 일반인들에게 노인 관련시설들이 혐오시설로 인식되어 대부분 변두리 외곽지에 지어졌으나 점차 도시 안에서도 세워지는 추세이다.

지방도시에 기존 건물을 변경하는 'G요양병원'의 설계를 마치고 행정 인·허가를 진행 중이었다. S종교단체 신도 확진자가 거의 가라앉을 즈음인 3월 말, 갑자기 코로나 확진자 통계 그래프가 치솟았다. 우리 지역의 노인 요양병원에서 집단감염환자가 발생한 것이다. 노인 환자들의 마지막 피난처이자 치료공간인 병원에서의 감염은 그 다음의 일을 알 수 없도록 하는 것이 사실이다.

협의 중이던 'G요양병원' 행정 절차가 갑자기 중단되었다. 대구에서의 요양병원 감염사태가 타 도시에서 신규 요양병원 설립까지 꺼리게 한 것이다. 사회적 거리두기의 자발적, 추상적인 규제가 아닌 행정부서에서의 직접적, 강제적 규제인 것이다.

코로나 사태가 완료되면 조치가 바뀔지 모르겠으나 설계자보다도 건축주의 피해가 엄청날 것이다. 이 또한 코로나 바이러스의 소행이라고 할 수밖에 없을 것이다.

코로나 바이러스 #3
몇 년째 계획을 진행하고 있는 'O교회' 프로젝트가 있다.

지금의 교회가 아파트 재개발 구역에 포함되어서 타의에 의해 옮겨가야 하는 상황이다. 시행 사업계획이 수차례 연기되다가 비로소 금년 봄 막바지 진행을 기다리고 있는 중이었다. 그러나 코로나 사태는 금융 시스템과 분양시장 흐름에 따르는 시행사업에 치명적 장애가 되고 있다. 잘 진행이 되어도 타 지역으로 신축 이전해야 하는 교회는 몇 년째 신도들의 단합을 잃게 되는 경우가 많다.

치명적인 것은 신천지교회로 인한 주일예배 금지였다. 종교적 본질을 상실한 것이다. 수년에 걸쳐 목사님과 함께 교회 이전 예정부지 여러 곳을 물색하여 법적 예산까지 검토하였다. 가능성 높은 부지에 건축 기본 설계를 미리 진행하여 잃어버린 시간에 대해서는 향후 차질이 없게 해왔다. 그러나 코로나 바이러스라는 복병이 나타나 준비 단계조차도 막아서서 중단하고 있다. 교회 신도들과 목사님의 상실감, 방황의 끝이 어디까지일까?

건축 스케치와 쌓여있는 설계도면들이 쓰레기통에 버려지지 않기를 오늘도 기원하고 있다.

코로나-19의
시간

최 성 욱

사과나무치과의원(수성구 지산동) 원장

2020년 2월 18일은 잊히지 않을 날이다. 코로나-19라는 신종 바이러스가 중국을 휩쓸고 한국으로 들어왔을 때도 대구는 청정지역이라는 인식이 강했다. 서울 경기지역 정도만 확산되다가 수그러들 줄 알았다. 그날 이전에는 대구에서 마스크를 쓰고 다니는 사람은 절반 정도밖에 되지 않았다. 사람들은 일상을 유지하고 있었고 사스나 메르스 정도의 영향을 받을 것으로 예상했었다. 하지만 그날 이후 모든 것은 변했다. 사람들은 공포와 두려움에 휩싸였다. 모든 일상이 정지되었다. 출퇴근을 하다 보면 거리에 사람들이 한 명도 보이지 않을 때도 있었다. 영화의 한 장면 같다는 생각이 들어 비현실적인 느낌을 받기도 하였다.

코로나-19의 공포는 생활의 급속한 단절과 위축으로 다가왔다. 내가 운영하는 치과에도 환자들이 약속을 미루기 시작하여 내원하는 환자 수가 급감했다. 줄어드는 환자들 때문에 어쩔 수 없이 직원들은 무급휴가를 통해 근무 일수를 줄일 수밖에 없었다. 경제가 마비되는 상황이 되었다. 아침에 출근하면 체온을 재고 하루 종일 마스크를 착용한 채 일을 해야만 했다. 환자를 보지 않는 시간에도 마스크를 벗을 수 없었다. 식사 시간에도 감염 방지를 위해 말을 하지 않고 묵묵히 식사를 해야만 했다. 음식 맛도 없어지고 사는 맛도 없어졌다. 대화는 마스크를 착용한 상태에서만 하게 되었고 말수도 점점 줄었다. 우리 치과에서는 매주 월요일 아침에 독서 토론을 하는데 모두 마스크를 착용하고 하게 되었다. 코로나-19가 만들어낸 웃지 못할 풍경이었다.

당혹스러움은 마스크 대란부터 시작되었다. 의료기관조차도 마스크 구하기가 힘들어졌다. 특히 치과는 마스크를 쓰지 않고는 진료를 할 수 없는 의료분야라 일상적으로 마스크를 써야 하는데, 마스크가 없어서 하나를 며칠 동안 써야 하는 일도 생겼다. 하루하루가 지나면서 코로나-19 확진자는 기하급수적으로 늘었고 두려움의 벽도 두꺼워졌다. 통제할 수 없는 두려움은 사람들을 가장 크게 위축시킨다. 처음 당해보는 상황이었다. 아니 모든 것이 처음이라고 해야 맞을 것이다. 사람들은 서로를 피하고 가족 간의 감염 때문에 집에서도 마스크를 쓰고 대화를 해야 할 지경이었다.

모든 모임은 취소되었고 사람들은 자가격리를 시작했다. 몸과 마음이 다 격리되었고 온라인을 매개로 한 비대면 문화가 급속히 확산되었다. 나는 아날로그에 더 익숙한 세대라 그 충격은 더했다. 만나기를 꺼리면서도 동시에 만남을 갈구하는 상황에 놓이게 되었다. 만나지 못한다는 사실은 사람을 더 그립게 만들었다. 사회적 거리두기가 일상화되면서 교류의 단절이 길어지고 정신적 스트레스가 크게 증가하였다.

모임이 다 취소되고 나니 자연스럽게 집에 일찍 들어가게 되고 가족들과 지내는 시간이 많아졌다. 아이들은 둘 다 대학생인데 개강이 연기되어 하루 종일 집에 있게 되었다. 집에 있는 시간의 양이 증가한다고 가족과의 관계가 더 좋아지는 것은 아니었다. 인터넷이나 게임하는 시간이 더 늘어나고 대화의 시간은 조금만 늘었다. 우리 집은 주택이라 마당도 있어서 같이 꽃도 사 와서 심기도 하고 블루베리 나무도 심었다. 대화에만 집중하기보다는 가족이 함께 할 수 있는 일들을 찾아보아야겠다는 생각이 들었다.

한 달여 동안 사람이 없는 거리, 외로운 사람들 그리고 두려움과 공포가 긴 그림자로 대구를 그늘지게 만들었다. 그러다가 새로운 기운이 싹트기 시작했다. 깊은 어둠 속에서는 작은 불빛이 더 밝은 법이다. 시민들이 두려움을 떨치고 하나둘씩 자신의 역할을 찾아 나서기 시작하면서 분위기는 반전되었다. 전국에서 대구를 돕겠다고 몰려든 의사와 간호사들, 지원 나온 공무원들도 큰 힘이 되었다. 마스크를 몰래 기증하는 사람들도 생겨났다. 바이러스와 사투를 벌이는 의료진들에게 따뜻한 마음이 담긴 도시락과 물품들이 기증되었다. 서로를 격려하고 응원하기 시작하였다.

나도 조그만 도움이 되길 바라며 우리 치과가 있는 건물 1층에 코로나-19 예방을 위한 소독 가글을 무료로 배포하기 시작했다.

보통은 임플란트 수술이나 잇몸 수술 후에 구강 내 세균과 바이러스를 감소시키기 위해 환자들에게만 주던 가글액인데 일반 시민들이 사용할 수 있도록 비치해 두었다. 매일 100개씩 한 달 동안 배포했으니 거의 2,500개의 가글을 시민들이 가져가 사용하였다. 코로나-19는 사회적 거리두기, 손 씻기, 코와 입을 깨끗하게 관리하면 확실하게 줄일 수 있다. 외출 후에 집에 와서 가글액으로 입을 깨끗하게 소독하면 도움이 될 것이다. 설사 큰 도움이 안 되었더라도 함께 코로나-19를 이겨내자는 마음은 전해지리라 생각한다.

우리나라의 우수한 의료인들은 첨단장비를 총동원하여 감염자들을 신속하게 진단하였다. 또한, 어느 나라보다 잘 치료하고 관리하였다. 그 결과 사망률이 다른 나라보다 훨씬 낮았다. 헌신적인 의료인과 공무원들의 노력은 다른 나라의 귀감이 되었다. 서로를 비난하기보다 문제를 해결하는 데 집중하는 모습은 아름답다. 그리고 그 모습은 다른 나라 사람들에게도 깊은 영감과 감동을 주었다. 우리가 해내고 있는 일들이 이제는 세계의 모범과 표준이 되고 있다. 대한민국이 자랑스러워지는 순간이었다.

두려움이 극복의 신념으로 바뀌면 기세는 역전된다. 위기에 처한 사회는 혼란으로 퇴보하기도 하지만 극복 과정을 통해서 한 걸음 더 나아갈 수도 있다. 우리는 더 나아가는 길을 택했다. 이제는 세계가 대한민국과 대구를 주목하고 있다. 외신에서도 보도되었듯이 대구시민들은 엄중한 상황에서도 사재기도 거의 하지 않앞고 폭동은 아예 발생하지도 않았다. 마스크를 사기 위한 긴 행렬은 어쩔 수 없었지만, 통제 불가능한 문제로 발전하지도 않았다. 사람들은 서로를 배려하고 격려했으며 스스로를 대견하게 생각하기 시작했다. 대구와 대한민국은 고난에 좌절하기보다 함께 이겨내는 전통을 가지고 있으며 그 힘이 우리 안에 있다는 믿음이 있었다. 그리고 그 긍정과 배려의 에너지는 위기 때마다 어김없이 발휘되고 있다.

코로나-19는 한국 사회에 새로운 화두를 많이 던져주었다. 공상 과학 영화에나 등장하던 바이러스의 공습은 현실이 되었고 그 공포를 몸으로 경험하였다. 사회의 급속한 성장과 경제적 풍요만이 관심의 대상이었다가 건강과 안전, 평화로운 일상이 더 중요하다는 사실을 깨닫게 되었다. 가족과 이웃들이 함께하는 시간이 바이러스에 의해 차단되고 누군가는 급작스런 죽음을 맞게 되었다.

우리는 자연이 인간에게 주는 경고를 심각하게 받아들여야 한다. 자연은 인간에게 오만함을 경계하라고 말한다. 지금의 과학으로도 어쩔 수 없는 일들이 발생할 수 있다는 사실도 깨달아야 하고 자연과 더불어 사는 방법을 진지하게 모색해 보아야 할 것이다. 아름다운 지구와 대한민국과 대구에 다시는 이런 일이 발생하지 않기를 진심으로 빌어본다.

코로나-19의 긴 터널에서
하루빨리 벗어나기를

최 지 혜

대백마트 남산점 대표

오늘도 어김없이 여명이 밝아올 무렵에 가게 문을 열었다. 인적 없는 버스정류장에 서너 대의 버스가 연이어 정차한다. 한 명의 승객도 태우지 못하고 텅 빈 채 달려가는 버스를 물끄러미 보고 있는 나도 한 시간째 고객을 맞이하지 못하고 있다.

슈퍼마켓 운영 십 년이 지났지만 이런 경우는 처음이다. 온갖 전염병과 사건이 있었지만 이렇게 도심이 텅 빈 적은 없었다. 말 그대로 영화의 한 장면이다.

처음 중국에서 코로나라는 생소한 이름의 전염병이 유행한다는 소식을 들었을 때만 해도 그저 남의 이야기였다. 중국이라는 나라는 워낙 많은 사람이 있어 늘 희한한 일이 많이 생긴다는, 그냥 단순한 생각밖에 없었다. 그렇게 하찮게 여겼던 전염병이 내 소중한 2020년의 시작을 힘들게 할 줄은 꿈에도 생각지 못했다.

얼마 후, 국내에도 중국에 다녀온 분들중에 코로나 확진자가 생겼다는 뉴스가 나오기 시작했다. 그래도 이때까지도 내 일은 아니었다. 매일 눈 뜨면 나와서 저물어야 집으로 돌아가는 나에게 중국은 나와는 상관없는 나라였다. 가게를 보느라 여행을 갈 수도 없었고, 가족 중에도 최근에 출장을 가거나 여행을 다녀온 사람이 없었기 때문이다. 그런데 그게 머지않아 바로 내 눈앞에 나타났고, 나를 꼼작도 못 하게 옭아맸다.

2월 18일로 기억한다. 대구에 코로나-19 31번 확진자가 나타났다. 그 확진자의 동선이 온통 방송에서 화제가 되었다. 그러자 우리 가게에도 변화가 생겼다. 평소 한두 장 팔리던 미세먼지 차단용 마스크가 동이 난 것이다. 주문을 넣어도 재고가 없다는 말만 되돌아왔다. 이튿날부터는 더 많은 사람이 마스크를 찾았다. 하룻밤 사이에 상황이 급변하기 시작한 것이다. 미안하다며, 우리도 구할 수 없어 드릴 게 없다며 죄송한 마음으로 돌려보냈다. 어떤 이들은 단골임을 내세우며 창고에 있으면 자기에게만 특별히 좀 달라고 부탁을 하기도 했다. 하지만 어쩌겠는가. 나도 우리 가족이 사용할 마스크를 준비하지 않았는데.

연이어 확진자가 수백 명씩 늘어나자 라면과 생수가 며칠 동안 불티나게 팔렸다. 사람마다 두 손 무겁게 물건을 사 들고 나갔다. 일부 언론에서는 사재기로 대구에 생필품이 부족하다는 보도가 있었지만, 라면이나 생수 등 기본적으로 필요한 것은 주문만 하면 얼마든지 공급되었다. 그 뉴스를 보며 남편은 농담을 한다. "사재기 하실 분 환영합니다. 저희 가게에서는 얼마든지 공급하겠습니다!"라는 말을 가게 문에 써 붙이자고 했다. 나는 웃으며 쓸데없는 소리하지 말라고 했지만, 그 마음을 안다. 남편이 돈을 벌자고 하는 농담이 아니라 과장된 언론에 대한 불만을 나타내는 말이었다는 것을.

그래도 속으로 걱정이 되었다. 불경기로 장사가 잘 안 될때 하던 것과는 또 다른 걱정이었다. 설마, 정말 이러다가 큰일이 나는 것 아닌가 하는, 지금까지 경험하지 못했던 두려움이었다.

그렇게 사람들이 많은 식자재를 사 가는 날도 일주일을 가지 않았다. 동선을 파악할 수 없는 몇백 명의 확진자가 발생하자 불안을 느낀 사람들이 집 밖으로 나오지 않았다. 특히 우리 가게처럼 많은 사람이 드나드는 곳은 기피 대상 1호였다. 젊은 사람들은 모두 인터넷으로 구매를 하고, 연세 드신 분들만 꼭 필요한 식자재를 사러 올 뿐 찾는 사람들이 거의 없었다.

가게 앞에 있는 대구의 중심 달구벌대로도 텅 비었다. 차도 사람도 거의 보이지 않았다. 심지어 인근 무료급식소까지도 문을 닫아 식사를 하러 오던 노숙자들도 보이지 않았다. 말 그대로 도심이 적막강산이었다. 가게 앞에 있는 버스정류장에는 방역작업이 끊이지 않았지만, 버스를 기다리는 사람은 보이지 않았다.

남편은 가게 안을 수시로 소독했다. 무증상고객이라도 혹시 방문하면 문을 닫아야 할 상황이 생긴다는 불안감에 하루하루가 살얼음 위를 걷는 것 같았다.

어느 종교단체의 집단감염으로 순식간에 대구에 확진자가 몇천 명으로 늘자 확인되지 않은 소문들이 가게 주변에 넘쳐났다. 꼭 필요한 물건을 사러 오는 고객들은 인적이 드문 이른 아침이나 늦은 밤에 마스크와 비닐장갑을 끼고 나타났다. 계산대 앞에 다른 사람이 있으면 멀찌감치 서서 기다렸다가 서둘러 계산하고 가게를 빠져나갔다. 모두가 나처럼 보이지 않는 것에 두려움을 느끼고 있었다. 급기야 나는 가게 문에 안내문을 써 붙였다.

"마스크 안 쓴 고객의 방문을 금지합니다. 나와 타인의 건강을 위한 일입니다!"

사회적 거리두기가 본격화되면서 가게 매출은 매출이라고 할 수가 없다. 가게의 위치상 고정 고객보다 유동 고객의 비율이 높은 탓이 더 클 것이다. 그래도 임대료나 각종 세금, 인건비는 어김없이 지출된다. 눈앞이 캄캄하다. 우리 가게뿐만 아니라 모든 소상공인 자영업자들이 같은 상황일 것이라고 스스로 위로하지만, 쉽지는 않다. 나라에서 지원책 발표도 분분하지만 언제 실질적으로 느낄 수 있을지는 요원하다.

드디어 오늘, 대구에 코로나-19 확진자가 한 명도 나오지 않았다는 발표가 있었다. 정말로 반갑다. 단 하루라도 확진자가 한 명도 없었다는 이 말이, 그렇게 반가울 수가 없다. 어두운 터널의 끝이 보이는 것 같기도 하다. 곧, 아주 조금만 참으면 이 터널을 빠져나갈 수 있지 않을까 기대를 한다. 장사가 어려운 것도 문제지만, 그보다 더 보고 싶은 것은 사람들의 활기찬 모습이다. 마음이 그래서일까. 오늘부터는 길을 나선 사람들도 많아졌고, 발걸음도 좀 가벼워보인다.

하루빨리 이 지구상에서 코로나-19가 사라지길 바란다. 그래서 모두가 예전의 모습으로 돌아가길 기도한다. 평범했던 일상이 참으로 눈물 나게 그리운 나날이다.

코로나-19가 데려온
아픈 봄, 희망의 봄

한향희

핑.팬텀골프 팔공산점 대표

우리 서로/ 사랑하면/ 언제라도 봄// 겨울에도 봄/ 여름에도 봄/ 가을에도 봄// 어디에나/ 봄이 있네

- 이해인 수녀님의 「봄의 연가」 중에서

수녀님의 시는 아름답지만 나에게 올해의 봄은 코로나-19 때문에 아픔이다. 예년에는 팝콘처럼 탐스러워 따 먹고 싶던 벚꽃을 봐도 행복하지 않았고, 샛노란 아기 병아리들이 봄나들이 가는 듯 귀여운 개나리꽃을 봐도 기쁘지 않았다. 요염한 자태가 우아하고 고와서 살짝 입맞춤하고 싶던 목련꽃을 봐도 감동적이지 않았다. 위대한 자연이 우리에게 준 행복한 선물을 제대로 즐기지도 못했는데, 봄은 빠르게 지나간다.

나는 23년이라는 긴 시간 동안 편집디자이너로 일을 했다. 그런데 2017년 10월 12일, 디자인 일을 그만두고 경험도 없고, 가진

것도 없이 오로지 자신만을 믿고 골프의류와 용품 판매점을 시작, 그야말로 새로운 일에 대한 겁 없는 도전을 시작했다. 갑자기 건강이 나빠진 후배가 남을 주기가 아깝다며 오랫동안 운영해왔던 매장을 인수할 것을 권했고, 고심 끝에 맡았다. 막상 맡고 보니 후배의 몸이 좋지 않아서도 그랬겠지만, 전국 200개 매장 중에서 거의 꼴찌 수준의 실적을 올리고 있었다. 그래서 서두르지 않고 차근차근 한 계단 한 계단씩 올라가는 기쁨을 즐겨보겠다는 긍정적 마인드와 열정으로 무장하여 하루하루 즐겁게 매장을 운영했다.

우선 다른 의류 매장들과 차별화된 운영을 위해 감성 문자, 감성마케팅으로 손님 한 분 한 분에게 존경의 마음을 전했다.

이렇게 성심으로 운영한 결과 짧은 기간 동안 매출 상승과 더불어 단골고객이 충성고객으로 변해가는 기쁨도 맛볼 수 있었다. 매일 자신을 낮추는 마음 수양을 하고, 매장 내 감성을 듬뿍 담아 홍보물을 직접 제작하고, 행사문자를 보낼 때도 예쁜 시 한 편과 따뜻한 희망담은 글을 보내어 고객과 마음의 거리를 좁혀 나갔다. 또 고객 한 분 한 분의 이름을 기억하여 불러드림으로써 무한 감동을 드렸다.

매장 입구에는 늘 따뜻한 차를 준비해 지나가는 누구나 무료로 드실 수 있게 했으며, 화장실도 자유롭게 이용하도록 했다. 이런 사소한 일들이 모여 매장은 자연스럽게 만남의 장소가 되었고, 매장에 대한 특별한 이미지와 신뢰가 생겨 경영이 조금씩 안정되고 매출도 상승하는 듯 했다.

하지만 지난해부터 어려워진 경기 탓으로 고객들의 주머니는 꽁꽁 묶여버렸다. 이런 와중에 엎친 데 덮친 격으로 올봄에는 생각지도 못한 복병이 닥쳤다. 중국 우한에서 시작된 코로나-19! 내 삶을 완전히 바꾸는, 참으로 상상도 하지 못했던 무서운 복병이다.

전국에서 급속도로 생겨나는 코로나 확진자로 온 나라가 술렁거리던 2020년 2월 18일, 내가 살고 있는 대구에서 코로나 31번 확진자가 발생했다는 소식이 들려왔다. 이 환자의 돌출 행동이 알려진 후 사람들은 두려움에 떨었고, 이를 계기로 내가 운영하는 가게는 끝없는 나락으로 떨어지기 시작했다. 사람들이 마스크를 사재기하기 시작했으며, 마트마다 비상식량이 텅텅 비었다는 기사들을 접하면서 마음은 더욱 불안해졌다. 겪어보지는 않았지만, 전쟁이 나면 이러지 않았을까 하는 생각이 들었다.

하루에도 몇 통씩 핸드폰으로 날아오는 재난 문자!

사회적 거리두기, 외부활동 제한, 외출 자제 등을 요청하는 재난 문자는 많은 사람의 몸과 마음을 위축시켰다. 여기에 가게를 운영하는 나로서는 영업을 할 수 없다는 것이 코로나만큼이나 무서운, 새로운 두려움으로 다가왔다. 문을 열어도 손님이 없을 뿐 아니라, 혹시 감염자가 오지 않을까 하는 두려움에 하루하루가 가시밭길 그 자체였다. 점포 임대료나 인건비를 생각하면 가슴이 다 타들어 가서 새까만 재가 된다는 말을 실감했다.

이날 이후 이웃의 가게들이 하나하나 문을 닫기 시작했다. 불안했지만 혹시 찾아오신 손님이 헛걸음하실까 봐 문을 열던 것을 포기하고 점포 문을 닫았다. 그러나 매장에 나가지 않고 집에서만 생활하니 불안한 생각은 매장에 있을 때보다 더 크게 일었다. 허공을 딛고 서 있는 것처럼 아무것도 손에 잡히지 않았다.

그렇게 매장은 코로나에 직격탄을 맞았다. 사람이 꼭 먹어야만 살 수 있는 밥을 파는 식당도 문을 닫는데, 레저용품을 파는 우리 점포는 더 말할 것도 없었다.

그렇게 한 달 정도를 보냈다. 참으로 답답하고 지루한 시간이었다. 그래서 코로나 확진자 수가 조금씩 줄어드는 것을 보고 철저히 자체 소독을 한 후 다시 매장 문을 열었다. 예상은 했지만, 종일 있어도 매장에는 손님 한 명 구경할 수 없었다. 이런 사태에서 누가 골프의류를 사러 오겠는가, 그렇게 스스로 위로했지만, 마음은 더없이 답답했다. 이런 현실에서도 비싼 임대료와 직원들 인건비, 대출 이자, 각종 세금은 어김없이 지출되어야 했다. 그 지출은 고스란히 빚으로 쌓여갔다.

처음 시작할 때 많은 대출로 시작한 매장이다 보니 한 달에 천만 원 정도의 적자를 부담해야 하는 현실도 무서웠지만, 더 무서운 건 전혀 살아날 기미가 보이지 않는 주변 상권이었다. 마지막까지 함께하기로 한 직원들까지 힘들게 할 수 없어 5월 말까지 매장을 정리하고, 폐업을 하기로 결정했다.

나는 '자신의 생각과 말과 행동을 믿지 못하는 사람에게는 세상의 어떤 기적도 찾아오지 않는다' 라는 말을 믿고, 좋아한다. 매장을 정리하면서 앞으로 어떤 일을 할 수 있을까를 고민하다가 내가 좋아하는 일, 잘 할 수 있는 일을 찾자고 결심했다. 그것을 찾는 데는 오랜 시간이 걸리지 않았다. 그랬다. 출판이었다. 내가 오랫동안 해 왔고, 내가 좋아하는 일, 하고 싶은 일을 다시 해야 하겠다는 결심을 하자 위기를 기회로 만들 수 있다는 희망이 생겼다. 그렇게 결정하니 코로나가 준 건 아픈 봄만이 아니라 희망의 봄도 가져왔다는 생각이 들었다.

그래서 구청에 들러 '도서출판 빨강 머리 앤'으로 출판사 등록을 하고, 매장을 정리하면서 1인 출판을 준비한다.

'나는 희망이라는 밥을 먹고, 반드시 찾아올 기회라는 반찬들을 기분 좋게 기다릴 것이며, 매일 눈부신 꿈을 꾸며 행복한 밥상을 받아 들 것이다.' 이렇게 생각하니 그동안의 마음고생이 싹 지워지는 느낌이다. 지금 당장은 코로나-19로 많이 어렵다. 하지만, 평소 가졌던 좋은 생각, 좋은 글, 좋은 말이 좋은 사람을 만든다는 신념처럼 좋은 책을 만들고 싶다는 희망이 있어 새로운 힘이 생긴다. 다양한 책으로 많은 사람이 가슴속에 묻어두었던 어린 시절의 귀하고 소중한 추억들, 소소한 일상 속에 느끼는 큰 기쁨과 슬픔을 함께 나눌 생각을 하니 벌써 설레기도 한다.

다시 처음이라는 마음으로 하나하나 배워가면서 한 걸음씩 자신을 채찍질할 것이다. 그리하여 꽃향기가 나는 그런 책을 만들어 오늘의 아픔을 기쁨으로 바꿀 것이다. 내가 사랑하는 빨강 머리 앤처럼 긍정적 에너지, 밝은 기운을 전하는 행복 전도사 역할을 하는 출판사를 만들 것이다. 그리하여 아침에 눈뜰 때마다 꽃모닝, 내딛는 걸음걸음 꽃길이 되고, 매일매일 꽃날이 될 수 있도록 새롭게 출발할 것이다.

그동안 몸도 마음도 많이 지쳤던 나에게 매장 정리 소식을 들은 고객들이 보내 준 응원과 격려 전화가 특별히 고마운 봄이다. 심지어 얼굴 한 번 보겠다며 마스크를 착용하고 부랴부랴 매장을 찾아주신 분들, 이런 분들의 모습에서 다시 한번 깨닫는다. 세상 사람 모두가 나에게는 삶의 스승이라는 것을. 이분들의 이 고마운 마음이 하던 일을 정리하면서도 새로운 일을 꿈꾸게 하는 활력이 된다.

지금도 나는 행복하게 마무리를 하고 있다. 끝날 때까지 끝난 게 아니기 때문이다. 세상 가득 향기를 뿜어내는 아카시아꽃이 탐스럽게 피는 5월의 마지막 날, 그날까지 지금과 똑같은 모습으로 고객을 맞이할 것이고 주어진 현실에 최선을 다하여 아름다운 마무리를 할 것이다.

나는 가장 나답게 사는 나를 믿는다. 누가 뭐라고 해도 나는 할 수 있다는 용기가 있다.

"나는 빨강 머리 앤이니까!"

코로나로 멈춘 대구,
그래도 희망은 있다

홍민정

까사드플로라(수성구 범어동) 대표

중국에서 코로나-19가 처음 발병했을 때만 해도 나에게는 먼 나라의 일로만 생각되었다. 그런데 국내에도 코로나 환자가 1월 후반 발생하면서 졸업식이 축소되기 시작했다. 졸업식 축소로 인해 학부모님들의 학교 출입을 금지하는 학교들이 늘어나면서 부모님들이 예약했던 꽃다발도 줄줄이 취소하는 일이 생기기 시작했다.

예약 취소는 물론이거니와 졸업식 당일에도 많이 나갔던 꽃다발이 몇 없는 예약 이외에는 나가지 않는 상황이 벌어지면서 예상했던 졸업식 시즌과는 완전히 다른 상황이 되었다.

꽃집을 운영하는 입장에서 여러 학교의 2월 졸업식 축소와 취소는 청천벽력과 같은 소리였다. 보통의 졸업 시즌이었다면 5만 원 꽃다발을 하실 손님들이 3만 원 꽃다발을 주문하시고, 자녀와 친한 친구들도 한 송이씩 준다고 같이 사가시던 분들도 직접 졸업식에 참여하실 수 없으니 친구들 꽃은 생각할 수도 없는 노릇이었다.

아쉬움에 집에서라도 졸업을 축하하기 위해 꽃다발을 구매해 가시는 분들이 아니었다면 어땠을까, 생각만 해도 아찔하다.

매출이 전년도의 반 토막이 난 상태에서 근처 한방병원에서 대구 확진자(31번)가 발생하면서 동네에는 문을 여는 가게가 없었다. 꽃집은 생화를 취급해 남아있는 꽃 때문에 매일 잠깐이라도 매장 오픈을 했었는데, 5시가 넘어가면 아무도 살지 않는 동네인 것처럼 어둠이 내렸다. 지나다니는 사람도 없고 아직 겨울바람이 매서운 그때의 시간은 정말 사람의 온기를 볼 수 없는 깜깜한 터널 같은 시기였다.

엄청난 확산세로 3주 동안은 매출이 전혀 없었다. 이런 상황에 월세일은 다가왔고 어쩔 수 없이 월세를 지불한 이후 정부에서 월세를 감면해 주는 건물 주인에게 감면분에 대해 세금 혜택을 준다는 이야기를 듣고 상가분들과 이야기해 건물주인 할아버지께 호소했고, 고심 끝에 3개월 동안 월세의 20%를 할인해주시기로 하셨다.

그나마 주인 할아버지 입장에서 많은 부분 배려해주셨다고 생각한다. 하지만 기대를 저버린 매출과 나가야 할 직원의 급여, 기타 세금에 지금도 걱정이 태산이다. 시와 정부에서 지원 정책을 줄줄이 내어놓고는 있지만 매장을 운영하는 입장에서 당장 나가야 할 지출을 해결하기에는 정책 시행이 너무 늦어 즉각적인 대응이 될 수 없음이 마음을 답답하게 한다.

꽃 피는 봄이 다가왔고 따뜻함이 피어나야 하는 시기에 꽃은 피어났지만 아직도 겨울인 것만 같다. 정부 정책도 소상공인을 위한 대책은 아직 대출 관련해서 이자율을 낮게 해주겠다는 정책밖에 없는 것 같아서 그게 무슨 큰 소용이 있을까 싶다. 실질적으로 소상공인에게 힘이 될 수 있도록 하다못해 수도세, 전기세를 감면해준다든지 생계를 이어갈 수 있는 대책이 시급하다는 생각이다.

지금 당장 생계를 위협받고 있는데 정책 지원은 두세 달 뒤에나 지원되니 안타깝고 힘든 현실이다. 그래도 그나마 다행이라 생각하는 것은 이제는 사람들이 조금씩 움직이기 시작했다는 것이다. 대구에서 확진자가 발생한 지 한 달이 지난 지금 추가 발생자 수도 줄어들고 있어 이제는 코로나 바이러스가 좀 잠잠해지지 않을까 하는 희망을 가지게 된다.

집에만 있는 답답함에 힘내고 기운 차리라고 향이 좋은 프리지아 꽃다발을 선물하시는 손님들만 보아도 얼어붙어 있던 사회의 움직임이 조금씩 살아나고 있다는 것을 알 수 있다. 집 안을 화사하게 하고 싶어 포장 없이 구매해 가시는 분들도 조금씩 늘고 있는 상황이다. 한 달이 넘도록 집에만 있으니 나도 많이 답답했다.

하지만 아직 사회적 거리두기 기간이라 소극적인 움직임이고. 나도 공기 중 확산이 되는 것이 아닌가 걱정이 되어 아직 밖으로 다니는 것은 최소화하려고 노력하고 있다.

활동적인 운동을 좋아하지만 코로나는 밀폐된 공간에서 운동하는 스피닝을 두 달이 다 되어가도록 할 수 없게 했고, 사회적 거리두기 기간이 끝나는 시점에도 아직 코로나 바이러스가 없어진

게 아닌 이상 당분간은 좋아하는 운동을 할 수 없을 것이다. 빨리 코로나 바이러스가 종식되어 일상생활을 되찾을 수 있기를 희망한다.

출퇴근 시간에 지하철을 이용하면서 지하철 입구에 있는 글을 항상 되뇌어본다.

> 희망은 볼 수 없는 것을 보고, 만질 수 없는 것을 느끼고, 불가능한 것을 이룬다.
>
> - 헬렌 켈러

빛이 없는 터널에서 입구를 찾을 수 있다는 희망이 보이는 지금, 모두 조금만 더 힘내서 이 힘든 시기를 이겨내고 더 단단해질 수 있으면 좋겠다.

그때에도
희망을
가졌네

대구의
희망을
보듬다

금호강
버드나무

권숙희

인성예절 지도사, 시인

올해 1월 25일은 설날이었다. 오랜만에 모인 가족의 화제는 중국에서 발생한 신종 전염병이었다. 이틀 전에 우한시를 포함한 후베이성이 폐쇄되었기 때문이다. 흉흉한 소문과 함께 인터넷상에서 퍼지는 우한 바이러스 환자를 대하는 모습은 무지막지했다. 우리나라에도 환자가 생겼고 설을 쇤 후 사람들은 활동을 자제하기 시작했다.

2월 18일, 비윤리적 환자의 대명사가 된 31번 환자가 나온 뒤로 대구의 분위기는 빠르게 악화됐다. 나는 2월 19일에 문화센터에서 예정된 음식디미방 수업이 있었다. 별로 나가고 싶지 않았지만, 대부분의 수강생이 출석하려고 했기 때문에 나가지 않을 수 없었다. 모두 마스크를 쓴 채 수업을 진행하려고 했다. 누군가 내가 쓴 일회용 마스크가 기준미달이라고 했다. 즉시 가까운 매장에 갔는데 마스크가 있어야 할 자리가 텅 비어 있었다. 우리 수업은 그 문화센터의 마지막 수업이 됐다. 우리 집에서 가까운 곳에 신천지교회가 있었고 그곳은 바이러스의 온상이었다. 우한폐렴으로 불리던 그 몹쓸 병은 코로나-19라는 새 이름을 달고 코앞에서 활개를 치기 시작한 것이다.

　그날 오후부터 자발적 자가격리에 들어갔다. 곳곳에서 '대구폐쇄'라는 말이 나오기 시작했다. 우한에서 일어난 일에 관해 이미 보고 들은 것이 많아서 더 두려웠다. 기한 없이 갇혀 있어야 할지도 모른다는 생각이 들었다. 무언가 준비를 해야 할 것 같았다. 세 식구가 이 상황에서 무엇을 준비해야 하는지 막막했다. 멀지 않은 곳에 독립해 사는 딸도 걱정이 됐지만 스스로 알아서 하리라 믿었다. 장기간 갇혀 살기 위해서는 우선 몇 가지 생필품이 필요했다. 마트에 사람이 몰리면 혼잡해질 것도 걱정이 되었다. 구매할 품목을 꼼꼼하게 적었다. 쌀, 밀가루, 소금, 간장, 식용유, 건해산물, 세제, 화장지, 고기 등이었다. 남들이 많이 사지 않으면서 필요한 것들이다. 마트는 약간 붐빌 뿐이었고 다행히 사재기는 없었다. 시골에 사는 언니가 여러 가지 먹거리를 택배로 보내왔다.
　뉴스는 나날이 불어나는 검사자, 확진자, 사망자 수를 쏟아냈다. 대구는 우한 다음으로 세계에서 불명예스럽게 유명해지고 있었다. 출근하는 남편을 내보내는 것도 몹시 마음이 쓰였다. 하루, 이틀, 1주일, 2주일, 계속 집 안에만 머물며 뉴스를 보거나 검색하는 것으로 시간을 보냈다. 시간이 나면 하겠다고 마음먹은 몇 가지 일이 있었지만 정작 아무것도 할 수가 없었다. 진정제 없이는 잠도 제대로 잘 수 없었고 자주 들려오는 구급차 소리는 계속 마음을 불안하게 했다. 열이 나는 것 같고, 가슴이 답답한 것 같기도 해서 내가 코로나-19에 걸린 듯한 착각을 자주 했다. 혹시라도 갑자기 입원하게 되면 들고 가야 할 물건들을 한 가방에 챙겨 넣어 두기도 하고, 만약에 죽는다면 남겨야 할 유언도 생각해 보았다.

처음에는 병을 퍼뜨리거나 마스크를 사재기하거나 가짜뉴스를 만들어 내는 사람이 세상에 가득한 것 같았다. 한동안 혼란한 시간이 계속되자 좋은 사람들이 보이기 시작했다. 일손이 달린다는 병원에는 전국에서 의료진이 찾아왔다. 자원봉사자도 자꾸 생겨나기 시작했다. 현금이나 물품을 기부하는 기업과 개인들이 늘었다. 마스크 구매를 위한 줄이 길어지자 꼭 필요하지 않은 사람들은 필요한 사람을 위해 구매를 자제했다. 목숨을 걸고 일하는 의료진에 대한 응원이 쏟아지고 사회적 약자를 보살피려는 노력도 보였다.

한 달 정도 집 안에서 지내며 남아도는 시간을 주체하기 어려웠다. 옷장과 서랍을 정리하고 냉장고 안 재료들을 꺼내 손이 많이 가는 음식을 했다. 매일 밖으로 나가던 사람이 집 안에 갇혀 옥상이나 오르내리는 것에 한계가 왔다. 산에는 어김없이 꽃이 피었고, 신천에는 개나리가 지천으로 흐드러졌다. 오랫동안 묶어 두었던 자전거를 풀어서 수리를 받았다. 사람이 적은 시간을 골라 자전거를 타거나 걸어서 가까운 곳을 다녔다. 자전거로 가 본 곳이라곤 겨우 우리 집에서 3km안팎의 거리였다. 시간이 남아도니 신천이 끝나는 곳까지 가 보기로 했다. 개나리와 벚꽃이 활짝 피고 실버들이 찰랑대는 신천은 아름다웠다. 신천의 끝은 생각보다 그리 멀지 않았고 그 끝에서 드디어 금호강을 만났다.

봄을 맞은 금호강변에는 연둣빛 이파리를 피워내는 버드나무가 늘어서 있었다. 어디서 떠내려와 언제부터 자리를 잡기 시작했는지 모를 노란 유채꽃도 지천으로 피는 중이다. 복사꽃과 벚꽃 그림자가 강물에 뛰어든 봄 풍경은 가히 신선이 놀다 갈 만했다. '바람이 불면 갈대밭에서 거문고 소리가 나고 호수처럼 물이 맑고 잔잔하다' 하여 '금호강'이라는 이름이 붙었다는 말이 실감났다. 차를 타고 다리 위를 지나다닐 때는 볼 수 없었던 풍경이다. 오래전부터 금호강변에 수많은 정자가 있었고 뱃놀이로 풍류를 즐겼다는 기록을 본 것이 떠올랐다. 강변을 오르내리면서 가장 눈에 띈 것은 버드나무였다. 물 가까이 선 나무들은 어김없이 허리에 띠를 두르고 있다. 지난여름 큰물이 질 때 떠내려와 걸린 검불이다. 어떤 나무는 과하게 걸린 검불에 우듬지만 겨우 내놓고 있지만 그래도 봄을 감지한 가지에서는 잊지 않고 연둣빛 새순을 내밀고 있다.

우리는 역사상 최악의 수난을 견디는 중이다. 더욱 불행하게도 이제는 온 세계가 겪는 일이 되었다. 이웃에 사는 누군가는 세상을 떠났고 혹은 가족을 잃었다. 그것이 나와 내 가족의 일이 되지 않는다는 보장도 없다. 직장을 잃고 수입이 끊겨 어려움을 겪을 뿐 아니라 하루가 다르게 바뀌는 세상은 내일을 예측하기 어렵다. 우리는 전쟁과 기근을 겪지 않은 축복받은 세대였지만 코로나-19가 주는 다른 형태의 어려움을 맞이했다. 시간이 얼마나 걸릴지, 상처가 얼마나 깊을지는 모르지만, 이 시련의 시기도 분명 지나갈 것이다.

다행히도 이 글을 쓰는 오늘 4월 10일 대구 확진자 수는 0이다. 코로나-19도 금호강 버드나무에 걸린 검불 같은 존재가 되고 말 것이다. 대구시민은 허리와 가지에 검불 띠를 두르고도 새순을 내는 버드나무처럼 꿋꿋하게 일어설 것이다.

기다리고,
기다린다

권영희

요양병원 입원환자 가족, 동화작가

으스스 몸을 떨었던 기억을 간직한 채 우리는 그대로 멈췄다.

시작은 코끝이 땡땡 얼어붙던 겨울의 마지막을 지날 때쯤부터였다. 그때만 해도 새로 다가올 봄날의 화사함을 기대하면서 하루하루 비슷하고, 누구에게나 주어진 삶을 흘려보내고 있었다. 그 고마운 날들을 말이다.

지금 창밖엔 벚꽃만 흐드러지고 있다. 아무도 보지 않는 곳에서도 꽃들은 제 할 일을 하고 있었다. 그 아까운 봄꽃들이 다시 새로운 계절을 위해 자리를 비워주고 있다. 이렇게 우리는 겨울에서 봄, 봄에서 여름으로 계절을 넘기고 있다. 그렇게 두려움과 당황함으로 시작했던 새로운 계절 맞이는 또 새로운 계절이 다가오고 있음에도 멈출 기미를 보이지 않는다. 길가에 핀 벚꽃 향이 행여나 날아올세라 유리창 한쪽을 조금씩 열어 두었다. 흠흠 꽃향기를 맡아본다.

아파트 앞 요양병원에서 또다시 환자들이 밖으로 실려 나오고 있었다. 우리 집 베란다에서 훤히 내다보이는 곳에 연일 뉴스에 오르내리는 요양병원과 정신병원이 있다. 스피커 볼륨을 높여 온 세상을 흥에 겨워 돌아다니던 관광버스들이 이제는 환자들을 실어 나르려고 줄을 서 있었다. 베란다에서 한참 동안 멍하니 쳐다보고 있었다.

엄마! 엄마!

그래, 우리 엄마! 엄마도 그 요양병원 301호 벽 쪽 침대 한 칸에 누워 있다. 차가운 겨울이 가고 화사한 봄날이 지나가고, 뜨거운 여름이 다가와도 엄마는 1,000일이 넘는 시간을 그렇게 누워 있다. 여섯 아이를 둔 여든다섯의 우리 엄마, 아직 소녀 같은 우리 엄마가 저곳에 계신다.

우리 육 남매는 한 주에 한 번 번갈아 가며 엄마 당번이 있다. 제각기 엄마를 생각하며 이것저것 준비해서 당번이 되면 엄마를 보러 간다. 그리고 집으로 돌아가는 길에 엄마 없이 텅 빈 집에 혼자 계신 외로운 아버지를 만난다. 요양병원에 계신 엄마도, 홀로 계신 아버지도 어느 하나 마음 쓰이지 않는 곳이 없었다. 그게 우리 육 남매의 일상이었다. 누구도 한 번 어긋나지 않고 지켜왔던 우리들의 마음속 약속이었다. 하지만 이 봄. 지켜왔던 그 모든 일상이 모두 무너졌다.

이월의 첫째 주, 새로운 달의 시작과 함께 엄마 당번 날이었다. 당연한 것처럼 엄마가 좋아하는 딸기를 깨끗이 씻어 그릇에 담았다. 붉은빛이 도는 립스틱을 꾹 눌러 바르기까지 했다.

"야야, 얼굴에 뭐라도 좀 발라라. 젊은 아가 우예 그리 말가이 댕기노. 쯧쯧."

워낙 고운 걸 좋아했던 엄마는 화장하지 않는 나를 안타까워했다. 그런 엄마를 위해 난 한껏 화사하게 꾸미고 길을 나섰다.

"요양원에 들어갈 수 없습니다."

입구에서 직원이 막아섰다. 이제까지 이런 일은 없었다. 그저 당황스러웠다.

"다 어르신들을 위해서입니다."

하는 수 없이 돌아서 나왔다. 주차장에 서서 엄마가 있는 301호가 있을 법한 창문을 한참 동안 쳐다보다가 눈물을 흘리며 돌아섰다.

그날엔 이만큼이나 오랜 시간이 걸릴 거라고는 꿈에도 생각 못했다. 금방 끝날 것 같던 날들이 어느새 두 달을 넘기고 있다. 생각지도 않은 일상의 무너짐으로 엄마를 못 본 지, 아버지를 못 만난 지가 얼마나 되었던가. 무심한 날들만 이렇게 흘러가고 있다.

어쩌면 엄마는 내내 문밖만 바라보고 있을지 모른다.

"야들이 와 이리 아무도 안 오노? 참말로 희한하대이!"

요양원에 건 전화에 요양보호사분이 엄마 말을 전해준다. 누가 첫짼지, 또 누가 막낸지 가물가물하지만 엄마는 하염없이 우리를 기다리고 있다는 것이다.

오랜 병원 생활로 모든 것이 무기력해진 엄마는 귀도 잘 들리지 않고, 기억도 단순해졌다.

남들은 흔히 한다는 영상통화도, 아니 전화까지도 할 수 없게 되었다. 전화가 와도 받을 수도 없는 엄마, 그런 엄마는 그저 매정하게 얼굴을 보여주지 않는 자식들과 자신 없이 홀로 외로움을 견디고 있을 아버지 걱정을 한없이 늘어놓으신단다.

"아무래도 무슨 일이 있는 기라. 그라지 않고서는….”

바깥 세상이 이리도 험하게 돌아가고 있는 줄 알면 얼마나 더 많은 걱정을 품으실까….

병실 침대에 꼼짝없이 누웠어도 여전히 온갖 걱정을 안고 사는 엄마, 우리 엄마!

엄마 당번을 한 주씩 맡으면서 육 남매와 만나고 부대끼고 웃으면서 우리는 엄마와 늘 함께 해왔다. 하지만 이제는 아무것도 할 수 없다. 그저 잘 지내기를 바랄 뿐, 할 수 있는 게 아무 것도 없다. 살아가면서 이리도 긴 단절이 올 줄 어찌 알까. 현대의 이산가족이다.

기다림에 지쳤을 엄마가 그립다. 이 생소한 이산의 아픔을 어찌 엄마에게 말할 수 있을까.

『순태』. 꽃눈 내리는 봄날 나온 내 그림책 제목이다.

이 와중에 그림책을 펴냈으니 '너도 참…' 이러는 분들도 있을지 모르겠다.

하지만 그림책 『순태』를 하루라도 더 빨리 내고 싶었다. 자꾸만 멀어지는 엄마의 기억을 붙잡아 주고 싶었다. 어쩌면 엄마의 아직도 남아있을지 모르는 어린 시절을 돌려주고 싶었는지도 모른다.

『순태』

습작식으로 쓴 원고를 들고 엄마에게 보여 줬을 때였다. 엄마는 천천히 입을 떼고 제목을 읽었다.

"수우우운태애애애!"

한 자 한 자 천천히 읽어 나갔다. 그리고 나를 향해 말했다.

"야야, 이거 내 아이가?"

"엄마, 맞아요. 엄마. 엄마 정순태 이야기."

엄마의 봄날이 얼마나 더 가능할지 모르겠다. 이 흘러가는 봄날이 어쩌면 마지막 봄날일 수도 있다. 301호 병실 문을 열고 들어가 엄마를 불러 보고 싶다.

"엄마. 엄마!"

언젠가 끝이 날 그날을 기다리며 다시 한번 『순태』를 소리 내어 읽어 본다.

엄마 보고 싶다.

곧 보겠지. 그렇겠지.

창문 밖으로 봄이 지나간다. 다시 돌아올 평범했던 일상을 그리워하며 지나가는 봄을 잡아 본다.

지긋지긋하게 질긴 코로나의 끈질김을 떨쳐내면서.

개점 휴업 상태인 엄마 당번이 다시 시작되길 기다리면서.

마지막으로 엄마에게 내 그림책 『순태』를 두 손으로 꼭 안겨줄 그날, 그 순간을 생각하면서.

기다리고, 또 기다린다.

코로나가 만들어준 새로운 경험,
온라인 독서토론

김남이

독서동아리 '책 읽는 사람들' 회원

흔들린 봄이었지만 목련도 개나리도 벚꽃도 피어났고, 이제 또 차례로 지고 있다. 중학교 입학이라는 기대를 부풀리던 조카는 4월이 와도 아직 상급학교 교문을 들어서지 못했고, 아들의 대학 합격과 기숙사 당첨 소식에 거금을 납부하고도 홀가분해 하던 친구는 여전히 타지의 아들 기다리는 일을 못 해보고 있다. 새 얼굴들과 합세하여 봄학기 교정의 꿈과 생동감을 지켜주던 꽃들이 올해는 정다운 소란도 없이 저희끼리 고요히 피고 진다.

군복무 중인 아들의 3월 초에 예정된 휴가가 취소되어 안타까웠지만, 코로나-19의 와중에도 일상사는 평소와 별반 다르지 않았다. 개학을 기다리는 아이도 없고, 도보로 이삼 분 거리인 나와 남편의 일터도 조금 한가해졌다는 것 말고는 그대로였다. 새삼 자각하는 일이지만, 이전에도 나의 일상은 거의 격리자 수준으로 단조로웠다. 살림과 밥벌이의 후줄근함으로 채워지는 하루를 달래기 위해 짬짬이 책을 보고 산책을 하는 생활의 반복이었다.

그러나 이런 내게도 코로나-19의 타격은 비껴가지 않았다. 지난해에 집안의 중대사가 많았고, 그리하여 올해는 조용한 일 년이 될 것이란 예상과 함께 책을 좀 더 집중적으로 봐야겠다고 마음먹고 있던 터였다. 마침 고전 읽기 모임에서 2월의 책으로 『모비딕』을 선정했고, 두꺼운 책이라는 점을 감안하여 2개월에 걸쳐 3월까지 절반씩 나누어 읽고 두 번의 토론을 갖기로 했는데, 여기에 코로나-19가 일말의 개입을 한 것이다.

시립도서관에서 책을 대출한 것은 2월 2일이었는데, 빌리고 보니 900여 쪽의 목침 같은 책이었다. 절반이라도 450쪽, 몰입을 잘하는 누군가에겐 별일 아닐 수도 있지만 나는 보름 동안 읽어낼 엄두가 나지 않았다. 그러나 이런 숙제가 아니면 손에 잡을 수 없을 것 같았다. 하루에 30쪽씩 읽어내면 되는 일이다. 피치 못한 날도 있을 것이므로 매일 35쪽씩 읽기로 했다.

포경선 선원들이 거대한 고래인 모비딕과 싸우듯이, 나는 이런 책을 쓰는 사람도 있는데 읽는 것조차 못 하냐고 자신을 닦달하며 보름 동안 매일 밤 이 책과 싸웠다. 두 번의 주말 낮까지 할애하여 간신히 450쪽을 읽었다.

2월 17일, 그때까지는 대구가 청정 지역이라 토론 모임은 예정대로 진행되었다. 올해는 『모비딕』을 다 읽는 것만으로도 할 말이 있겠다고 스스로 의기양양해서 토론에 참석했다. 돌아와 그대로 보내기엔 아쉬운 책 속 문장들을 발췌, 타이핑해놓고 19일에 책을 반납했다. 대출 기한 때문에 3월 초에 다시 빌리리란 생각이었다. 18일 뉴스에 대구 확진자 소식이 있었지만, 앞으로의 파장을 예측하지 못한 채였다.

　20일 도서관에서 문자가 왔다. 3월 4일까지 휴관이라는 공지다. 3월 5일에 빌려서 11일 동안 좀 더 고강도로 읽으면 되겠기에 크게 동요하지 않았다. 그동안 쌓인 시집과 문예지들을 봐야 했다. 그런데 자꾸 뉴스 기사와 TV 화면으로 향하는 눈 때문에 책들이 제자리인 상태로 시간이 흘렀다. 그사이, 무소식이 희소식이겠거니 하며 서로 바쁜 상대를 이해해주던 옛 직장 친구와 다 커서 일가를 이룬 조카들로부터 몇 통의 안부 문자와 전화가 왔다.

　그리고 3월 3일에 도서관에서 다시 문자가 왔다. 무기한 휴관을 알려 주었다. 한 종교단체에서 시작된 불씨가 걷잡을 수 없이 번지는 상황에서 3월 토론 모임은 이미 불가한 일이었지만, 토론과 무관하게 계획대로 책을 보려던 마음이 그 문자에 사그라지고 말았다. 의료 현장에서 사투를 벌이는 환자와 의료진을 생각하면 아무것도 아닌 일임이 분명한데, 호사스런 처지라 생각하면서도, 팽팽한 줄이 끊어진 것 같은 무기력감이 밀려왔다.

　소소한 기분 전환을 위해 걸어서 한 시간가량의 거리들을 찾아다녔다. 딱히 용무도 없었지만, 모두를 위해 대중교통 이용을 삼가야 했다. 서문시장과 반월당과 이십 년 전에 살던 동네까지 걸어 가보고 그냥 돌아오곤 했다. 그러면서 3월 토론일인 16일을 맞았다. 회원들은 꺾이지 않았고, 처음으로 온라인 토론이 진행되었다. 우리는 선원들을 죽음으로 몰아넣은 선장에 대해 얘기했고, 보편적 모비딕과 각자의 모비딕에 대해서 의견을 주고 받았다.

이렇게 3월의 토론이 지나갔고 계속 새로운 책이 몰려오고 있으니, 올해 『모비딕』에 대한 나의 작은 포부는 이미 틀어졌을지 모른다. 그러나 어떤 방향으로 생각을 몰고 갈 수는 있다. 지금 우리 모두의 모비딕은 코로나-19일 것이라는, 우리의 선장은 에이해브처럼 무모하지 않고 스타벅처럼 냉철한 이성을 가졌을 것이라는, 그래서 다 같이 파국으로 치닫는 우매를 범하지 않고 장기적인 국익과 국민의 건강을 지혜롭게 도모할 것이라는. 이것은 거의 믿음에 가깝다.

이 환란 앞에서 사회 구성원들 모두의 각성도 필요할 것이다. 이 책의 작가가 "인간은 누구나 포경 밧줄에 둘러싸여 살고 있다. 모든 인간은 목에 밧줄을 두른 채 태어났다. 하지만 인간들이 조용하고 포착하기 힘들지만 늘 존재하는 삶의 위험들을 깨닫는 것은 삶이 갑자기 죽음으로 급선회할 때뿐이다."라고 설파한 것처럼, 꼭 이 감염병이 아니라 해도 먹고 누리는 것에 대한 우리의 끝없는 욕구와 쾌락 추구는 언제든 인류를 무너지게 할 수 있으므로.

쑥떡 싸서 봄소풍 가자던 중학교 때 단짝 친구와의 약속도, 꽃 필 때 만나자던 선후배와의 기약도 물거품이 되었지만 "두려움을 모르는 사람은 겁쟁이보다 훨씬 위험한 동료"라는 책 속 구절을 우리 모두 알고 있는 까닭이다. 허먼 멜빌이 너새니얼 호손의 격려로 힘든 집필 과정을 견뎌내고 이 소설을 완성했듯이, 우리가 각자의 자리에서 서로에게 건네는 응원도 뜻밖의 재난에 끝까지 마음을 모은 기록으로 남을 것이다.

대구시민,
21세기의 조선수군들

미루나무숲에서 통합교육 대표

　나는 오래전부터 학생들과 '주제여행'을 다니면서 몸과 마음 공부를 하고 있다. 2019년은 '다시 보고 싶습니다'라는 생태여행으로써 '서대구 달성습지'를 한 달에 한 번씩 들렀다. 자연의 위대함과 아름다움에 가슴 떨렸던 그 시간을 내 삶의 역사 속에 간직할 수 있게 되었던 2019년의 감동을 되새기며 2020년도에는 '2020년, 계신기행戒愼紀行, 한반도의 흙과 꽃과 이야기를 찾아서'라는 제목으로 국토 여행을 준비하고 있었다. 역사와 문화, 그리고 이 땅의 이야기를 찾아 떠나는 이 여행의 행선지로 1차 전라도 진도 일대, 2차 서울 창덕궁 일대, 3차 문경새재 일대, 4차 조선통신사 축제 길을 찾아 부산 일대 여행을 계획하고 있었다.

　그런데 1차 여행을 시작하기 전, 세상에 심상치 않은 기운이 맴돌았다. 그러더니 어느 날 코로나 바이러스가 청정지역이었던 대구에 입성했다는 뉴스를 접했다. 나는 더 미룰 수 없다고 판단하고 두 명의 학생과 사무장님을 향해 비장하게 말했다.

"예정한 날 출정합니다!"

그렇게 우리는 대구를 떠나 진도로 향했다. 우리가 대구에서 멀어지면 멀어질수록 비보가 쏟아졌다. 대구를 봉쇄해야 하는 것 아니냐는 우려가 쏟아질 만큼 대구 사람들이 코로나-19 확진 판정을 받고 격리되고 있다는 소식이 들려왔다.

시간이 지남에 따라 더 많은 확진자들이 집계되었고 그 중심에 대구가 있었다. 점점 두려워하는 아이들, 이러다 중국처럼 도시가 봉쇄되고 우리는 대구로 돌아가지 못하는 것 아니냐는 아이들, 급기야 우리가 대구 사람임을 숨기자는 아이들… 대구는 이미 죄인의 도시였다. 허나, 태어나고 자란 고장의 언어를 무슨 수로 막아낼 수 있겠는가? 흐르는 물처럼 막을 수 없는 것이 문화의 뿌리일진데.

다음 날, 아이들을 데리고 '이충무공벽파진전첩비李忠武公碧波津戰捷碑*'에 갔다. 높디높은 전첩비 앞에서 나는 아이 둘에게 낮은 어조로 말했다.

"느그는 대구 사람인 기 부끄럽나? 나는 안 부끄러분데? 나는 본래 경남 사람이지만 대구를 자랑스럽게 생각하고 있다. 대구가 이 나라에, 무슨 죄를 지었노? 와 대구 사람인 걸 속일라카노."

빛나는 벽파진 나루터의 잔물결들을 비추고 있던 남도의 태양이 내 얼굴을 따사로이 비춰줄 때 나는 다시 말했다.

"느그는 대구가 얼마나 뜨거운 땅인지 모르나. 대구 사람들은 불의 앞에 목숨 내놓는 걸 망설이지 않았다. 느그들, 동촌유원지에 있는 망우당공원 가 봤제? 거기 누구 동상이 있는지 봤나? 맞다, 곽재우 장군 동상이다. 그분은 임진왜란 때 의병을 일으켜 나라를 지키려 했던 분이다. 국채보상기념공원이 대구에 있는 이유를 느그들 그새 까묵었나? 나라도 어쩌지 못하는 빚을 누가 갚았는지 아나? 우리 대구 사람들이 분연히 일어나 우리 민중과 함께 그 일을 했다. 2.28기념 공원은 어디 있는지 알제? 4.19학생 의거의 첫 불씨가 된 기 바로 대구 2.28학생 운동이다. 정의를 위해 분연히 일어나 이 땅의 민주화를 이룩하게 한 이들을 기념하는 장소가 바로 그곳이다. 느그는 2.28공원 몇 번이나 지나가도 못 봤나? 그 공원 앞 돌비석에 새겨진 자유를 위한 한 편의 시를. 시내갈 일 있거든 반드시 찾아가 그 시비를 읽어 보거라. 느그들의 이 자유는 대구 사람들로부터 시작된 것이라는 걸 분명히 알아야 된다. 그라니, 대구를 부끄러워하는 사람, 그 사람이 부끄러운 사람인 기다. 무슨 말인지 알겠나?'

　그렇게 우리는 대구로 돌아왔고 그 이후로 우리 고장은 더욱더 큰 위기에 봉착했다. 그러나 불안해하는 주변 사람들에 비해서 우리 팀은 여유만만했다. 왜냐하면, 시련 앞에서 더욱 강인해지는 민족이 '대한민국'이라는 것을 진도 여행에서 분명히 확인했기 때문이다.

　남대구 톨게이트를 통과하자마자 마스크를 하고 우리는 그렇게 헤어졌다. 그 후 나는 자가격리를 6주가량 실천하면서 참으로 값진 보물들을 얻었다. 그동안 게을렀던 집필에 박차를 가하기 시작했던 것이다. 오랫동안 묵혀둔 가슴속 이야기들이 내 몸 어디에 그렇게 숨어 있었던지 글을 쓰려고 자리에 앉으면 손가락 끝으로 이야기들이 철철 흘러나왔다. 나는 그 멈출 수 없는 남도의 따스했던 햇살 같은 기운들에 힘입어 집필에 더욱 몰입했다.

한 달이 어떻게 지나갔는지 모르겠다. 6주를 집 안에서 매일 글 쓰고 책 읽었다. 정신을 차려보니 동화집 서너 권 분량과 수필집 한 권 분량의 원고가 옆에 쌓여있고 3월부터 시작한 대학원 졸업 논문이 뜻밖에도 90%가량이나 완성되어 있었다. 그렇게 좋아하던 산책도 뒤로하고 6주간 거의 온종일 의자에 앉아 엉덩이와 허리의 통증을 견뎌가며 원고에 파묻혀 지낸 사이, 세상의 판도는 바뀌어 있었다.

대구는 어려움을 극복해내고 있고, 대한민국의 성숙한 시민의식에 세계가 깜짝 놀라고 있었다. 역시 우리 민족의 저력이 서서히 세계 방방곡곡에 알려지고 있는 것이다.

도시 봉쇄를 당할 뻔한 참담한 순간에 봉착했던 우리 대구는 이 봄을 바이러스에 빼앗긴 것을 서러워하지 않고 의연하게 코로나 바이러스와 싸우며 현실을 견뎌내고 있다.

2020년 코로나 바이러스와 싸우는 대구시민들은 21세기의 조선수군들이다. 대장선과 더불어 울돌목에서 목숨을 내놓고 싸웠던 그들처럼 대구시민들은 온몸으로 바이러스와 싸웠다. 노적봉 아래서 강강술래를 부르던 아낙네들과 벽파진까지 왜구들을 몰고 내려왔던 수군들처럼 대구의료진들은 방호벽을 입고 끝없이 밀려드는 흰 파도와 맞서 싸웠으며, 시민들은 공포 상황 속에서도 의연히 고난을 극복하는 행보를 여전히 쉬지 않고 있다.

제1차로 떠난 주제여행 '한반도의 흙과 꽃과 이야기를 찾아서' 진도 여행길에서 뜻하지 않게 전쟁을 만났다. 허나 충무공의 진도 바다와 대구 사람이 만나 불꽃처럼 타올라 전장에서 함께 맞서 싸웠으니 보라, 그 불꽃은 결코 꺼지지 않으리라.

바이러스 전쟁이 끝나면, 계획보다 조금 늦어져 덕혜옹주의 홍매화는 이미 낙화했겠지만, 꼭 창덕궁 낙선재에 들러 보려 한다. 한반도의 정신을 찾아가는 그 여행길에서도 나는 대구 사투리를 당당하게 쓰며 대구 사람임을 자랑스럽게 밝힐 것이다. 대구, 이 땅은 결코 남루하게 쓰러질 땅이 아니다.

*벽파진전첩비: 충무공이순신이 거둔 명량대첩 승첩을 기념하고, 해전에서 순절한 진도출신 참전자들을 기리기 위해 진도 사람들 모두 한마음으로 성금을 모아 만든 높이 3.8m나 되는 거대한 비석. 진도향토유적 제5호로 지정된 바 있는 전라남도 진도군 고군면 벽파리 산682-4번지에 있는 비석.

코로나-19의 상처,
예술 연대로 희망을 보듬다

김득주
대구문화재단 대구예술발전소운영팀 팀장

2020년 2월 18일 대구 31번 확진자 발생.

뉴스기사를 접하면서 코로나-19가 대구의 삶을 송두리째 바꿀 것이라고는 상상하지 못했다. 확진자가 입원했던 A병원이 내가 살고 있는 동네 근처라니, 당분간 외출을 자제해야겠다는 생각이 퍼뜩 머리를 스쳐 지나갈 뿐이었다.

아들이 다니는 학원가 근처에 A병원이 위치하고 있다는 이유만으로 얼른 학원에 간 아들에게 전화를 걸었다. 통화가 끝난 후 안도의 한숨을 쉬며 가슴을 쓸어내렸다.

때마침 저녁에 예정되어 있던 지인과의 선약 장소도 A병원 근처라니. 서둘러 선약을 취소했다.

확진자가 발생했다는 긴장감 속에서 지친 몸을 이끌고 퇴근하는 늦은 밤.

A병원 앞을 통제하는 방호복 차림의 경찰과 의료인, 여느 때와 달리 학원가 수업을 마치고 물밀 듯이 쏟아져 나오는 아이들의

시끌벅적함이 사라진 텅 빈 도로, 그리고 경찰차가 줄지어 늘어선 A병원 앞 도로를 천천히 달리는 순간 화려한 불빛 속에서 뿜어져 나오는 도시의 낯선 기운이 도로 위에 짙게 드리워지는 것만 같다. 까닭 모를 긴장감으로 싸늘한 밤공기가 더 차갑게 느껴지는 밤이었다.

2월 19일 대구시 공공문화시설의 문은 굳게 닫혔다.

1, 11, 23, 50, 70, 148, 178, 297, 514···

대구 코로나-19 확진자 숫자는 전날 기록을 갱신하고 기록을 갈아치우듯 하루하루 늘어갔다.

바삐 움직이던 대구의 시계도 어느덧 멈추어 버렸다.

코로나-19의 두려움으로 우리나라뿐만 아니라 전 세계의 시선이 대구로 향했다. 끝을 알 수 없을 정도로 퍼져나가는 코로나-19의 충격, 처음으로 마주하는 바이러스의 불확실성으로 인간 내면 깊숙이 자리한 불안과 두려움에 거리는 텅 비었다.

코로나-19 바이러스 감염중에 대한 두려움과 불안감은 평범한 일상조차 바꾸어놓았다.

누군가와 만나 이야기를 나누고, 함께 밥을 먹으며, 퇴근길 술 한잔 기울이던 평범한 일상의 행복이 다시 올 수 있을까 하는 불안감은 일상의 소중함과 함께 더불어 살아가는 사람들과의 관계가 소중함을 절실하게 깨닫게 해주었다.

그리고 늦겨울 추위와 코로나-19의 두려움으로 꽁꽁 얼어붙은 대구에 두려움과 위기를 함께 극복해내려는 따뜻한 위로와 응원의 공연이 온라인을 통해 전국 최초로 시작되었다.

코로나-19 확산으로 휴관 중인 대구문화예술회관이 불안한 일상을 보내는 시민들에게 희망의 메시지를 전하는 'DAC on Live' 공연을 시작한 것이다.

코로나-19 확산으로 지역문화계 공연과 전시가 연기, 취소되는 초유의 사태가 이어지면서 불안함으로 힘든 시민들에게는 마음의 여유와 긍정의 에너지를, 지역 예술가들에게는 공연할 수 있는 기회와 경제적 지원을 위한 무관중 온라인 전용 공연이 진행되면서 침체위기의 문화예술계에도 활기를 불어넣기 시작했다.

사회적 거리두기로 온라인 중심의 생활로 옮겨가면서 온라인 관객들은 실시간 대화창을 통해 격려의 메시지를 주고받았다. 참여 예술가들에게 응원의 메시지를 남기기도 하며 시민의 참여로 새로운 공연이 만들어지고 있는 것이다.

대구콘서트하우스에서는 휴대폰과 컴퓨터만 있으면 어디서나 콘서트를 즐길 수 있는 무관중 공연 '대콘의 600초 클래식'으로 시민들의 지친 마음을 어루만졌다. 대구에서 활동하는 25명의 연주자들이 '사랑 - 그 모든 것을 이기는 힘'으로 지혜를 모아 위기를 함께 헤쳐 나가고 있는 시민들을 향한 애정과 응원을 클래식 연주에 담은 것이다.

대구문화예술인들이 한마음 한뜻으로 노래한 '대구문화예술인 하나 되어 again 프로젝트'도 코로나와의 전쟁으로 힘겨워하는 대구시민을 응원한다.

재능기부로 참여한 대구문화예술인과 예술단체 60여 명이 시민들에게 따뜻한 희망을 전하고 위기를 극복해 다시 일상의 행복을 찾을 것이라는 메시지를 전하고 있다.

2.28기념중앙공원, 대구예술발전소, 두류공원 야외음악당, 대명공연거리, 수성못, 삼성창조캠퍼스, 강정보 디아크, 계명아트센터 등 코로나-19가 아니었으면 예술인들이 활발하게 공연을 이어갈 대구 대표 야외공연장소를 선정한 것도 대구시민으로서의 자부심을 높이기에 충분하다.

모든 공연이 취소되고 연기돼 생계가 힘든 상황에 타 지역에서 보내는 지원과 응원에 대한 감사의 마음으로 시작된 프로젝트라는 점도 가슴 뭉클함을 더한다.

예술은 상상력을 자극하여 감성을 말랑말랑하고 풍부하게 만들어주기도 하고, 생각의 영역을 확장시켜 주기도 한다. 인간의 감정을 순화하고 심리적 안정과 즐거움을 주는 심미적 기능을 통해 상처를 보듬어 주는 것이다. 그 과정 속에서 자기중심성을 탈피해 타인과의 공감과 인간에 대한 이해를 높이는 사회적 기능도 가지게 된다.

코로나-19로 피폐해지고 닫힌 우리 일상에 대구의 문화예술인들이 예술로 연대하여 희망의 대구를 다시 그리고 있다.

전국 각지 문화예술기관에서의 대구를 향한 응원과 격려의 메시지도 이어지고 있다.

한국광역문화재단연합회, 광주문화재단, 부산문화재단, 제주문화재단, 전북문화관광재단, 한국예술인복지재단 등지에서 봄의 향기를 전하는 한라봉, 달달함을 나누는 전주 초코파이, 건강을 챙겨주는 홍삼, 사랑이 담긴 도시락 그리고 최고의 응원메시지인 마스크로 대구문화재단에 감동을 전하기도 했다.

코로나-19로 문화예술계는 위축되었다. 하지만 문화예술인들의 배려와 자발적 나눔으로 문화의 힘과 예술의 가치는 결코 축소되지 않았다.

미국 일간지 워싱턴 포스트지는 봉준호 감독의 영화 '기생충'의 아카데미 4관왕 수상에 대해 "한국 민주주의의 승리"라는 제목의 칼럼으로 자유로운 사회가 예술에 얼마나 중요한가라는 중요한 교훈을 가르쳐주고 있다고 평가했다.

성숙한 시민의식으로 세계적 극찬을 받은 대구시민들.

성숙한 시민들과 따뜻한 연대로 희망을 그리는 대구문화예술인들.

우리와 하나 되어 응원의 힘을 전해준 대한민국 국민들.

코로나-19는 분명 위기이다. 대구는 지금 그 위기 속에서 더욱 빛나는 따뜻한 연대로 샛노란 희망의 봄을 그려 나가고 있다.

코로나-19와
도서관

김상진

용학도서관 관장, 수성 한국지역도서전 집행위원장

　신종 코로나 바이러스 감염증(코로나-19)이 지난 2월 18일 31번 확진자 발생 이후 신천지 대구교회를 중심으로 대구 전역을 휩쓸고 있다. 이로써 지난 1월 20일 국내 첫 확진자가 발생하면서 대구지역에도 맴돌았던 긴장감이 더욱 팽팽해졌다. 이런 와중에 대구시민들은 자발적 사회적 거리두기에 나섰으며, 소액모금운동 등 이웃을 배려하는 각종 참여를 통해 성숙한 시민의식을 보여줬다. WHO의 팬데믹(세계적 대유행) 선포로 장기화 수순에 들어간 코로나-19 사태는 사회적 거리두기를 강화해야만 하는 상황이다. 최근 들어 추가 확진자가 줄어드는 좋은 징후도 보이지만, 긴장감을 늦추는 순간 지역사회 감염이 급격히 확산될 것이 불을 보듯 뻔하기 때문이다.

　대구시민들이 즐겨 찾는 지역 공공도서관도 코로나-19의 광풍 앞에서 예외가 아니었다. 박물관, 미술관과 함께 모든 시민을 위한 문화기반시설인 지역 공공도서관은 2월 중순부터 문을 닫은 상태다. 용학도서관은 범어도서관, 고산도서관 등 다른 수성구립 도서관과 함께 지난 2월 18일 대구지역 첫 확진자가 나오자마자 수성구청 및 수성문화재단에 코로나-19 확산을 방지하기 위한 임시휴관을 건의했다. 이날 오후 수성구 재난안전대책본부가 대구지역 도서관 중에서 가장 먼저 일체의 서비스를 중지하는 임시휴관을 결정했다. 이미 지역 첫 확진자가 나오기 전에도 다수의 시민들이 참여해 강의 형식으로 진행되는 독서문화프로그램은 연기 또는 취소시키는 등 단계적으로 선제적 대응을 진행하고 있었다. 당시 단계적 대응 계획은 대구에서 확진자가 발생하면 도서열람과 대출을 비롯한 일체의 도서관 서비스를 중단한다는 시나리오였다.

1분기 독서문화프로그램이 개강된 2월 1일부터 수강생이 20명을 넘는 일부 강좌는 개강을 보류했다. 또 2월 중에 계획된 세 차례의 특강도 모두 연기했다. 용학도서관이 코로나-19에 민감한 반응을 보여야 하는 이유는 지역 특성상 이용자 상당수가 은퇴자이기 때문이다. 코로나-19 사태 초기 감염병 명칭이 우한폐렴으로 불릴 정도였기에 폐렴에 치명적인 어르신 세대와 기저질환을 가지고 있는 중장년을 보호하기 위한 조치였다. 당시 강좌에 참여하기 위해 신청한 이용자 300여 명과 책을 대출 중인 이용자 1,400여 명에게 문자메시지와 인터넷 홈페이지, SNS 등을 통해 대응조치를 안내하자 반발하는 경우도 적지 않았다.

코로나-19 사태로 인한 사회적 거리두기가 장기화되면서 '코로나 블루(코로나 우울증)’란 신조어가 등장할 정도로 시민들의 정신적 및 심리적 피로도가 높아진 가운데, 그 해법으로 책 읽기를 추천하면서 그에 부합하는 서비스도 제공하고 있다. 이름하여 ‘책과 함께하는 슬기로운 거리두기’ 캠페인을 벌이는 것이다. 용학도서관은 이 캠페인을 확산시키기 위해 인터넷 홈페이지와 페이스북 등 SNS를 통해 홍보하고 있으며, 도서관 회원으로 등록된 시민들에게 문자서비스를 보낸 뒤 캠페인에 동참하는 시민들에게 서비스를 하고 있다.

시민들은 사회적 거리두기의 필요성을 충분히 이해하지만, 피로감을 느끼지 않을 수 없는 것이 사실이다. 특히 지난 5일로 예정됐던 개학이 연기되면서 학부모들의 고민은 이만저만이 아니다. 단계별로 온라인 개학을 하지만, 자녀들이 컴퓨터와 스마트폰에 매달리는 바람에 잔소리가 늘 수밖에 없는 현실이다. 게다가 날씨는 하루가 다르게 화창해지면서 봄나들이의 유혹도 만만치 않다. 근본적으로는 고강도 사회적 거리두기가 언제 끝날지 예측할 수 없는 상황이 시민들을 지치게 하고 있다.

대구지역 도서관계에서 4월부터 시민들과의 접촉을 최소화한 채 본격적으로 제공하기 시작한 도서대출서비스는 코로나-19 선별검진소로 유명해진 ‘드라이브 스루’의 도서관 버전이다. 용학도서관의 경우 자동차를 탄 채 책을 빌릴 수 있는 공간이 없기 때문에 걸어와서 책을 빌린다는 뜻에서 ‘북 워크 스루’란 이름으로 운영되고 있다. 이용자의 안전을 위해 방호복 등 방역장비를 갖춘 사서가 도서관 입구에서 인터넷 홈페이지를 통해 미리 예약된 책을 대출해주는 방식이다. 대출되는 책은 미리 자외선 책소독기를 이용해 살균작업이 이뤄졌다. 운영 빈도는 매주 수요일과 토요일 두 차례이며, 책 반납은 도서관 입구에 설치된 무인반납기를 이용하면 된다.

공공도서관을 중심으로 독서운동을 벌이자는 맥락에서 올해 대구시 수성구에서 열리는 '2020 대구수성 한국지역도서전'의 진행상황을 살펴본다. 수성구와 한국지역출판연대가 공동주최하는 2020 대구수성 한국지역도서전을 성공적으로 치르기 위해 수성문화재단 소속 도서관 중심으로 구성된 테스크포스(TF)가 지난해 중반부터 여러 차례 벤치마킹과 아이디어회의를 진행한 뒤 올해 들어 민간 주도의 조직위원회를 발족해 행사 준비에 박차를 가하고 있다. 하지만 코로나-19 사태가 장기화되면서 당초 계획된 5월 22~24일에는 개최가 불가능하다고 판단하고, 10월 16~18일로 연기하기로 최근 결정했다.

한국지역도서전은 대한민국의 지역출판물과 독서문화를 공유하고 소통하기 위해 매년 기초자치단체 단위에서 열리는 전국 규모의 책축제인 동시에 독서축제. 올해는 대구시 수성구 두산동 수성못의 상화동산과 수성구립도서관인 범어·용학·고산도서관 세 곳에서 진행된다. 이를 위해 조직위원회는 슬로건 공모전을 벌여 '지역을 다독이다, 책을 다독多讀하다' 등을 선정하고, 국민 1천 명이 1만 원씩 모아 지역출판대상을 시상하는 '천인千人독자상'에 동참할 후원자도 모집하는 등 행사 준비에 속도를 내고 있다.

한국지역도서전은 지난 2017년 제주에서 시작됐다. 서울과 경기도 파주의 유력 출판사들이 국내 출판시장의 대부분을 차지하는 현실 속에서도 지역문화를 보전하고 확산하려는 노력을 포기하지 않는 지역출판사들이 모인 한국지역출판연대가 제주시와 함께 도서전을 개최하면서부터다. 이어 2018년에는 경기도 수원에서, 2019년에는 전북 고창에서 성황리에 열렸다. 올해로 4회째다.

개최지를 소개하는 내용에서 알아챘겠지만, 한국지역도서전은 각 권역의 출판 및 독서문화를 대표하는 기초자치단체에서 열리고 있다. 제주권에서는 제주시, 경기권에서는 수원시, 호남권에서는 고창군, 영남권에서는 수성구, 강원권에서는 춘천시가 그러하다. 혹시나 미흡한 점이 있다고 한다면 해당 기초자치단체는 해당 권역에서 출판 및 독서문화를 대표할 수 있도록 노력하겠다는 의지와 각오를 다진 끝에 인정받은 것이며, 자치단체 스스로와 지역주민에게 약속한 것이다.

아무쪼록 책과 함께하는 슬기로운 거리두기를 통해 심신의 면역체계가 강화되면서 코로나-19 사태가 하루빨리 종식돼 대구시민들은 물론 대한민국 국민들이 일상으로 복귀하길 바란다. 또한 많은 이들의 관심과 참여가 동반된 한국지역도서전을 통해 책과 독서의 가치가 확산되는 동시에, 대구와 수성구의 잠재된 문화역량이 확인되길 소망한다.

생활치료센터 '빈손의 창조자'들과
15일간의 동행

김 요한
대구광역시청년정책과 과장

2월 18일 도시가 멈추었다. 시민들의 일상도 멈추었다. 국내에서 첫 확진자가 나온 1월 20일부터 2월 17일까지 감염병은 달리는 기차에서 바라보는 차창 너머의 불편한 풍경 정도였다. 하지만 31번 환자의 동선이 알려지고 확진자가 폭증하면서 우리는 알베르 카뮈의 작품 『페스트』의 도시 '오랑'에 멈추었다. 하지만, 대구는 '오랑'처럼 폐쇄되지도 않았고, 기자 랑베르처럼 끊임없이 '오랑'을 탈출하려고 하는 이도 없었다. 대구는 오히려 스스로를 봉쇄했고, 어느 노의사의 호소문에 수많은 의료진이 전국에서 끊임없이 대구로 달려왔다. 대구의 2월은 잔인했고, 3월은 마스크 2장과 함께 봄도 더욱 기다려졌다.

3월 1일, 3.1운동을 기념하는 국경일이라 태극기는 게양했지만, 2020년 3월1일이 더욱 기억에 남는 날이 되었다. 이날은 '청년희망공동체' 활동에 참여하고 있었던 시민사회, 청년단체, 청년센터가 '코로나-19 극복 1339원 국민성금' 캠페인을 시작한 날이며, 3월 한 달 동안 5만 5천여 명이 동참하였다. 또한 이날은 정부가 코로나-19 대응 치료체계를 변경한 날이다. 정부는 환자 중증도를 4단계로 분류하여 경증환자의 모니터링·치료와 코로나-19 감염병 전파 차단을 위해서 생활치료센터를 대책으로 내놓았다. 3월 1일 대구·경북 지역의 코로나-19 확진자가 3천 명을 넘어서고, 대구지역의 병상 부족 상황이 악화되면서 시민이 사망하는 안타까운 상황이 발생한 것이다.

생활치료센터는 대구지역 경증환자의 격리·돌봄을 위해 국가운영시설이나 숙박시설을 활용하여 전국에 15개의 센터가 구축·운영되었다. 초기에 대구지역의 시설확보가 난관에 부딪히면서 충북 등 타 지자체로까지 시설확보 노력이 이루어졌다. 당초 자원하였던 충북 괴산 군사학교는 생활치료센터 용도로는 부적합한 것으로 확인되어, 국민연금관리공단에서 운영하는 충북 제천 청풍리조트를 생활치료센터로 구축·운영하는 책임을 맡게 되었다.

3월 6일 아침, 미션을 간단히 공유하고, 10명의 대구시 공무원은 어젯밤 급히 꾸린 옷가지를 넣은 가방을 자동차에 싣고 제천으로 달렸다. '인사발령'은 하루가 지나서야 확인을 했고, 우리 손에 들린 것은 '생활치료센터 준비사항' 2페이지와 "경비 전액은 국가부담이므로 해당지역 업체에 양해를 구하여 우선 공급하시기 바랍니다."라는 '코로나-19 재정집행 안내'가 전부였다. '맨땅에 헤딩'이라는 표현이 이 경우에 해당될까? 아니다! '위기에 처해진 이도 사람이지만, 위기를 극복할 이도 사람이다.'

3월 8일 오전에 155명의 경증환자를 입소시켜야 하는 '미션 임파서블' 아래 이틀 동안 전국에서 43명의 의료진과 파견근무자들이 모였다. 우리들은 어쩔 수 없이 '빈손의 창조자'들이 되었다. 155명이 최소 2주간 1인 1실에서 격리생활을 할 수 있도록 각종 생활물품을 현지에서 급히 조달하였고, 의료용품과 방호장비는 대구에서, 제천 소방서에서, 전국에서 모든 연결망을 동원해서 하나씩, 하나씩 확보하였다.

제천시는 식당업을 하는 주민들을 삼삼오오로 팀을 구성하여 도시락을 공급하는 역할을 자원했다. 제천시가 식품위생을 책임지고 진행하였기에 제천시의 서민경제에도 도움이 되고, 입소자들에게 신선한 음식도 제공할 수 있었다. 방역과 폐기물 처리 용역도 불가피하게 현지에서 조달해야 하는데, 인구 13만의 소도시에서 규모 있고, 경험이 많은 업체를 찾는 것은 불가능했다.

'행동하면서 배우는(learning by doing)' 생생한 삶의 현장이자 극한직업이었다. 방역업체는 대구에서 전문가를 초청하여 교육 후 바로 현장에 인력을 투입하였고, 폐기물업체의 인력들은 그동안 수송만 해보았던 터라 처음으로 방호복을 입었다. '선 실행, 후 계약', 외지업체에게는 국가라 하더라도 외상거래는 많이 불안했던 모양이다.

메르스 이후 '감사監査'를 받았던 공무원들의 트라우마를 떠올려주는 동료도 있었지만 결국, "공무원이 지급을 책임진다."라는 확인서에 이름 석 자를 남겼다. 15개 생활치료센터를 구축·운영했던 대구시의 모든 공무원들이 훗날 '감사'를 받을 각오하고,

오로지 미션에 충실했다. 그 결과로 4월 7일 현재 2,400여 명의 경중환자가 건강하게 퇴소하였고, 코로나-19의 큰불은 잡을 수 있었다. 경증환자들의 고충도 컸다.

좁은 공간에서 생활수칙을 지키고 검체검사가 음성이 나오기만을 손꼽아 기다려야 한다. 그래도 TV가 있고, 무선 와이파이가 되는 이곳 시설은 상대적으로 위로가 되었으리라. 하지만, 1차 검사가 음성이 나왔는데, 2차 검사가 양성으로 나오는 날, 그날의 심정을 당사자가 아니면 누가 알겠는가? 그날 심리상담가 선생님은 제대로 식사도 못 하였다. 직원들의 제안으로 생일인 사람에게는 작은 선물로 응원도 했지만, 불안감이 고조된 친구를 위로하기 위해 무단으로 방을 이동한 '로미오와 줄리엣' 청년들에게 경고도 해야만 했다.

생활치료센터의 운영목표와 원칙, 입소자들의 개인적인 딱한 사정과 인간적인 배려 사이에서 때론 담장 위를 걷는 것 같은 깊은 고민이 있었다. 불안하고, 답답하다며, "막걸리 2병만 줄 수 없느냐?"고 전화 주신 어르신이 떠오른다. 입소자들이 감기에 걸리면 안 된다며, 늦은 밤 생애 처음 방호복을 입고, 객실의 난방기를 수리하였던 시설관리 근무자의 든든한 발걸음을 잊지 않고 있다. "수고롭지만, 약속은 지켜야 한다."는 한마디에 주말에 왕복 5시간을 달려서 3명의 퇴소자를 대구로 이송해준 대구시 공무원의 발품도 감사하다.

155명의 경증환자를 돌보기 위하여 43명의 지원인력은 '한 팀'이 되었다. 미션을 완수할 수 있게 된 것은 소속기관별 대표자들이 연석회의를 통해서 미션과 애로사항을 공유하고, 상호 신뢰를 쌓으면서 '한 팀'이 된 덕분이었다. 모두가 자신의 공식적인 역할에 추가하여 '원 플러스 원' 역할도 해주었다.

의료진분들은 매일 경증환자들을 직접 돌보는 수고와 함께, 그룹별 온라인 채팅방을 운영하여, 일상을 살피고, 퇴소 절차까지 지원해주었다. 국방부 소속의 젊은 장교들은 하루 3번씩 방호복을 입고서 155명에게 도시락을 한 번도 실수 없이 제공해주었고, 입소자들의 택배나 후원물품을 배달하는 수고도 기꺼이 맡아주었다. 경찰청 근무자들은 24시간 cctv 모니터링과 안전을 맡아주었다.

대구시와 중앙부처 파견 공무원들은 총괄 운영을 맡고, 때론 해결사 역할을 자원하였다. 현지에서는 사용이 불가능해 보였던 수기처방전을 제천보건소와 연계하고, 이를 약국과 '트라이앵글'로 다시 연결한 시스템은 환자를 치료해야 한다는 책임감으로 대구시와 제천시의 공무원, 의료진의 창의적인 협업 결과물이었다. 전국의 생활치료센터가 '적극행정'의 실험과 도전의 현장이 되었다. 함께 걸어간 길이 사례가 되고, 이어서 운영지침이 되었다.

곤경에 처해있을 때, 사람의 진면목을 알 수 있듯이, 재난이 왔을 때, 우리 사회의 민낯이 드러나게 된다. 코로나-19를 기억하고, 기록하는 많은 서술자가 있을 것이다. 혐오보다는 연대를, 냉소와 무력감보다는 묵묵히 자신의 자리를 지키고 함께 견디고, 함께 이겨내고자 했던 수많은 이들의 얼굴을 기억하는 서술자 중한 명이 된 것이 감사하다. 여러분은 만났을 것이다. 대구에서, 제천에서, 여러분의 삶터에서 수많은 오랑시의 의사 '베르나르 리유' 와 자원봉사자로 보건대를 조직한 '타루'를 만났을 것이다. 나도 누군가에게는 리유와 타루를 도왔던 시청 서기보조 '그랑' 으로 기억된다면 후배들에게 덜 부끄럽고, 덜 미안한 삶이 될 것이다. "가장 취약한 부분의 고리가 전체 사슬의 강도를 궁극적으로 결정한다."라는 말이 있다.

　재난으로 우리 사회의 가장 약한 고리를 발견하고, 공동체의 지혜와 힘으로 보듬고, 개선해서 보다 더 나은 다음 사회로 나아가는 계기가 되길 바란다.

슬기롭고 싶은
재택생활

김윤정

《대구예술》 편집장

  겨울날 아침 이불 속에서 일어나기 싫어 낑낑거릴 때, 민낯에 잠옷 차림으로 일하고 싶을 때, 유연한 근무로 도시의 유목민이 되고 싶던 순간 재택근무를 꿈꿨었다.

  코로나-19가 상상 속에서만 존재했던 이 일을 실현시켜 주었다.

  대구지역 확진자가 확산될까 노심초사하던 2월 하순, 대구예총 회장님의 발 빠른 판단으로 재택근무 지침이 내려졌다. 20년 넘게 출퇴근 직장인으로 살아온 내게 바야흐로 재택근무가 시작된 것이다. 생애 첫 재택근무는 봄꽃들이 장렬히 사라질 때까지도 계속되었다.

  제일 급한 업무는 계간지인 《대구예술》 봄호를 발간하는 일이었다. 3월 1일 발간이 목표라 다행히 원고 교정은 끝내놓은 상태였다. 담당 디자인 실장님의 가편집본을 교정하는 일은 사무실이 아니어도 가능한 작업이었다. 솔직히 이때만 해도 재택근무는 지난 날 전쟁 같던 업무량에 대한 포상휴가 같은 기분이었다.

그러나 하루가 한 주가 되고 한 달이 넘으며 우려가 현실로 다가왔다. 근무지와 머지않은 동네에 코로나-19 확진자가 무더기로 발생하면서 대구예총의 사업들에도 빨간불이 켜졌다. '대구한류'를 이끌어 온 국제예술교류 사업이 멈춰졌다. 베트남 다낭문학예술연합회와의 협약식 취소를 시작으로 4월 교토, 5월 닝보시와의 국제예술교류는 잠정 연기됐다. 매년 이맘때면 대구예술문화대학 수강신청자들로 분주했었지만 조용했다. 3월 말에 예정이던 입학식을 취소하고 새 판을 짜야만 했다. 어렵게 확보해 둔 공연장 대관도 흐지부지되었다. 이와 함께 강사들의 스케줄도 실타래처럼 뒤엉켜버렸다. 연이은 취소, 무기한 연기와 함께 불안한 아침을 맞는 나날들이었다.

누가 슈퍼전파자가 될지 모르는 상황은 '집 밖은 위험해' 라며 문을 닫게 했다. 더구나 바이러스라는 것이 밀폐된 공간일수록 잘 전염되므로 문화예술 활동의 타격은 자명한 일이다. 예총회원단체들도 예외는 아니었다. 매년 새봄을 열던 대구연극제를 비롯해 강연회, 음악회 등 공연 프로그램들이 줄줄이 중단됐다. 전시회도 사정은 다르지 않았다.

재해가 발생하면 가장 먼저 축소 삭감되는 분야가 문화예술계이다. 예술을 생업으로 하는 전업예술인들에게는 심각한 문제가 아닐 수 없다. 예술작품이라는 것이 하루아침에 뚝딱 만들어질 리가 없지 않은가. 수개월 전부터 기획과 준비, 연습한 결과물을 내보이는 일이기에 행사 취소는 예술인들을 무기력하게 만들었다. '얼어붙은' 문화예술계라는 수식어가 어김없이 등장했다.

예총회원협회별 피해 규모도 파악해야 했다. 대구지역의 2~4월 기간 동안 코로나-19로 취소 또는 연기된 예술 행사는 300여 건이나 되었다. 또한 한국예총에 따르면 예술인들의 전년 대비 올해 1~4월 수입이 88.7%가 감소한 것으로 나타났다. 때마침 개소한 대구예술경영지원센터가 코로나-19로 인한 피해예술인들의 전용 창구를 운영한다고 했다. 대구수성문화재단에서는 지역예술인 기 살리기 대책도 마련했다는 소식도 들려왔다.

뜻하지 않은 재난은 어려울 때 돕는 친구가 진짜 친구라는 사실을 재확인시켜 주었다. 대구예총과 오랫동안 국제예술교류로 우정을 쌓아온 강소성문련을 비롯해 닝보시와 다낭, 호치민, 북경, 미야기현 등의 예술단체에서 안부를 묻는 메일들을 보내왔다. 특히 경기예총에서는 특별재난지역으로 선포된 대구의 예술인들을 응원하고자 소중한 성금을 보내오기도 했다. 대구예총도 10개 회원협회의 자발적인 성금을 모아 3천만 원 상당의 방역 물품을 대구시에 기탁했다.

중국 우한이 신종 바이러스로 아비규환이라는 뉴스에도, 5년 전 메르스 때에도 내 생활은 그다지 영향이 없었다. 이번 코로나-19는 이전에는 없던 모습들을 많이 만들어 냈다. 요리에 하나도 관심 없던 내가 삼시세끼를 위한 레시피를 연구하고, 호작질 수준이지만 그림도 그렸다. 아침이면 전화나 톡으로 열 체크를 하듯 안부를 물었다. 달고나 커피 만들기가 숙제가 되어버린 아이들은 영상통화로, 그룹콜로 고립을 버티고 있었다.

안정적인 재택근무를 하기에는 한계가 따랐다. 강제적 칩거생활을 해야 하는 아이들도 방해꾼이지만 방대한 자료가 있는 사무실 환경을 따라잡을 수가 없었다. 기업들은 다양한 IT협업 툴을 마련해 재택근무 환경을 만들어가고 있다고 한다. IT강국다운 놀라운 적응력이다.

뜻하지 않은 휴업상태를 맞은 예술인들의 열정이 주저될까 하는 염려는 기우였다. 절망 속 예술은 치료와 기쁨을 줄 수 있는 가장 강한 무기라는 것을 말해주듯 대구예술인들도 움직이기 시작했다. 대구미술협회에서는 수성못에서 코로나-19 극복을 위한 야외전시회를 열었다. 발길 끊긴 현장예술을 온라인으로 옮겨 문화예술을 소비할 수 있는 시도도 나왔다. 역사 속에서도 사회적 위기 뒤에는 예술이 발달되어 왔다. 머지않아 가로수 잎들 사이로 예술 행사를 알리는 배너가 산들바람에 춤을 추게 될 것이라 믿는다.

독종 같은 코로나-19는 사회 전체를 위축시켰다. 그 위기 속에서 자신을 돌아보고 타인을 위로하는 법을 알게 된 것은 큰 수확이다. 따뜻한 말 한마디는 자양강장제가 된다. 모두가 처음 겪은 이 상황, 바이러스가 준 이 시간들이 빛이 바래지 않도록 힘을 모아 대비해야 할 것이다.

오랜만에 문화예술회관 뒤편 주차장에서 만난 고양이들이 반갑다. 봄 햇살로 따뜻하게 데워진 돌담과 길바닥이 편안해 보인다. 이장희 시인의 「봄은 고양이로다」가 딱 맞다. 하루빨리 이 사태가 끝나 유예되었던 우리들의 시간에도 푸른 봄의 생기가 뛰놀게 되길 간절히 바라본다.

나는
대구 사람입니다

김종필

시인, 성서공단 근로자

언 땅에서 막 봄기운이 움찔거리려는데, 낯선 코로나가 먼저 왔다. 순식간에 대구는 그야말로 아수라장이 되었다. 토착민이 보기에도 도시는 사람이 살 수 없을 것 같은 암울함만 가득했다.

그러나 대구 사람들은 그냥 당하지 않았다. 스스로 자가격리를 하기 시작했고, 의료진들의 헌신적인 노력이 뒤따랐다. 개인적으로는 휴직으로 쉬고 있던 간호사 질녀가 자원해서 거점병원 의료진에 합류했고, 지인들은 직접 마스크를 만들어 보다 어려운 시민들에게 기부를 하고, 김밥과 도시락, 생필품으로 사회적 약자인 노숙자와 쪽방 거주민, 코로나 퇴치 의료진들의 힘을 북돋았다.

그러던 중에 타 지방에서는 대구 사람을 기피하는 현상도 있었다. 그때는 솔직히 분노가 치밀기도 했다. 거리는 텅 비었고, 폐업하는 가게, 무너지는 경제는 매몰될지 모른다는 위기감으로 대구 사람들을 내몰았지만, 대다수 국민들의 성원이 큰 힘이 되어 버틸 수 있었다.

마침내 언 땅 뿌리에서 초록 새순이 올라오고, 봄이 왔다. 늘 똑같은 봄은 없었다. 이 봄도 코로나라는 암울하고 차가운 장막을 서서히 밀어내고, 꽃을 피우기 시작했다. 다시 사람들 얼굴에 환한 웃음이 돌아오는 아름다운 봄날을 기다리며, 코로나로 힘들었던 시간을 기록한 시 한 편을 남긴다.

나는 대구 사람입니다
- 초설 김종필

아버지 역사보다 오래된 약령골목에
종일 한약을 짜는 냄새가 사라지고
어디서 불쑥 터져 나오는
낯선 말들이 난무하고
끊임없이 북적거리던 행인들이
어느 깊은 밤 유령처럼 사라졌습니다

우리 골목 정 많은 빛깔 고운 떡집은
일요일 열 집 잔치 떡 주문이 약속한 것처럼
한꺼번에 취소되었습니다.

미리 쌀을 불리지 않아 다행이지만
나보다 가난한 사람 챙기는
그 넓은 품에 걱정 불릴까 걱정입니다

쌍둥이 낳은 딸 뒷바라지를 하러
주말마다 서울 가던 누부는
스스로 바이러스가 되어
눈에 아른거리는
손자들 커가는 재롱 영상을 보아도
애가 말라 웃을 수 없답니다

고향 산촌에서 죽겠다는 말씀을 거역할 걸
후회하고 있습니다
늙은 부모님 가까이 나쁜 소식 있어도
전화 말고는 괜찮은지 확인할 방법이 없어
가슴이 덜컥 내려앉았습니다

사정하고 미뤄둔 출장을 가겠다고 하니
절대로 바쁘다고 한 적 없으니
다시 오라 할 때까지 오지 맙니다
언제까지 살라는 말인지
그 자리서 죽으라는 말인지 모르겠습니다

대구 사람들 책임이랍니다
대구 사람들 모두가 보수 아닙니다
대구 사람들 모두가 진보 아닙니다
그저 울퉁불퉁 의리는 지킵니다

부탁합니다!
어떤 식으로든 편을 가르지 말아주세요

대구를 떠나지도 말고
그 자리 그대로 꼼짝하지 말라니요
대구여, 힘내라고요?
언제부터 대구를
그토록 애지중지 하셨는지요

대구 사람은 바이러스가 아닙니다
대구는 무너지지 않고
대구 사람은 죽지 않습니다
대구 사람은 벌떡 일어납니다
나는 대구에 사는 대구 사람입니다

이게
뭔 일

나진영

독서지도사

1. 코로나-19 대구를 덮치다

2월 18일 화요일은 벼르고 벼른 나의 쉬는 날이었다. 오 공주 친구들과 맛있는 거 먹고 수다 떨고 돌아다니면서 구경하고 또 맛있는 거 먹었다. 다른 지역의 코로나를 이야기하면서 대구도 썰렁하다는 말을 했다. 그것이 오 공주 친구들과 마지막 만찬이었다. 아직도 우리는 만나지 못하고 있다. 바로 다음 날인 2월 19일부터 상황은 급변하였고 하나둘 멈춰지고 있었다. 나의 공부방 수업도 멈추었다.

그때 마침, 미국에서 대구 친정에 온 친구가 2월 21일에 돌아갔다. 혹시라도 공항에서 입국거부를 하면 어떻게 하나라고 웃으면서 걱정을 나누었다. 의외로 아무런 검사 없이 그 친구는 잘 도착했다고 톡을 보내왔고, 스스로 14일 동안 자가격리를 했다. 그 친구는 뉴저지에 살고 있다. 그저께는 드디어 휴지를 샀다고 마음이 놓인다고 했다. 이건 우리와 다른 모습이다. 지금 뉴저지의 상황이 친구가 돌아가던 때의 대구와 비슷한 것 같다.

2. 이대로 괜찮을까

1주일 치 장을 보고 왔다. 동네 아줌마들이 많았다. 다들 심상치 않은 상황에 대처하기 위해 애쓰는 모습이었다. 동탄에 사는 오빠가 그곳으로 와서 지내는 게 어떻겠냐고 했다. 대구가 위험해 보인다고. 그런가? 나는 웃어넘겼다. 위험하긴 하지만, 우리가 조심하고 또 조심하면 코로나-19가 물러가겠지 하고 생각했다. 이게 뭐지. 31번 환자로 인해 폭발적으로 코로나-19 환자가 급증했다. 그것도 대구, 경북에서만. TV를 켜놓고 생활했다.

상황은 급격하게 나빠졌다. 손세정제를 한 개 더 사두고, 엘리베이터에 다른 사람이 타면 그 다음에 타기도 하고 소독제로 집 안을 닦기도 했다. 도서관도 문을 닫았다. 점점 우울해지고 불안했다. 정평동에 사는 딸이 전화를 했다. "엄마 놀라지 마, 나 자가격리 들어갔어." 가슴이 철렁했다. 봉사하러 다니는 아동센터 직원이 확진자였다. 그로부터 14일간은 매일 아침저녁으로 딸에게 전화를 했다. 몸은 괜찮은지, 혼자 지내기는 힘들지 않은지, 필요한 건 없는지. 그렇게 14일이 지나고 딸은 대구 집으로 왔다. 감사했다.

그때부터 지금까지 딸은 우리와 함께 지내고 있다. 대학은 온라인 개강을 했고, 집에서 강의를 듣고 과제물을 한다. 과제물 폭탄이라는 말을 하면서 밤을 새우기도 한다. 가끔 딸과 강아지 산책을 나간다. "엄마, 코로나-19가 꼭 나쁜 점만 있는 건 아닌 거 같애." 딸의 말을 듣고 보니, 우리가 이렇게 가까이 지낸 것도 오랜만이었다. 스파게티를 만들어서 저녁을 차려주기도 하고, 비빔국수를 만들어서 외할머니 손맛을 닮은 거 같다고 자화자찬하기도 하는 딸이 사랑스러웠다.

3. 나를 보다

코로나-19 상황에서 나는 마스크도 몇 장 없었다. 친구들은 마스크를 우편함에 넣어두고 가기도 하고, 맛있는 초콜릿을 보내기도 했다. 인천 사는 친구는 우편으로 마스크를 보내 주었다. 때가 때인지라 뭉클하게 고마웠다.

이제 코로나-19가 수그러들기 시작했다. 나도 마스크 구입에 덜 집중한다. 그동안 남편과 딸과 많은 것을 했다. 밥 먹고 TV 보고 산책하고 드라이브도 했다. 가족 외의 사람과는 접촉을 조심했다. 남편, 딸과 함께 하는 것도 좋다. 하지만 나는 친구들이 보고 싶다. 만나서 차 한 잔, 밥 한 끼 같이하는 것이 그립다. 그런 걸 못 할 수도 있다니! 보고 싶은 사람들을 못 보는 것은 힘들었다. 참고 또 참았다. 지금도 참고 기다리고 있다. 마음속에 1순위, 2순위, 3순위가 생겼다. 그들을 생각하며 이 시간을 지나고 있다. 더 이상 코로나-19로 인한 안전문자가 오지 않을 때 나는 달려갈 것이다. 내가 보고 싶은 그들을 향해.

고픔을 느끼며 성장하는
잠시 멈춤의 시간

남지민

《대구문화》기자, 학부모

2020년 2월 7일 열리는 아이의 졸업식을 기다리고 있었다. 졸업식 며칠 전부터 학부모가 참석할 수 있느냐 없느냐에 대한 설이 분분했다. 그럼에도 불구하고 전날 자녀 돌봄 휴가를 내고 퇴근을 했다. 집에 돌아왔을 때 아이는 졸업식 초대장 대신 안내문을 한 장 내밀었다. 졸업식은 각 교실에서 방송 영상으로 이뤄진다고 했고, 졸업식장은 물론 아이가 공부했던 교실에도 학부모의 출입을 막는다는 내용이었다.

졸업식 날, 아이를 학교로 먼저 보내고 사진이라도 한 장 남겨야겠다 싶어 학교로 향했다. 교문 앞에는 여느 졸업식장에서처럼 꽃 파는 노점이 들어서 있었다. 하지만 지나는 사람들이 걱정스러울 정도로 꽃가게 주인들은 한가했다. 많은 학부모들이 학교 운동장에 삼삼오오 모여 있었다. 졸업식 같지 않은 졸업식에 온 섭섭한 마음을 읽을 수 있었다. 교실에서 졸업식을 마친 아들과 학교 운동장에서 만나 학교 이름이 새겨진 현관을 배경으로 사진을 찍었다.

칠곡에 계신 아이의 할머니는 전날까지 손자의 졸업식에 오겠다고 하셨다. 하지만 조심하시는 게 좋겠다는 아들, 며느리의 의견을 받아들여 참석하지 않으셨다. 할머니의 섭섭함을 달래 드리기 위해 할머니 댁으로 인사를 드리러 갔다. 마스크나 손 소독이 필수가 아니었고 식당 출입이 자유로웠던 만큼 조촐한 외식도 했다. 집으로 돌아오는 길에 교복판매점에 들러 진학하는 학교의 교복을 샀다.

아들은 졸업식을 끝내고 본격적으로 봄 방학을 맞았다. 내가 출근을 하고 나면 딸, 아들 두 남매가 집에서 함께 시간을 보낸다. 방학에는 어느 집에나 그렇듯 엄마들은 형제자매간의 토닥거림과 거기서 나오는 투정과 일러바침, 그에 따른 솔로몬과 같은 중재를 위한 마음을 준비한다. 이런 심리적 각오 외에 방학이면 가장 큰 고민이자 부담은 내가 출근한 후 아이들의 아침과 점심 먹거리다.

졸업식까지만 해도 조심은 해야지 생각했지만 코로나-19는 중국, 우한에서만 맴도는 유행병 정도로만 여겼다. 그런데 대구 확진자가 발생한 후 사회적 거리두기에 비례해 몸과 마음은 더 불안해졌다. 우선 밖을 나가지 못한다는 생각에 아이들 먹거리가 걱정됐다. 대형 마트의 온라인 앱을 눌러 장바구니에 먹거리 재료를 담았다. 그러나 배달 예정 시간이 다 잡혀서 주문을 할 수 없었다. 여러 온라인 사이트를 뒤져가며 내가 없어도 아이들이 간단히 해먹을 수 있는 냉동, 간편식을 주문했다.

마스크를 사기 위해 인터넷 쇼핑 사이트를 여러 곳 뒤져봐도 비싼 값의 마스크조차도 매진 상태였다. KF94나 80 마스크를 구할 수 없다면 면 마스크를 쓰면 된다고 생각했다. 직장 동료가 전달한 온라인 사이트에서 면 마스크와 필터도 배송에 오랜 시간이 걸리지만 주문했다. 마트를 다녀온 친구의 말을 들어보면 '마트에서 만난 주부들이 마치 다시 장 볼 일이 없는 사람처럼, 몇 달치 먹거리를 다 사두려는 듯했다' 고 했다.

낮에 마트를 못 가는 대신 퇴근 후 여러 온라인 쇼핑 사이트를 전전했다. 온라인 쇼핑몰에 주문한 물건들은 며칠씩 기다려야 했지만 배달은 되었다. 아이들은 며칠 연속 택배 상자가 집 앞에 쌓이기 시작하니 의아해 했지만, 자기들을 먹여 살려야 하는 엄마의 귀여운 욕심 정도로만 생각하는 듯했다. 내가 출근하고 나면 아이들은 배달된 택배를 받아서 냉동실과 냉장실에 넣어야 할 것들을 정리까지 해주었다.

아이들은 "엄마, 마트에 우리가 찾는 상표는 없지만 다른 물건들은 충분히 있어요." 라며 나의 행동을 슬쩍 비꼬는 듯했다. 나는 그제야 스스로에게 '내가 왜 물건을 사고 있지?' 라는 질문을 하며 정신이 번쩍 들었다. 아이를 키우는 엄마로서나 성숙한 시민으로서의 자질이 부족하다는 생각에 아이들에게나, 스스로에게 부끄러웠다. 어떠한 상황에서도 아이를 굶기지 않겠다는 엄마의 당연한 모성애라고 합리화할 수도 있지만 문제는 나의 부족함 때문이었다.

마스크와 배송 대란의 불안 요소들 틈새로 내 주변을 보았다. 아이들의 아빠이자 주말 부부인 남편은 공무원으로 코로나-19 대책본부 현장에서 24시간 일하고 있고, 지인은 중소도시 보건소 직원으로 긴박한 상황에 하루하루를 보내고 있다는 소식이 들려왔다. 이 불안의 시기를 엄마가 슬기롭게 대처해 나가는 것도 아이들에게는 교육이라는 생각이 들었다. '어른으로서, 엄마로서 좀 더 의연한 자세를 보여야지' 라고 정신을 차린 때는 2월 25일경이었다.

SNS에 사재기를 하지 않겠다는 자신과의 약속을 올렸다. 전국 각지에서 대구로 모여드는 도움의 손길과 기부의 훈풍이 불어왔다. 일 관련이든 개인적인 교류이든 퇴근 후 모든 만남과 문화생활은 할 수 없었고, 아이들의 저녁을 차려주기 위해서라도 칼퇴근을 하지 않을 수 없었다. 여느 때라면 학원이나 학교에 있을 아이들이었지만 현관 문 앞에서 나를 맞았다. 그렇게 마주선 아이를 덥석 안을 수 없는 것도 현실이었다. 손을 씻고 옷을 갈아입은 후 아이들과 마주했다.

집에 도착해 뉴스 방송부터 먼저 켜고 늘어나는 확진자 수를 확인하는 대신, 아이들과 식탁을 함께 차리면서 도란거리거나 토닥거리는 저녁 풍경을 만들었다. 주말 가족이라 아빠는 없지만 집에 있는 세 명의 가족이 저녁 식사를 하며 하루 일과나 여러 주제의 대화를 나눴다. 이 위기의 시기는 바꾸어 생각하면 아이들이 이렇게 오랫동안 집에, 내 곁에 머무를 수 있는 다시 없을 시간이라는 생각이 들었다. 아이들에게도 개학을 하면 학교나 학원을 다니고, 길게는 입대하거나 취업을 하게 되면 집에 머물렀던 이 시간들이 그리운 날이 올 테니 보람차게 알차게 보내라는 꼰대의 훈수를 두기도 했다.

　코로나-19가 있기 전, 방학기간 동안 엄마로서의 아침 시간은 참 바빴다. 워킹맘들이 다 그러하듯 방학 중인 아이들이 늦잠을 자고 일어나면 먹을 아침과 점심 두 끼를 만들어야 하기 때문이다. 코로나가 길어지면서 나는 조금씩 아이들에게 자급자족을 하게 했다. 아침에 밥과 반찬을 준비해 두고 점심 먹거리는 아이들이 데우거나 간단히 조리할 수 있는 것을 준비해 두었다. 그러다 3월이 되면서 밥만 해두고 간단히 재료를 사두면 아이들은 스스로 먹고 싶은 창의적인 요리를 해먹기 시작했다.

　물론 우리 아이들은 조리 기구와 가열 기구를 다룰 수 있는 청소년이기에 가능한 일이다. 더 어린 아이들을 둔 워킹맘들은 돌봄부터 먹거리 준비까지 어려움을 토로했다. 직장 내에서 워킹맘들은 아이들 점심 준비에 대한 여러 아이디어를 나누고, 학교와 학원을 멈춘 아이들의 일상을 공유하기도 했다. 중학생 1명과 초등학생 2명 다자녀를 둔 워킹맘은 아이들이 할 게 없어 이제 청소를 한다며 한 명은 걸레를 빨고, 한 명은 쓸고 한 명은 걸레질을 한다고 했다. 아이들에게는 심심함, 할 일 없음, 쉼표가 창의력, 상상력을 뿜어내게 하는 것이 분명하다.

　퇴근 후 집안 풍경도 조금씩 달라졌다. 집에 가면 내가 저녁 차리기에 바빴다면 이제는 내가 도착하기 전 아이들이 밥을 해놓는다. 그리고 내가 손을 씻고 옷을 갈아입는 동안 딸은 새로 개발한 요리를 뚝딱 만들어 낸다. 손목에 힘이 좋은 아들은 요리사들이 하는 웍 솜씨를 재현하며 뽐낸다. 또 누나가 차려준 점심 메뉴에 대한 평을 이야기하며 누나 요리 솜씨의 진화 과정도 전해준다. 학교와 학원만을 오갔다면 전혀 펼쳐질 수 없는 일상을 멈춤의 시간 동안 만들어 내고 있다.

워킹맘들은 평소보다 자주 아이들에게 안부를 묻거나 학교와 학원에서 주어진 온라인 수업과 과제 여부를 체크하기 위해 전화를 거는 번거로움을 감내한다. 하지만 아이들의 일상을 이야기하다 보면 학교와 학원을 가지 않게 되면서 학습에 대한 부담이 비교적 준 덕분에 창의적인 놀이, 능동적 활동을 하고 있다는 결론에 이르게 된다. 엄마의 부재 동안 형제자매가 서로 부딪히고 문제를 해결하고 때로는 서로를 보듬으며 함께 시간을 메워 나간다. 이 시기에 오롯이 혼자 집에 있어야 하는 외동을 둔 워킹맘의 고충은 다자녀 워킹맘들이 겪은 육아의 어려움과 맞먹는다고 말하는 직장 동료의 의견에 절로 고개가 끄덕여진다.

학교의 개학은 3월 2일에서 3월 16일, 그리고 다시 4월 6일로 미뤄졌다. 3월 31일 발표에 따르면 개학이 또 미뤄져서 4월 9일부터 중학교 3학년과 고등학교 3학년을 대상으로 제일 먼저 온라인 개학을 시작하고, 순차적으로 온라인으로 먼저 개학하기로 했다고 한다. 아이들은 학교와 학원에서 제공하는 온라인 수업으로 비교적 자유롭게 공부하면서 주어진 시간을 슬기롭게 활용하고 있다.

학습용 문제집만 쌓여 있던 책상에 소설책이 펼쳐져 있는 점도 변화 가운데 반가운 일의 하나로 꼽을 수 있다. 아이들은 배고픔은 물론 학교나 공부에 대한 고픔을 느낄 사이 없이 숨 가쁘게 학교와 사교육 시장을 오갔다. 코로나-19로 이전에 없던 위기의 시간을 보내게 되었지만 사회적 거리를 둔 이 시기 동안 아이들은 나름의 또 다른 고픔을 느끼고 있다. 친구, 공부, 책 등 자신들이 느꼈던 여러 고픔은 성장과 성숙의 자양분이 될 것이다.

잠시 멈춤의 시간 동안 나는 아이의 성장을 눈으로 확인하고 있다. 엄마로서, 시민으로서 나도 한 뼘 성장했다. 생명의 위협이 있는 불안과 여러 정쟁들이 꽈리를 튼 코로나-19의 길고 어두운 터널 가운데 연대와 희생의 희망을 만났고, 이제는 그 끝에 일상의 빛이 보인다.

졸업식 때 산 아이의 상급학교 교복은 옷장에 아직 얌전히 걸려 있다. 몸과 마음이 또 훌쩍 자란 아이가 곧 새 옷 냄새나는 빳빳한 교복을 입고 활기차게 현관문을 나설 수 있기를 바라본다.

마스크 없는
삶을 꿈꾸다

박선아
취업준비생, 경북대 국문과 졸업

마스크 없이 외출하는 꿈을 꿨다. 마스크를 끼지 않았다는 걸 깨닫는 순간 옷자락으로라도 얼굴을 덮으려 했지만 마음대로 되지 않았다. 길 가는 사람들의 따가운 눈총을 받으며 안절부절못하다 잠에서 깼다. 꿈은 무의식의 통로라더니. 이제 마스크를 쓰지 않고 나가는 꿈은 악몽이 됐다.

올해 설은 유난히 빨랐다. 졸업 최종 사정을 기다리며 집에서 가족과 설을 �) 때만 해도 대구는 평화로웠다. 확진자가 하나둘 늘어나기 시작했지만 나와는 다른 세상 이야기였다. 동네는 여전히 시끌벅적했다. 사람들을 많이 마주하는 가게 직원 말고는 마스크를 쓰고 다니는 사람도 드물었다. 나는 졸업식 참석 여부를 묻는 문자에 참석하겠다고 답장했다.

학과 졸업식은 2월 21일로 예정되어 있었다. 졸업장, 학사모, 학위복. 처음이자 마지막이 될 학위수여식에 약간은 들떠 있었다.

이변이 생긴 것은 18일, 대구에서 31번째 확진자가 발표되고 나서부터였다. 바로 다음 날부터 폭발적으로 증가하는 확진자 수에 졸업식 이틀 전 취소 문자를 받고 뭔가 잘못되고 있다는 느낌을 받았다. 상황은 급박하게 변해갔다. 다른 지역에 사는 친구들은 안부를 걱정하는 연락을 해왔다. 기숙사에 살던 친구는 급하게 짐을 빼 집으로 돌아갔다.

식이 취소되고 졸업장을 가지러 간 학교는 텅텅 비어있었다. 학과 사무실에서는 소독한 학위복과 학사모를 대여해주었고 마스크와 함께 졸업사진을 찍었다. 승객이 몇 없는 버스 안, 신호에 걸릴 때 틈틈이 버스에 소독약을 뿌리는 버스 기사님을 보며 불안함은 커져만 갔다.

마스크는 날이 갈수록 부족해졌다. 외출을 최소화했지만 일회용 마스크를 한 번만 쓰기는 힘든 날들이 이어졌다. 문을 닫거나 영업시간을 줄인다는 안내를 붙인 유리문은 점점 많아졌고 어디를 가도 손 소독제가 있었다. 확진자가 다녀가 문을 닫고 소독을 하는 건물도 생겼다. 사람들은 기침 소리에 민감하게 반응했다. 어느 사이엔가 어제보다 증가한 숫자를 끊임없이 나열하는 뉴스에 익숙해졌다. 동네에는 어느 집 누가 걸렸다더라, 어디를 다녀갔다더라 하는 흉흉한 소문이 나돌았다. 나아질 기미가 보이지 않았다.

2월에는 3월이 되면 괜찮아질 줄 알았고, 3월에는 4월이 되어 날씨가 따뜻해지면 일상으로 돌아올 줄 알았다. 하지만 안일한 예상을 비웃기라도 하듯 코로나-19는 전 세계로 퍼졌다. 따뜻한 날씨는 병의 전염을 늦추기는커녕 마스크를 쓰고 숨쉬기 버겁게 했다. 하루가 멀다 하고 오는 재난문자에 휴대폰이 바쁘게 울렸다. 사회적 거리두기 권장 기간은 점점 늘어나기만 했다.

이제 막 취업 시장에 발을 내디뎠지만 이런 상황에 디딜 곳은 없었다. 애초에 졸업하기 전부터 취업난은 사회적 문제였지만, 지금처럼 사회적으로 거리를 둔 채로 사회생활을 할 수는 없는 노릇이었다. 국가기술자격시험이 미뤄지는 것에 이어 기본 스펙으로 여겨지는 토익 시험도 수차례 취소되었다. 공무원 시험도 연기되었으며 공채 일정도 연달아 미뤄졌다. 취업 관련 프로그램이나 교육도 연기되기 일쑤였다.

계획을 세우는 것 자체가 무의미했다. 언제쯤 코로나-19가 사그라들지 아무도 예측할 수 없다. 언제까지 거리를 둬야 할지도 가늠할 수 없는 이런 상황에서 스펙은 쌓을 수 있을까? 시험은, 면접은, 수많은 장애물을 뚫고 직장을 구하게 되더라도 정상적으로 출근은 가능할까?

기업 인사 담당자들을 직접 만나보고 멘토링도 받아볼 수 있는 기업 채용 설명회도 취소되거나 온라인으로 바뀌었다. 신입직원 공개채용은 축소되거나 아예 연기되었다. 상반기 채용이 없어지다시피 한 상태에서 사람들은 하반기에 취업준비생들이 모두 몰려 경쟁률이 역대 최고점을 찍을 것이라 예측한다. 하지만 이 또한 형편 좋은 예측에 불과하다. 하반기라고 정상적으로 채용이 가능할지는 그때 가서야 알게 될 것이다. 스펙 쌓기조차 힘든 상황에서 일 년이 그냥 지나갈 가능성도 있다.

당장 마법처럼 병이 치료된다고 해도 그 이후의 일도 순조롭지만은 않다. 코로나-19가 세계적 문제가 된 지금, 경제 대공황이 시작될 수도 있다는 생각에 머릿속이 복잡해진다. 벌써 매출이 바닥을 찍어 문을 닫는 회사들이 생기는데 건강 걱정할 일이 없어지더라도 기업에서 경력자가 아닌 신입을 뽑을 여유는 없을 것이다. 병에 걸리지는 않을지, 내가 주변 사람들을 감염시키지는 않을지 하는 걱정에 더해 앞으로 해나가야 할 취업 준비에 대한 막막함에 두려움은 커진다.

습관처럼 확진 환자 현황을 검색해본다. 지역별로 깔끔하게 정리된 그래프에서 대구가 우뚝 솟아 있다. 다른 지역과 열 배 넘게 차이나는 막대를 보니 착잡한 마음이 든다. 대구 첫 확진자가 신천지에, 2차 감염자가 끊임없이 나오고 있다는 뉴스를 처음 봤을 때는 그걸 보는 내 눈을 믿을 수 없었다. 대구라는 분지가 전염병이 끓는 구덩이라도 된 것 같았다.

하지만 모두가 각자의 자리에서 최선을 다했다. 신천지 전수 조사에 확진자 동선 파악, 검사까지 빠르게 이루어졌다. 균형을 맞추기라도 하는 것처럼 이기적으로 구는 사람들만큼, 어쩌면 그보다 더 많은 사람이 위기를 함께 이겨나가기 위해 힘을 모았다. 부족한 마스크를 긁어모아 기부하고 자가격리된 사람들을 도왔으며 의료진과 질병관리본부는 밤낮없이 일했다. 불편함을 감수하고 자발적으로 격리에 들어간 사람이 있는가 하면 위축된 시장 경제를 살리기 위해 아이디어를 내고 실행하는 사람들도 생겼다.

이제 대구는 초반에 기하급수적으로 확진자가 늘어나던 때에

비하면 덜 위험한 상태가 되었다. 마스크 배급도 안정세에 접어들었다. 당일 확진자 수도 점점 줄어들고 있다. 국가적 위기 상황에 늘 그렇듯 가짜 뉴스나 소문에 휘둘리고 겁먹기도 했지만, 일상을 되찾을 수 있을지도 모른다는 희망을 가져볼 때가 왔다. 코로나-19도, 사이비 종교에 의한 전염병 확산도, 그로 인해 대구가 크게 흔들린 것도, 취업 준비도 처음이지만 예상치 못한 일이나 위기는 언제나 있었다. 늘 그래왔던 것처럼 언젠가 길을 찾을 것이다. 하루빨리 마스크 없이 나갈 수 있는 날이 오길 꿈꿔 본다.

어느 은행원이 마주한
봄날의 바이러스

배태만

국민은행 경산공단종합금융센터 부센터장

　어느 순간 바이러스가 모두를 멈춰 서게 했다. 곧 다가올 봄을 설레며 기다리고 있을 즈음이었다. 생물이 아닌, 그렇다고 미생물도 아닌 무생물에 가까운 바이러스가 모든 일상을 마비시키리라곤 그때는 미처 몰랐다.

　2020년 2월 18일, 코로나-19 확진자가 대구지역에서 최초로 발생했다는 소식이 빠르게 퍼져갔다. 최초 확진자의 동선을 추적한 결과 이미 종교단체 내에서 집단감염으로 확산되었음이 추가로 밝혀졌다. 그때까지 몇 달 동안 전국적으로 30명에 불과하던 확진자가 갑자기 수백 명으로 늘어난 것이다. 당연히 전 국민의 관심과 우려가 쏟아졌다. 시민들은 질병관리본부의 브리핑에 주목하기 시작했고, 하루하루 급격하게 늘어난 확진자 수와 가파른 2차 함수 그래프를 보고 바이러스의 엄청난 전파력을 실감하며 불안과 공포에 휩싸였다. 언론에서는 연일 대구를 주목했고, 대구에서는 왜 하필 우리 지역이냐는 한탄이 흘러나왔다. 바이러스

감염자로 진단된 사람들은 지정된 치료병원 음압병실에 격리되며 최근의 동선이 공개되고 다녀간 공간은 폐쇄되었다. 일반인들도 누가 잠재적 감염자인지 분명하지 않다는 생각에 외출과 모임을 스스로 자제하기 시작했다. 외부에 나갈 때는 너도나도 방역 마스크를 착용하기 시작했다. 남에게 폐를 끼치지 않아야 한다는 지역민들의 평소 정서가 작용한 결과이리라.

국내에서 코로나-19 확진자가 급증하자 2020년 2월 23일 국가 전염병 재난단계가 '경계'에서 '심각'으로 격상되었다. 내가 근무하는 은행에서도 직원과 고객의 감염 예방을 위해 여러 가지 대책을 내놓았다. 은행에서는 우선 직원들에게 영업시간에 착용할 마스크를 제공하였다. 일선 영업점 직원들은 업무 특성상 찾아오는 많은 고객을 대면해서 처리하거나 사업장을 방문해서 마케팅하기 때문에 서로 감염되지 않도록 더욱 조심해야 했다. 종일 마스크를 착용하고 고객을 응대하는 창구 직원들은 숨쉬기 힘들 뿐만 아니라 고객과 대화가 불편하다고 호소했다. 더욱이 금융시장 변동성이 확대되어 투자상품에 가입한 고객들의 문의에 일일이 응답하느라 힘든 상황이 계속되었다.

2월 말에는 대구 영업점 직원 일부가 감염되어 함께 근무한 지점 직원 전체가 14일간 자가격리되었고 영업점은 방역을 위해 일정 기간 폐쇄되기도 했다. 인터넷의 발달로 은행 업무에서도 대면 업무가 많이 줄었다고는 하지만 아직까지는 은행 창구에서 직접 처리하려는 수요가 많은 편이라 감염에 대한 불안감이 온종일 지속되었다. 이러한 우려를 반영하여 3월 2일부터 대구·경북 지역에 위치한 모든 은행 영업점에 대해서 개점과 폐점 시간을 각각 30분씩 단축하여 감염 위험을 줄이려는 방안이 시행되었다. 은행 내부적으로는 직원들의 감염 여부를 매일 2회(오전 10시, 오후 4시) 조사하고 직원별 접촉 직원을 등록하여 향후에 발생할 피해에 대비하였다. 은행에 오는 고객에 대해서도 마스크 착용 확인 및 적외선 체온측정기를 통한 발열 체크를 실시하였다. 창구에는 고객과 직원 사이에 투명 아크릴 가림막도 설치되었다. 단체행사는 물론 출장 및 대면 회의도 원칙적으로 금지되었다. 회의가 필요한 경우에는 화상 회의로 대체하도록 했다. 지금은 영업보다 모두의 안전이 우선이라는 인식이 확산되고 있다.

금융의 최일선인 은행 영업점에서 근무하다 보니 금융시장의 각종 지수에도 늘 관심을 기울이게 되는데, 예전에 보기 힘들었던 각종 지수의 변동에 놀라게 된다. 이러한 금융시장 변동성은 실물경제의 충격을 예상한 것이다. 실물경제 위축에 대한 우려로 2월 초 2,000선을 훌쩍 넘던 코스피 지수가 3월 하순에는 1,400선까지 약 30% 급락하는 상황이 발생하였다. 주식시장에서는 연일 외국인과 기관 투자자들이 주식을 매도하기에 바빴다. 한국은행에서는 3월 16일 전격적으로 기준금리를 0.5% 인하하여 기준금리가 사상 최저인 0.75%가 되었다. 3월 19일에는 치솟는 환율의 안정을 위해 미국과 통화 스왑 체결, 26일에는 한국은행의 유동성 공급 결정 등 지속적인 경제 안정화 방안이 발표되었다. 경기침체에 대한 불안감에 일부 기업체 재무담당자들로부터 유동성을 확보하기 위해 추가 대출이 가능한지 묻는 전화도 자주 걸려 왔다. 대구시와 경상북도 행정당국에서는 코로나 바이러스로 피해를 당한 영세 소상공인들을 위해 신용보증재단을 통해 초저금리인 연 1.5%로 업체당 일정 금액에 대해 신용보증서를 발급하여 은행에서 대출할 수 있도록 했다. 소상공인시장진흥공단에서는 신용등급이 낮은 소상공인에 대해서는 1천만 원의 경영안정자금을 연 1.5% 금리로 직접 대출하고, 신용등급이 1~3등급으로 상대적으로 높은 기업체는 은행에서 처리하도록 안내하고 있다. 은행 내부적으로는 코로나 바이러스 피해 중소기업과 소상공인들의 대출에 대해 6개월 기한 연장 및 원리금 납입 유예를 영업점에서 바로 결정하여 처리하도록 했다. 은행에 대출 상담을 오는 작은 규모 기업체 사장님들을 보고, 재난이 닥치면 경제적으로 취약한 계층이 당하는 어려움이 더욱 크다는 사실을 절감했다.

2월 중순부터 감염 예방을 위해 자주 꼼꼼하게 손 씻기, 마스크 상시 착용과 더불어 사회적 거리두기(Social Distancing)에 모두 동참하고 있다. 처음에는 퇴근 후 집에서 머무르는 시간이 늘어나 독서 등으로 여유 시간을 보낼 수 있었는데 시간이 갈수록 왠지 모르게 심리적 고립감이 커진다. 평소에 가졌던 일상적인 만남과 대화가 그리워졌다. 서로 만나서 나누는 반가운 표정과 따뜻한 악수 그리고 일상의 소소한 대화가 우리를 제대로 살아있게 한 것이라는 생각이 든다.

대구에서 바이러스 사태가 처음 발생하고 온 국민으로부터 부정적인 눈길을 받을 때는 대구 이미지가 부정적으로 왜곡되는 것에 대해 속상했지만 의료진들의 희생 어린 분투와 시민들의 자발적인 협조 덕분에 안정적으로 관리되고 있는 모습을 보니 참 다행스럽다는 생각이 든다. 중국, 이탈리아 그리고 미국에서 급격하게 증가하는 바이러스 확진자 수와 제대로 대처하지 못하는 현지 상황과 비교되어 더더욱 우리의 의료 수준과 대구시민들의 성숙한 행동이 잔잔하게 빛을 발하고 있는 듯하다. 이렇게 위기는 무언가의 본질을 고스란히 드러내어 우리에게 보여준다. 위기가 오면 드러날 우리의 모습이 아름다울 수 있으려면 과연 나와 공동체를 어떻게 가꾸어 가야 할 것인지 많은 생각을 하게 만든다.

코로나 시대의
사랑법

서 상 희

크레텍 커뮤니케이션팀 부장

"나는 그녀 혼자서 고통을 겪지 않고 우리 모두가 그녀의 고통을 같이하기 위해서 그녀가 가진 고통의 일부를 떼어 받아야 할 것 같은 느낌에 사로잡히곤 했다. 하지만 그런 말을 그녀에게 고백하지는 못했다. 왜냐하면 나 자신도 그 모든 것을 분명히 알지 못했기 때문이다."

사랑하는 사람의 고통을 함께 나누고픈 주인공의 마음을 알 수 있는 구절이다. 1856년 발표된 막스뮐러의 소설 『독일인의 사랑』. 병약한 마리아를 매일 병문안하면서 죽음과 신분을 넘어 사랑하는 것이 '자아'를 어떻게 성숙시키는지를 담고 있다. 그로부터 160여 년이 지난 2020년, 우리는 사랑에 서툰 채 감염의 공포에 맞닥치고 말았다.

2월 18일, 슈퍼전파자가 나오면서 세상은 온통 코로나 공포에 빠져들었다. 그 전날인 17일은 지금과 너무도 달랐다. 회사에서 지원하는 모 학교 야구단 아이들과의 저녁식사가 있었다. 까까머리 중학생들과 와자지껄 고기를 구워먹었고, 올봄에 열리는 대회에서는 1등을 해보자고 연신 사이다 잔을 들어 '파이팅'을 외쳤다. 뭔가를 해보려는 결심, 그것만으로도 그날 저녁은 생기가 넘쳤다. 아이들의 땀 냄새가 잊히기도 전인 다음 날, 세상은 확연히 달라지고 말았다. 코로나 감염자 폭발 조짐이 보이자 예정돼 있던 모임들이 취소되고, 휴대폰 문자로 취소와 연기 통보가 쌓였다. 대구시 아침 브리핑에 촉각을 곤두세우고 확진자가 100명, 200명이 넘어갈 때 우리는 할 말을 잃고 말았다. 그 한 주가 어떻게 흘러갔는지 기억이 잘 나지 않을 정도다.

그 주의 주말 역시도 이전과 달랐다. 사람들은 야외놀이 대신 각자의 집 속으로 몸을 숨겼다. 휑한 대구 거리만이 연일 뉴스에 나왔다. 나는 떨어져있는 아이와 조심하라는 문자를 주고받으며 주말 낮 대부분의 시간을 보냈다. 해 질 무렵, 마스크를 쓰고 집을 나왔다. 당시만 해도 공기 중 모든 입자에 코로나 바이러스가 있다고 생각할 때였다. 아이는 나가지 말라고 다급하게 문자를 보내왔다. 현관문을 여는데 소독 냄새가 진동했다. 아파트 자체 방역을 한 것이다. '넌 이미 격리됐다'는 화학적 신호가 코끝으로 올라왔다.

차를 몰아 거리로 나왔다. 거리는 심할 정도로 조용했다. 세기말의 풍경이 이런 모습일까. 윌 스미스가 영화 속에서 지구 최후의 날 혼자 남아 또 다른 생존자를 찾던 모습이 오버랩되면서 갑자기 알 수 없는 눈물이 솟구쳤다. 지금 생각해도 뭐라 정의하기 어려운 눈물이다. 이전과 달라진 도시의 모습 앞에 내가 살던 공간이 사라져버린 듯한 허탈감 내지 절망감일 것이다. 마치 너무 오래된 연인이라 헤어져도 슬프지 않을 것 같았는데, 정작 떠난 후 알게 되는 빈자리 증후군 같은 걸까.

가끔 책을 읽기 위해 들렀던 카페, 아이 우유를 사기 위해 문을 밀던 마트, 달구어진 기름솥의 냄새가 진동했던 튀김집, 헵번의 스카프 같은 작고 앙증맞은 것들만 팔던 장식가게, 대패질을 해대던 목공방, 이 모든 생활의 흔적들이 정지화면 속 그림이 됐다. 수많은 수다와 웃음들이 다 사라졌다. 때로는 나를 웃기고 울렸던 재채기 같은 가벼운 에피소드들마저 대기 속에 증발해 버린 느낌을 뭐라 표현할까. 이제까지 해왔던 모든 것들이 멈춰지고 삶의 역사가 박제돼 버린 도시는 슬픔을 넘어 공포에 가까웠다.

> "사람에게 찾아오는 최초의 공포는 신에게서 버림받는 일이다. 그러나 일상생활은 그러한 공포를 몰아낸다. 바로 신의 모습을 본떠 창조된 인간이 외로움에 지친 우리를 위로해주기 때문이다. 그러나 인간의 따스한 위로와 사랑이 떠나가면 우리는 신과 사람으로부터 버림받았다는 것이 어떤 것인지를 뼈아프게 느끼게 된다."
>
> -『독일인의 사랑』 '세 번째 회상' 중

만약 앞으로 살면서 또다시 누군가가 미워진다면 그날 그 거리의 외로움을 꼭 떠올려볼 것이다. 사람 소리와 냄새가 얼마나 필요한지, 적당한 소음과 도시의 역동성이 내 삶을 어떻게 밀어왔는지 그제야 나는 알게 됐으니까.

대화조차도 삼가는 날이 지속되면서 반대급부처럼 사람이 더 그리웠다. 그간 알고 지냈던 사람들은 내가 대구에 있다는 사실만으로도 문자나 안부전화를 보내왔다. '괜찮아?' 이 한마디의 힘은 컸다. 그래서 나 또한 지인들에게 괜찮냐고 도리어 문자와 전화를 했다. 사소한 것이 힘이 세다는 원리를 어른이 되고도 한참이 지난 이제야 알게 되다니, 서툴고 설익은 채 이렇게라도 살아온 것이 다행이구나 싶었다.

공적마스크를 판매하는 첫날, 회사 앞 약국의 할머니 약사님의 측은지심이 담긴 눈빛도 잊을 수 없다. 들어와 두리번거리는 내게 "마스크?"라고 먼저 물으시고는 '여기 있다. 어여 가져가라'는 손짓을 하셨는데, 그 흔한 몸짓이 무척 따뜻하게 느껴졌다. 타인의 힘듦을 알아차려 좀 더 분주하게 몸을 움직일 수 있는 것이야말로 같은 시대를 살아가는 사람들의 최소한의 연대의식일 것이다.

나는 이렇듯 하루하루 낮아졌다. 비로소 사람이 보이고 그 마음이 보이기 시작했다. 업무상 알게 된 사람들을 그저 비즈니스적 관계라고 생각했는데, 내가 먼저 선을 긋고 차갑게 대했음도 알게 됐다.

"사람이란 존재는 어째서 자신의 삶을 유희처럼 바라보는 것일까. 오늘이란 날이 이 세상에서 마지막이 될 수도 있고 시간을 잃어버리는 것은 곧 영원을 잃는 것임을 생각하지 않고 어찌하여 사람들은 자신이 행할 수 있는 최선의 것과 누릴 수 있는 최고의 아름다움을 하루하루

미루고 있단 말인가."

-『독일인의 사랑』 '일곱 번째 회상' 중

소설 『독일인의 사랑』이 사랑을 다룬 또 다른 작품 『젊은 베르테르의 슬픔』과 대비되는 점은 바로 이 지점이다. 격정을 이기지 못해 자살로 생을 마감하는 베르테르보다 사랑하는 이를 떠나보내더라도 이승에 남아있는 이들에게 더 큰 사랑을 승화시킬 수 있는 것이야말로 인간이 할 수 있는 가장 아름다운 선善이기 때문이다.

우리는 이제 사랑하기 위해 이 도시에 남았다. 적어도 나는 그렇게 생각하기로 했다. 내 아이의 반찬을 하며 감염의 공포 속에 가족이 온전치 않은 아이들을 떠올려본다. 그들을 돕는 활동가들에게 고마워할 줄도 알게 됐다. 좌우 이념이 달라도, 보는 뉴스 사이트가 달라도 내 옆에서 같이 들숨과 날숨을 쉬는 것만으로도 충분히 사랑스럽다는 것도 알게 됐다. 사람이 꽃보다 아름답다는 말은 이번 대구에서 증명되었다. 그래서 고백컨대 나의 도시 대구, 아프지 말자. '오래오래 사랑하자' 이 말을 하고 싶어서 먼 이국의 사랑법까지 끌어와 서설 길게 네 앞에 나는 서성이고 있는 것이다.

불 꺼진
방

우남희

문화관광해설사

방에 불이 들어오지 않는다. 백여 명이 수시로 드나들며 밝히던 방이다. 이 방에 불이 들어오지 않는 건 눈에 보이지 않는 작자가 압력을 넣었기 때문이다. 그의 이름은 인터넷의 문을 여는 암호처럼 한글과 숫자로 조합된 코로나-19다. 그의 위력은 가히 말로 표현할 수 없다. 해설사의 단톡방뿐만 아니라 대구를, 나아가 우리나라를 꽁꽁 얼어붙게 만들었다.

해설사의 모든 전달사항은 휴대폰으로 공지된다. 관광안내소 근무 배치, 해설예약 접수, 근무복 제작을 위한 색상 선택, 팸투어 신청 및 일지 마감일, 안내소 물품 수령안내 등등. 다른 단체방은 조용하게 불을 켰으나 이 방만큼은 경쾌하다 못해 요란하게 불을 켜도 투덜거리지 않고 내버려 두었다. 그런데 코로나-19가 일파만파로 번지면서 더 이상 불 켜는 소리가 나지 않는다.

지난해는 노는 날 없이 일하느라 몸살을 달고 살았다. 몸살은 고단할 때만이 아니라 주체할 수 없을 정도로 시간이 많아도 나타날 수 있다는 걸 알았다. 바빠서 책 읽을 시간이 없고, 글 쓸 시간이 없다고 핑계 대던 그때가 부럽기까지 했다. 일을 하지 않으니 입맛이 없다. 의욕상실로 모든 것이 시시하고 존재감마저 없어 우울하기까지 하다. 일만 해서도 안 되고 그렇다고 일이 없어도 안 되고 일과 휴식이 적절하게 조화를 이루어야 한다는 걸 절실히 깨닫고 있는 요즘이다. 그래서 일은 나이 들어도 스스로 걸어 다닐 수 있을 때까지 해야 하나 보다.

투어 온 어르신에게 했던 말이 있다.
출가한 자녀들이 와서 고생했다며 아무것도 하지 말고 쉬라는 건 빨리 돌아가시라는 말과 다르지 않다고. 무리하지 않는 선에서 소일거리를 찾아 하시라고. 일이 있으므로 건강하고 존재감이 생긴다고.
내가 했던 그 말이 죽비가 되어 다른 사람이 아닌 나를 후려쳤다. 터앝의 풀을 보면서도 왜 그 생각을 하지 못했을까. 자리를 털고 일어났다.
코로나 바이러스와의 전쟁은 사회적 거리 유지, 외출 자제, 청결유지를 잘 하면 끝날 수 있으나 풀과의 전쟁은 해마다 반복되었다. 터앝에 고추, 오이, 가지, 상추를 심었다가 자라는 풀을 감당하지 못해 딸기로 대체했다. 번지는 넝쿨의 기세에 눌려 풀이 뻗지 못하리라 생각했기 때문이다. 그러나 비웃기라도 하듯 결과는 반대였다. 풀의 번식력에 딸기가 되레 설 자리를 잃고 있는 것이 아닌가.

집에는 골목 밖에서도 잘 보이는 꽃들이 피고 진다. 배꽃과 모란, 라일락과 같은 봄꽃뿐만 아니라 병꽃, 석류꽃, 치자꽃이 길손들을 꼬드긴다. 대문이 없으니 무시로 보고 간들 어떠리. 하지만 꽃만 보는 것이 아니라 터앝의 풀도 보게 된다. 집 안에 풀이 무성한데도 내버려둔다면 이웃들의 입방아에 오르는 구실이 될 수 있다. 그게 싫었다.

딸기를 뽑아낸 뒤 비닐을 덮고 다시 딸기를 이식하려고 삽질했다. 남편은 허리 아프다는 사람이 쓸데없이 일을 만들어서 한다며 핀잔만 줄 뿐 손도 까닥하지 않았다. 조금만 무리하면 허리가 먼저 신호를 보내니 손바닥만 한 터앝도 운동장처럼 넓게 보였고 힘에 벅찼다.

3월 초인데도 벌써 광대나물 꽃이 피었고, 괭이밥도 제법 자랐다. 삽질을 하다가 힘에 부쳐 괭이로 바꾸었다가 무거워서 가벼운 호미로 했다가 다시 삽질한다고 끙끙거렸다. 난리굿이 따로 없다. 고기도 먹어본 사람이 먹는다고 하듯 삽질도 아무나 하는 것이 아니었다. 숨은 턱까지 차오르고 허리는 아프다고 그만하라는 신호를 보내더니 결국 옴짝달싹 못 하게 만들었다. 하루 일하고 하루 드러눕고, 하루 일하고 이틀을 쉬어야 했으니 반나절 만에 끝낼 일을 세 차례 나누어 하느라 일주일이 걸려서야 마무리할 수 있었다. 그래도 풀을 뽑아야 하는 큰 일거리를 덜었으니 허리는 아프지만 마음만큼은 뿌듯했다.

코로나-19, 말만 들어도 소름 끼친다. 텔레비전과 신문은 코로나로 도배되다시피 하고 불이 켜져야 할 단톡방은 여전히 감감무소식이다. 다른 톡방에서는 원치도 않는 코로나 소식을 실시간으로 전해준다. 고맙기보다 지긋지긋하고 짜증나 곧바로 쓰레기통으로 버리지만 제발 보내지 말라고 외칠 수도 없다. 소식을 듣지 않으려고 눈을 감고 귀까지 막았다. 관계기관에서는 하루에도 수차례 안전문자를 보내며 사회적 거리를 유지하고 외출을 자제하라고 당부한다. 그 당부에 반기를 들었다. 말 잘 듣는 아이처럼 집에만 있다가는 숨통이 막혀 쓰러질 것 같았기 때문이다. 위기를 기회로 삼는다는 말처럼 이때가 아니면 언제가 될지 몰라 답사가기로 했다.

　목적지는 도동서원을 비롯해 유네스코에 등재된 9개의 서원 중 가보지 못한 전라도 장성의 필암서원과 정읍의 무성서원이었다. 조용하게 다녀오려고 길을 나섰다. 하지만 가는 내내 코로나로 기피대상지역이 된 대구에서 왔다는 걸 알면 출입을 통제할 지도 모른다는 걱정이 꼬리에 꼬리를 물었다. 허나 기우에 불과했다. 주차장이 텅 비었다. 한참 동안 머물러 있었는데도 나 이외의 방문객은 없었다. 다행이면서도 씁쓸한 마음이 지워지지 않았다.

　갈수록 경제가 어려워지고 있다. 대구의 주산업이던 섬유산업이 불황으로 치달으면서 관광산업에 비중을 두고 있다. 그런데 코로나-19로 하루에도 수백 명이 찾아오던 도심의 근대골목이 텅 비었고, 서문시장도 대구의 다운타운인 동성로도 예외는 아니다.

오죽하면 답답함을 참지 못한 시민들이 마스크를 쓰고 오픈된 공간인 도동서원과 사문진, 송해공원을 찾고 있을까.

꽃 피는 봄이다. 여기저기서 꽃들이 빨리 오라고 손짓하는데 모른 척할 수 없다. 불 꺼진 해설사의 단톡방에도 '카톡' 소리와 함께 환하게 불이 켜지고 문화유적지에서 활발하게 활동할 수 있는 그날이 빨리 왔으면 좋겠다.

코로나-19,
나의 갈릴래아를 찾아서

우웅택

대구가톨릭평화방송 PD

코로나-19는 내 일상에 많은 변화를 가져왔다. 그 가운데서 마스크 나눔과 방송국 생활의 변화는 특별하다.

4월 12일 주님부활대축일 오후, 유튜브로 미사 생방송 영상을 보고 답답한 마음으로 동네 산책을 했다. 돌아오는 길에 우연히 마주친 아파트에 우뚝 서 있는 나무 몇 그루가 눈에 들어왔다. 갑갑한 콘크리트 사이에 생명을 느끼게 해 준 그 나무처럼 코로나-19는 그동안 무심코 지나쳐 온 사람 사이, 문화 사이 그리고 세상과 나 자신을 좀 더 다르게, 새롭게 바라보게 했다.

마스크 대란이 일어난 2월 말, 서울에서 일하는 가톨릭평화방송 후배 프로듀서에게서 문자가 왔다. 마스크가 필요하면 가지고 있는 것을 나누고 싶다고. 흔쾌히 마스크 대란에 가족 건강 생각까지 겹쳐지면서 염치불구하고 받기로 했다. 그러던 가운데 3월 중순쯤에는 전주에 사는 다른 종교방송국 프로듀서가 대구에 사는 나를 생각했다면서 마스크를 조금 보내주겠다는 카톡을 보내왔다. 그리고 며칠 뒤 마스크와 "대구 사는 내 친구 우PD 힘내요!!! 곧 지나갑니다. 전주 사는 김사은 작은 마음 드립니다."라는 내용의 손편지가 함께 택배로 도착했다.

이렇게 코로나-19는 사람 사이 정을 느끼게 하고, 서로 다른 지역에 살더라도 서로를 이해하고 생각하는 마음, 이웃과 친구를 배려하는 마음을 나누게 해 주었다.

라디오 방송도 그렇지만 TV나 영상을 하는 분들은 코로나-19로 어려운 제작 여건에서 힘든 시간을 보냈을 것이다. 아직까지도 힘든 제작을 하고 있을 것이다. 내가 제작하는 주말 라디오 프로그램도 스튜디오 녹음, 외부 패널 출연을 자제하고 사회적 거리두기에 협조하는 차원에서 약 2주 정도 방송을 쉬었다. 하지만 계속 방송을 하지 않을 수 없어서 요즘은 오디오 매체의 특성을 살려 전화로 연결해 방송을 하고 있다. 물론 대면 방송보다는 그 전달력이 떨어지는 것은 사실이지만 전문가나 패널이 나누고 싶은 내용을 청취자들과 잘 소통할 수 있어 다행이라는 생각이 든다.

이처럼 라디오, TV, 유튜브 영상은 성당에서 미사를 드릴 수 없는 많은 신자들에게 새로운 소통 창구로 그 역할을 톡톡히 하고 있는 것도 사실이다.

라디오 프로듀서로 일한 지 어느 덧 24년, 그동안 몇 차례 프로그램 제작으로 수상한 경력에 나름 지역 사회 공동선을 위해 노력해 왔다고 생각했지만 이번 코로나-19는 방송에 임하는 나 자신을 새롭게 되돌아보게 하는 계기가 되었다. "나는 과연 사람과 사람 사이, 지역과 지역 사이, 문화와 문화 사이에서 어떤 소통의 역할을 해 왔는가?"라며 성찰하게 되었다.

다행인지 코로나-19가 생기기 전에도 나름 사회적 거리두기를 잘 실천하고 있었다. 특히, 퇴근 후 술자리 하지 않기, 점심은 나 홀로 먹기 등이다. 몸과 마음 건강을 챙기고 불필요한 만남을 줄이기 위해서 저녁 술자리는 꼭 가야 할 자리가 아니면 가지 않고 스스로 술자리를 만드는 것도 줄여 왔다. 게다가 최근까지 오전 11시 방송을 제작하다보니 생방송을 마치고 정리하고 나면 자연스럽게 12시가 넘어 혼자 점심을 먹으러 가는 경우가 많았다. 스스로 '혼밥족'이 된 것이다. 평소 다진 실력(?)인지 코로나-19가 닥쳐왔지만 생각보다는 코로나 블루가 나에게는 큰 영향을 미치지 못하고 있다.

다만, 사회적 거리두기가 코로나-19를 핑계로 이웃에 대한 마음마저 닫고 있는 것은 아닌지는 잘 관찰해 봐야겠다. 성당에 가지 못하는 신자들이 TV나 라디오, 유튜브라는 새로운 대안을 찾아 힘든 시간을 위로하며 스스로를 달래고 있듯, 코로나-19는 우리가 누려온 당연한 것들이 당연하지 않을 수도 있음을 경고하고 있다. 코로나-19 치료와 마스크 대란을 통해 공적 시스템이 얼마나 중요한가를 느끼고 숨 쉬는 공기마저도 얼마나 귀한 것인지를 하루 종일 마스크 끼고 일하다보니 더 와닿는다.

이렇게 우리는 생태 환경과 연결되어 있고, 이웃이 아프면 함께 힘들어질 수밖에 없는 공동 운명체임을 좀 더 색다른 방법으로 경험하고 있다. 여기에서 우리는 자연, 사람들과 얼마나 잘 소통하고 배려하며 살아 왔는지 되돌아볼 수밖에 없다. 현재는 미국,

유럽, 일본 등 코로나-19 상황이 나빠지고 있어 어쩌면 사회적 거리두기와 마스크 쓰기는 더 길어질 수도 있을 것이다. 바로 이 지점에서 '우리나라 상황만 좋아진다고 끝날 문제는 아닌 만큼 세계 공동체에 대한 민감성도 갖춰야 하지 않을까? 라는 생각도 든다.

앞으로 어떤 일이 생기더라도 두려워하지는 말자! 코로나-19보다 더 힘든 상황이 닥치더라도 다시 생명을 바라보면서 담담히 나아갈 수 있는 힘을 믿어보자. 지금 여기에서 우리가 해 왔던 것처럼, 이웃을 먼저 생각하고 배려하고 공동체를 신뢰하는 마음으로 살아갈 수 있는 지혜만 있다면 잘 헤쳐 나갈 것이다. 우리는 서로를 믿으니까.

학교도서관에서의 행복한 시간을
기다리며

이금주

대곡중학교 사서

책! 책! 책! 책을 읽어요~

교문 앞이 시끌벅적하면서 친구들에게 홍보물을 보여주고 고함치는 소리가 들린다. 도서관을 홍보한다고 교문 앞에 서 있는 것을 약간 쑥스러워하지만 이내 적응하여 등교하는 친구들과 인사하는 여유도 보인다. 3월이면 학교도서관을 소개하고 책의 날을 알리기 위해 도서부원들이 바쁘게 움직인다. 2019년 교문에서 도서관을 홍보하고 촬영한 사진을 보고 있으니, 갑자기 모래성처럼 사라져버린 날들이 그리워진다.

새 학기가 되면 일찍 등교하여 아이들과 함께 교문 앞에서 도서관을 홍보한다. 학교의 심장은 도서관임을 알리는 중요한 일이다. 책의 날을 시작으로 5월 달서구 북소리 축제, 6월에는 인문학 독서나눔한마당대회, 7월 저자와의 만남, 8월 북 토크 준비, 9월 독서의 달(북 토크 소개), 10월 문학기행, 11월 인문 고전 읽기, 12월 독서토론으로 마무리를 하면서 일 년을 계획하고 운영한다. 모든 활동의 준비물은 책, 책으로 시작하여 책으로 마무리를 하는 긴 여행이다.

더불어 봄, 여름, 가을, 겨울에 만날 수 있는 소식지는 보너스이다. "책은 사람을 만들고 사람은 책을 만든다"라는 제목이 소식지의 이름이다. 학교 홈페이지와 교실에 게시하여 다양한 책을 소개하고 학교 소식을 알려준다. 2019년 겨울에는 도서관 소식지 공모전에서 수상도 했다. 10년 동안 소식지의 변천사와 학교도서관의 역사, 더불어 나를 볼 수 있는 계기가 되었다. 2019년을 되돌아보면 책으로 아이들과 함께 지적 활동을 할 수 있는 학교도서관 사서여서 행복했다.

2020년 3월의 끝자락을 달려가는 어느 날 학교 담벼락에서 향기 품은 꽃들이 나에게 다가온다. 교문 앞에는 '외부인 출입금지'라는 현수막이 붙어 있다. 친구들의 재잘거림과 웅성거림이 없는 조용한 3월의 학교가, 도서관이 어색하다. 겨울잠을 자던 학교도서관은 3월이면 기지개 켜고 연두색 새순을 준비한다. 책 전시에서 책 소개로 친구들의 발걸음을 멈추게 한다.

도서관도 초등에서 중등으로 진급한 신입생을 맞이할 준비로 바쁘다. 1학년 친구들은 남의 집 방문하듯이 엉거주춤하면서 도서관 문을 열고 들어온다. 먼저 웃음으로 "안녕, 반가워" 하고 인사하면 빙그레 웃으며 미소로 대답한다. 어색하지만 초등학교 시절에 열심히 들락날락하던 도서관에 잊지 않고 찾아 주어 반갑고 이쁘다. 재학생들은 방앗간 지나가듯이 눈웃음 한 번 주고 간다.

이 모든 순간이 쓰나미처럼 지나간다. 늘 반복되는 3월의 정신없음을 힘들어했는데….

　겨울방학부터 시작된 코로나-19 바이러스는 봄이 오는 소리에 벌떡 일어나야 하는데 겨울방학을 꼭~ 붙잡고 놓아주지 않는다. 코로나-19를 알리는 뉴스를 접하면서 개학이 미뤄지고 학생들의 등교가 중지되리라고는 꿈에도 생각하지 못했다. 지나가는 버스처럼 우리 주변에서 "바이 바이"라고 외치며 금방 지나갈 줄 알았다. 아직도 부정하고 싶지만, 텅 빈 학교와 적막한 도서관이 현실로 돌아오게 한다. 머릿속에 '2020년을 계획하고 준비된 활동을 펼칠 수 있을까' 라는 생각에 편치 않다.

　학교도서관은 구성원 누구나 이용하는 다중이용시설이다. 학생들과 교직원, 학부모님도 방문한다. 마음이 힘들 때 위로가 되는 한 줄의 의미를 아는 친구들과 진짜 책을 좋아하는 친구들까지 더불어 교과수업도 진행한다. 소독과 방역도 문제다. "먼지를 털어 주고 좀벌레를 없애야 한다. 볕이 좋으면 즉시 말려야 한다(『정민 선생님이 들려주는 고전 독서법』 40쪽)." 연암 박지원이 책을 대하는 태도에 나오는 글이다.

　연암처럼 도서관 장서 2만 권의 책 한 권 한 권을 펴서 운동장에 널어 소독하고 일광욕을 시키고 싶다. 책벌레를 잡는 상상만으로도 즐거운 일이지만 학교에서 허락하지 않을 것이다. 작년에 400만 원 가까이 주고 구입한 책 소독기 1대가 있지만, 한 번에 들어가는 책은 2권이다. 학생들이 책을 대출하고 나갈 때, 소독기 앞에서 줄 서는 모습을 보게 될 것이다. 이번 일을 계기로 전체 소독을 하고 소독약과 장갑도 준비한다. 더불어 집에서 책 읽기를 권장하는 목록을 만들어서 학교 홈페이지에 올리고, 학생들에게 제공할 것이다. 인터넷 사이트에서 무료로 제공하는 전자책, 오디오북, 종이책을 알려주는 독서캠페인을 하고, 토론 활동은 할 수 없지만, 인터넷을 이용하여 슬기롭고 지혜로운 책 읽기를 시작하고자 한다. 코로나 때문에 많은 것을 포기하지만, 책을 읽고 책 속에 즐거움을 적어가는 활동은 누구도 빼앗아 갈 수 없는 나의 소중한 기록이고 꽃임을 기억하는 4월이다.

군인과
민간인의 경계

이영권

4월 6일 제대 군인

처음 코로나 바이러스의 심각성을 접했던 건 사회, 학교, 직장이 아니라 다름 아닌 군대 안에서였다. 휴가를 이틀 남겨둔 2월의 막바지쯤이었다. 청정지역을 유지하고 있던 대구서 확진자가 폭증하여 말차(전역 전 마지막 휴가)를 제외하고 다른 출타들은 모두 통제를 하였었다. 난 그 당시 말차를 가려면 한 달을 더 기다렸어야 했고, 휴가만을 바라보던 무수히 많은 내 동기, 후임들도 모조리 치를 떨며 눈물을 삼켰다. 일주일 뒤 어머니의 큰 수술이 잡혀있어 휴가를 나가려던 소대 후임도 당시 휴가를 통제당해 구석에서 몰래 눈물을 훔쳤다.

신천지에서 확진자가 하루하루 무더기로 쏟아질 때 대구에 있는 가족들 걱정이 많이 되었다. 엄마와 형과 한 번씩 통화를 하면 엄마는 그랬다.

"아들, PX에서 마스크는 안 팔아? 대구는 위험하니까 단기하사좀 하다가 나오면 안 될까?"라고. 이건 좀 오버다. 전역 날짜만 얼마나 손꼽아 기다리는데. 그리고 가족들이 위험에 빠져있는데 혼자 군에 있는 것도 말이 안 된다.

코로나-19는 부대 내 일과에도 굉장히 많은 변화를 가져왔다. 아침 점호와 일과 집합을 마치면 항상 소대에서 2~3명씩 차출하여 락스 푼 물로 막사 전체를 소독하였고 원래대로면 달에 한 번 꼴로 하던 화장실, 목욕탕 등도 끊임없이 소독하고 또 소독하였다. 안 그래도 반복되는 일과에 스트레스를 받던 동기, 후임들의 입에는 항상 비속어가 남발했고, 폭언, 욕설을 엄격히 금지하는 군대에서도 그때만큼은 간부님들이 이해를 해줬다.

체온 측정도 아침에 한 번 그리고 저녁점호 전에 한 번 총 두 번을 매일 측정하였다. 코로나 바이러스의 기준치라고 할 수 있는 37.5도를 넘어가는 용사가 있으면 부대에선 외진을 적극 권장하였고, 수시로 차량을 대기시켜 국군강릉병원을 왔다 갔다 반복하였다. 곧 잠잠해질 거라 생각이 들었던 코로나-19 사태는 날이 갈수록 심해졌고 간부들의 출타도 전면 통제되었다.

다행히 용사들과는 달리 간부들은 덤덤히 받아들이긴 했지만 적잖이 스트레스를 받았을 것이다. 우리 부대의 지휘관인 중대장님 또한 상황이 크게 다르진 않았다. 영관급 지휘관이긴 하지만 참모장급을 제외한 나머지 지휘관들은 대부분 상급부대에 보고를 해야지만 움직일 수 있어 최대한 부대 간부, 용사들과 붙어살고, 단합하여 어려운 시간을 이겨내려고 노력하였다.

서로 예민하고 힘든 시기일수록 의지하고, 더욱더 말과 행동에 신중함을 가지라고 말씀해주신 중대장님의 말씀은 이따금씩 생각이 난다.

군대에서도 나름대로 '사회적 거리두기 운동'을 하였다. '사회적 거리두기 운동'이란 코로나-19의 지역사회 감염 확산을 막기 위해 사람들 사이의 거리를 유지하는 감염 통제 조치 혹은 캠페인을 이르는 말이다. 이 캠페인은 우선 흐르는 물에 비누로 손 씻기, 옷소매로 입과 코를 가리고 기침하기, 외출 시 마스크 착용하기 등 기본 예방수칙을 지키는 것이 가장 기본으로 권고된다. 많은 사람들이 모이는 행사나 모임 참가 자제, 외출 자제, 재택근무 등이 이에 해당되며, 세계보건기구에서는 이 말이 사회적으로 단절되는 것을 뜻하지 않는다며, '물리적 거리두기'라는 표현으로 바꾸고 있다.

아무튼 사태의 심각성을 막기 위해 집합을 하거나 단체로 체육활동을 할 때도 개인 간격을 항상 이격하였고, 취침 시간을 제외한 마스크 착용은 필수나 다름없었다. 감염자가 한 명이라도 나오면 순식간에 퍼질 수밖에 없는 군대의 특성상 많은 사람들이 너 나 할 것 없이 동참하였다. 코로나-19 사태는 식사시간에도 많은 변화를 가져왔다. 평소 다닥다닥 붙어 앉아 담소를 나누는 병영식당은 항상 북적였지만 부대에선 마주 보고 앉아 식사하지 않도록 하여 전우들과 옆으로 앉아 창문이나 출입문 등을 바라보며 식사를 하였다. '식사 중 대화 금지'라는 문구를 크게 써놔서 할 말이 있으면 눈치를 보며 정말 작게 소곤소곤 말했다. 처음에는 낯설게 느껴졌었지만 시간이 지나니 적응되어 깔끔하게 식사만 마치고 일어나서 개인정비를 하러 가는 게 몸에 배게 됐다. 하고 싶은 말이 있어도 "이 말을 꼭 해야 할까?" 생각을 한 번 더 하게 되고, 업무나 체력단련 시간도 같이 해야 할 일이 있으면 최대한 접촉이 없는 선에서 하려고 노력했었다.

코로나-19로 나는 전역 전 두 번의 휴가가 자동으로 뒤로 밀려서 3월 20일에 집으로 복귀했다. 휴가이자 전역인 셈이다. 강릉과 대구를 운행하는 버스가 대구 북부정류장과 동대구복합환승터미널에 있는데 대구북부정류장과 강릉을 오가는 시외버스는 코로나로 하루 단 한 대도 운행하지 않았다. 3시간 40분이면 올 수 있는 거리를 강릉에서 돌아돌아 6시간 20분이 소요되는 버스를 타고 동대구복합환승터미널에 내렸다. 이렇게 우리나라에서 코로나-19가 가장 심각한 대구 땅을 밟게 되었다.

휴가지만 전역과 마찬가지고, 군인이지만 민간인이나 마찬가지인 애매모호한 입장이다. 아직은 어쨌거나 군인 신분이기에 간부님들이 전화로 상황을 체크한다. 어려운 시기기에 정식 전역 날까지는 영어학원 등록도 미루고 만나고 싶은 친구와의 약속도 미루고 있다.

우발적인 기침과 재채기도 참거나 눈치를 보며 하게 되는 일상, 어쩌면 우린 서로에게 너무 배려가 없었던 게 아닐까 하고 되돌아보게 된다. 너무 바쁜 일상생활 속에서 서로에 대한 배려를 잊어가고 있던 찰나 코로나-19로 인해 서로 조심하고, 협력하여 이겨 내려는 상황이 웃프다. 그러나 역으로 생각하면 코로나 사태가 바꾼 일상생활의 긍정적인 면이 아닌가도 싶다.

부정적인 면만 바라보면 밑도 끝도 없이 암울하겠지만 그래도 점점 괜찮아질 거라는 희망을 품고 지내다 보면 정말 언젠가는 이 사태도 웃으면서 얘기할 날이 오지 않을까 하고 생각한다. 또한 현재 한국의 방역체계는 정말 세계에서 알아주는 수준이며, 오히려 방역에 대한 의료지원은 한국이 베이스가 되었다고 해도 과언이 아니다. 그런데 소수 사람들은 우리나라에 대한 자부심을 느끼면 소위 '국뽕'이라고 한다. 미국, 유럽, 일본에 대한 사대주의가 지나칠 정도로 심하다 생각이 들었는데 이번 기회에 사대주의를 버리는 계기가 되었으면 한다. 개인이든, 집단이든, 나라든 상대의 좋은 점만 보며 묻지도 따지지도 않고 맹신하는 자세는 우리가 가장 지양해야 하지 않을까 생각이 든다.

코로나가 바꾼 일상

- 2020년 2월부터 4월까지

이주영

대구문학관 도슨트

중국에서 코로나가 유행하면서 대구문학관 풍경도 달라지기 시작했다. 중국인들의 말투가 들리면 왠지 불안감을 느끼기 시작했고, 사람들이 슬슬 자리를 피했다. 도슨트인 우리도 적극적으로 해설하지 않고 기본 응대만 하는 것으로 바꾸었다. 마스크가 지급되었고 손세정제가 층마다 놓여졌다. 일 층 향촌문화관에는 열감지기도 들어왔다. 우리는 신문물을 들여다보듯 신기해했다.

위생에 예민해지기 시작했다. 점심시간이면 안내원 자리에 봉사자들이 앉곤 했는데 그것도 꺼림칙해서 자리를 비워두라고 부탁했다. 특히 감기가 심한 봉사자가 오면 독감인지 여부를 물었다.

2월 18일, 대구에서 첫 확진자가 나온 이후 19일부터 대구시 모든 전시관과 박물관이 문을 닫게 되었다. 2020년은 '대구경북관광의 해'지만 대구의 관광은 멈추었고 해설사들의 일거리도 모두 사라졌다. 계약직인 나도 무급으로 강제 휴무를 갖게 되었다. 그때는 2주 정도를 예상했으나 이제 두 달이 될 수도 있다는 생각이 든다.

나는 시민기자단 활동도 같이 겸하고 있다. 기자단은 출근하지 않고 재택근무라 그래도 글을 쓸 수 있을 것이라 기대했다. 그러나 대구시부터 대구도시철도, 달서구까지 기자단 활동도 모두 멈추라고 했다. 비상사태로 코로나 소식 외에는 관공서에 어떤 기사도 올리지 않았다. 이 시기에 어딘가 놀러가라고 기사를 올릴 수는 없었다. 그래서 기자단 활동도 30%만 간신히 살아남았다.

가장 피해를 많이 본 쪽은 아무래도 연극과 공연업체일 것이다. 상반기 공연은 모두 취소되었고, 하반기를 기다려야 했다. 1월부터 4월까지 넉 달 동안 수입이 전혀 없다고 한 연출가도 있었다. 강사들도 상반기 도서관 강의가 거의 다 취소되거나 연기되었다. 강의를 업으로 하는 작가들도 치명타를 입었다. 물론 학원도 그랬다. 모두가 힘든 시기를 견디고 있었기에 나만 힘들다고 말할 수는 없었다.

대구는 3월 5일부터 '3.28 대구운동'을 시작하면서 2주 동안 강력한 사회적 거리두기를 해달라고 요청했다. 구체적인 날짜를 제안하자 대구시 대부분 상가와 건물이 문을 닫았다. 시민들이 적극적으로 동참해서 거리는 유령도시라고 불리기도 했다. 그로 인해 자영업자들은 큰 타격을 받았다. 수입은 없고 월세는 밀리고 경제는 더 어려워졌다. 2주가 지나자 코로나 확진자는 줄어들었지만, 산발적으로 계속 발생했고, 타 지역의 숫자가 늘어나기 시작했다. 정부는 다시 4월 19일까지 강력한 사회적 거리두기를 해 달라고 요청했다. 점점 지쳐갔다. 사람들은 고립과 미래에 대한 불안으로 '코로나 블루'라는 신종 우울증까지 생겨났다. 이제는 코로나보다 생업이 더 무섭게 다가와서 나쁜 선택을 하는 사람들도 더러 있었다. 그래서 코로나를 극복하기 위해 나름의 방법들을 터득해 나가야만 했다.

첫째, 나는 요리를 하기 시작했다. 1월부터 석 달째 방학인 아이들을 위해 매일 요리를 하기로 결심했다. 외식을 할 수 없고, 배달음식도 매일 시킬 수 없다. 일주일에 한 번씩 장을 보고 집에서 요리를 하는 것이 아이들을 건강하게 만드는 길이라 생각했다. 그리고 블로거로서 무엇이라도 매일 올려야 한다는 생각이 있었다. 요리를 하나씩 올리기 시작했다. 귀찮던 요리지만 예쁜 그릇에 담아 사진을 찍고 그것을 블로그에 올리겠다는 목적이 생기자 의지가 샘솟았다. 요리가 재밌어지고 정성이 들어갔다. 아이들은 맛있게 먹어주었다. 어차피 해야 할 일이면 즐겁게 해보자는 생각이었다. 그리고 음식으로 기사를 쓰기도 했다.

둘째, 매주 한 번씩 산을 오르기로 했다. 집 안에만 있다 보니 살이 찌고 몸이 둔해지기 시작했다. 사람이 없는 평일에 나 홀로 등산을 하기 시작했다. 마스크를 끼고 두 시간 산을 오르면서 풀과 꽃 사진을 찍으며 힐링했다. 그리고 찍은 사진은 또 기사로 올렸다.

셋째, SNS로 소통했다. 원래 사람들을 만나고 이야기하는 것을 좋아했는데 집에만 있으니 우울해졌다. 그래서 블로그와 페이스북으로 온라인 소통을 즐겼다, 매일 일상을 올리고 이야기를 나눌 상대가 있으니 즐거웠다.

넷째, 대구를 응원해주는 사람들의 선물이 도착했다. 마스크를 구하기 힘들었던 2월이었다. 경기도에 사는 수필가가 마스크 25장을 택배로 보내주셨다. 엽서에는 그곳에서도 구하기 쉽지 않다는 것과 많이 못 보내 미안하다는 말씀이 따뜻한 정과 함께 담겨 있었다. 서울의 출판사에서는 대구라서 특별히 신간을 많이 보내주셨다. 도서관이 문을 닫을 때여서 책이 더 귀하고 반가웠다. 흑산도에 사는 한 어부는 대구 경북 친구들에게 우럭을 택배로 보내주셨다. 생우럭 세 마리에 전복, 미역까지 가득 담긴 택배를 받았다. 직접 만난 적도 없는 분이셨다. 너무나 감사했다. 또 다른 친구는 제주에서 한라봉을 보내주었고, 몇 년 만에 안부를 묻는 옛 친구들도 있었다. '대구' 하면 생각나는 얼굴이 바로 나였다는 게 반갑고 기뻤다.

하지만 대구라서 차별을 당하고, 대구라서 욕을 먹었다. 아직도 대구에 대한 편견은 남아 있다. 그래서 타 지역으로 이동을 하지 않고 집에서, 동네에서 머물며 지내려 노력한다. 봄을 기다렸지만 코로나는 끝나지 않았고 전 세계를 향해 확산되어 가고 있다. 문학관도 언제 문을 열지 알 수 없고, 무한정 기다림뿐이다. 하지만 나보다 더 어려운 사람들을 생각한다. 지금 맛있는 것을 먹고, 건강하게 지낼 수 있다는 것에 감사하며 오늘 하루를 보낸다.

친구들을 만나 차 한 잔을 마시며 떠들고, 밥을 함께 먹던 그 일상의 소중함은 잃고 나서야 알게 되었다. 엄마의 생신날도 친정집에 들어가지 못하고 현관에서 선물만 전달하고 왔다. 이야기를 나누는 것조차 노인에게 나쁜 영향을 줄까 봐 맛있는 것이 있으면 1층에서 동생에게 전달하고 온다. 베란다에서 엄마는 손을 흔드셨다. 그래도 무언가 할 수 있는 게 있어서 감사할 뿐이다.

사람들이 그립고 그립다. 조금만 더 기다려서 당신을 만날 수 있다면 그때는 반가운 허그로 만나고 싶다. 더 많이 안아주고 더 많이 사랑해줄 것이다. 그때까지 모두들 건강하게 지내기로 하자.

재난 상황은 새로운 교육의
기회가 될 수 있을까?

이초아
대구욱수초 교사

 코로나-19로 개학이 계속 늦춰지고 있다.

 학부모들은 잇따른 개학 연기에 힘들어하면서 한편으로는 개학을 하게 되면 감염 이 확산될 것이기 때문에 이러지도 저러지도 못하고 있다. 교사들은 연이은 수업 일수 변경에 따라 교육과정을 수정하며 우왕좌왕하다가, 갑작스런 온라인 개학 준비로 인해 발등에 불이 떨어진 심정으로 수업을 준비하고 있다.

 방학을 너무나 좋아했던 학생들은 어떨까? 어찌 보면 이번 사태로 진정한 방학을 얻었다고 할 수 있다. 그동안 방학이라 하더라도 각종 학원을 전전하면서 바쁜 스케줄을 소화해야 하는 경우가 많았기 때문이다. 그러니 학교와 학원 수업 모두가 정지된 요즘, 학생들은 집, 학교, 학원을 반복하던 일상에서 벗어났다고 할 수 있다. 하지만 너무 안타깝게도 이건 학생들이 바라던 자유가 아니다. 자유롭게 바깥에 나가 뛰어놀 수 없고 친구들과 만날 수도 없으니, 공부만 제외하면 더 큰 공간적 제약을 받게 된 것이다.

개학이 연기되면서 6학년 우리 반 학생들에게 학교 홈페이지 학급 게시판에 매일 알림장을 올리고 있다. 아직 서로 얼굴도 보지 못한 학생들은 학급 게시판에 빨리 개학해서 친구들과 선생님을 만나고 싶다는 글을 올렸다. 심지어 학교 가서 공부하는 게 차라리 낫겠다는 글도 보인다. 학생들과 학부모, 교사 모두가 그 어느 때보다도 개학을 원하고 있는 것이다.

하루 종일 집 안에 갇혀 있는 아이들은 스마트폰을 하거나 TV를 보기도 하지만, 그것도 하루 이틀이지 계속 하다 보면 지루한 법이다. 아이들은 그동안 바빠서 가지고 놀지 못했던 장난감을 꺼내 들기도 하고 그림을 그리거나 무언가를 만들기도 한다.

얼마 전, 우리 집 아이가 거실에 있는 큰 유리창에 만들어놓은 과녁판이 눈에 들어왔다. 화살 쏘기 놀이를 하려고 종이에 크기가 다른 원을 여러 개 그려서 점수를 적은 뒤 유리창에 붙여 놓은 것이다. 삐뚤빼뚤 그린 원 모양이 웃겨서 가까이 다가가 보니 과녁판 옆에 적힌 글씨가 보였다. '코로나여 물러가라.' 라는 문장이었다. 순간 웃음기가 사라지면서 숙연해졌다. 아이들은 어른들이 조심해야 한다고 강조하지 않아도 온몸으로 모든 상황을 느끼고 있다는 생각이 들었기 때문이다. 어쩌면 그건 의도적으로 가르치지 않아도 저절로 습득되는 '잠재적 교육과정' 이라고 여겨졌다.

잠재적 교육과정은 학교에서만 적용되는 것이 아니다. 가정이나 사회에 의해 제공되는 물리적 환경이나 심리적인 조건에 오랜 시간 지속적으로 노출되면 내재화되어 학습 결과를 변화시키기가 힘들다. 특히 아이들은 어려서부터 무의식중에 가정환경이나 사회·문화적인 조건들에 둘러싸여 생활하게 되는데 그러한 과정이 아이들의 내면에 스며든다고 생각해 보면 잠재적 교육과정이 얼마나 중요한지 알 수 있다.

누가 시키지 않아도 코로나 바이러스 퇴치를 기원하는 마음을 담아 과녁판을 만든 아이의 행동처럼 지금의 상황이 또 다른 배움의 기회가 될 수 있다. '역경'을 거꾸로 읽으면 '경력'이 되는 것처럼 말이다. 코로나-19 사태에 대응하는 어른들의 모습은 아이들에게 감염병에 의한 재난 상황에 어떻게 행동해야 하는지를 알게 하는 심리적 측면의 잠재적 교육과정이 된다.

잠재적 교육과정 이야기를 하다 보니 학교의 물리적 환경에 대해 아쉬운 마음이 든다. 제4차 산업혁명에 발맞춰 학교에도 정보화 수업이 가능하도록 전자 칠판이 들어오고 스마트패드를 활용한 수업도 많아지고 있다. 하지만 나날이 발전하는 정보화 수업도구와 달리 학교 건물은 몇십 년 전과 별반 달라진 것이 없다. 더군다나 늘어나는 학교 폭력과 자살을 예방하기 위해 교실 창문마다 안전핀을 박아서 창문을 활짝 열 수도 없게 만들었다. 교실 안에서 하루 종일 아이들과 부대끼며 생활하다 보면 쉬는 시간마다 가만히 있지 못하는 아이들의 마음이 이해가 된다.

공간을 설계하는 어느 유명 건축학자가 한 강의에서 학교를 '닭장'에 비유하는 말을 했다. 초등학교 때부터 중학교, 고등학교 때까지 네모난 상자 모양의 닭장에 가둬놓고 가르친 아이들에게 대학수학능력시험이 끝나면 이렇게 말한다.

"너희들은 닭이 아니라 독수리야. 그러니까 지금부터 날개를 펼쳐서 너희들의 꿈을 향해 높이 날아오르렴."

그 강의를 들으면서 아이들을 가르치는 교사로서 부끄러운 마음이 들었다. 그러면서 내가 바꿀 수 없는 물리적 환경에 답답했다. 그렇다면 우리의 학교 모습은 처음부터 닭장의 모습을 하고 있었던 걸까?

작년에 유네스코 세계 문화유산으로 등재된 서원의 모습은 그렇지 않다. 담장으로 서원 안과 외부 공간을 구분하긴 했지만, 담장 높이를 낮게 하거나 일부는 터놓아 안에서도 밖을 보며 주변 경관을 감상할 수 있게 만들었다.

서원을 세울 때도 음양오행과 풍수도참 사상에 따라서 물이 흐르고 산이 있으며 넓은 들이 있는가를 살펴보고 적당한 위치를 선택했다. 우월한 사람을 두고 흔히 뼛속부터 다르다고 하는데 서원 건축을 보면 지금의 학교 건축과 생각부터 달랐다 싶다.

물론 일부 신설 학교를 시작으로 학교 건축도 조금씩 변화를 시도하고 있다. 현재도 축적된 노력의 산물이기에 부정하려 하는 것이 아니다. 다만 코로나-19 사태로 잠재적 교육과정의 중요성을 깨닫고 가정과 학교, 사회가 드러나지 않고 숨어 있는 교육에 대해서도 좀 더 함께 고민해 보자는 뜻이다. 지금 당장 드러나는 말이나 행동보다 숨겨진 진실이 더욱 중요한 법이니까 말이다.

지금도 아이들은 눈을 반짝이며 어른들을 지켜보고 있다. 아이들을 진정으로 사랑한다면 우리 모두가 잠재적 교육과정의 한 부분을 만들고 있음을 기억하자.

* 이 글은 소설 형식을 빌린 우리들의 이야기입니다.

코로나 시대의 사랑

장정옥

소설가

드디어 올 것이 왔다.

지난밤부터 어머니가 갑자기 호흡곤란 증세로 위중하다는 연락을 받았다. 식구들과 요양병원에 갔더니 대표로 한 명만 들어갈 수 있다고 했다. 내가 감염 방지복을 착용하고 가족대표로 입원실에 들어갔다. 어머니는 있는 힘을 다해서 생의 마지막 능선을 오르는 참이었다. 혼자서 어머니의 임종을 지켜보았다. 말도 못하고 의식도 혼미해서 대화가 불가능했다. 감염 방지복을 입은 채로 어머니의 손을 잡고 죄송하다는 말을 백 번도 더 했다. 내 말을 듣는지 마는지 어머니는 가쁜 숨을 몰아쉬다 조용히 눈을 감았다. 어머니를 비롯해서 노인들 세 명이 한꺼번에 숨졌다. 하루가 멀다 하고 코로나 감염자의 사망수가 늘어났다. 숨진 노인들은 장례절차도 없이 곧장 화장터로 실려 갔다. 감염 방지를 위해 시신을 깨끗하게 닦아서 방부처리를 하고는 밀봉해서 화장터로 이송하면 끝이다. 화장터에서도 가까이 가지 못하게 했다. 가족을 대신해서 의료진들이 마지막 예를 다해주었다. 일이 끝나고 한 줌의 가루가 든 유골함만 받았다. 선 화장, 후 장례라지만 그게 무슨 의미가 있나 싶어서 장례절차를 다 생략했다. 형제들은 무거운 표정으로 서로의 얼굴을 외면했다. 어머니를 요양병원에 보낸 사람이 나였으니, 아우들에게 뭐라고 할 말도 없었다. 어머니를 아버지 곁에 묻어놓고 내가 죽일 놈이라며 땅바닥에 이마를 찧었다. 장례를 생략하고 일가친지들에게 어머니의 사망소식만 알렸다.

지피지기知彼知己 - 너를 알고 나를 안다.

바이러스 전쟁은 아직 끝나지 않았다. 도대체 코로나-19가 뭐길래 지구를 온통 뒤집어놓는지. 정확한 학명이 '코로나바이러스감염증 19'라고 한다. 지구별에 살고 있는 인구가 70억이 넘는다. 1999년에 60억이던 인구가 2020년 오늘날 77억 9479만에 이르렀다. 이 꾸준한 인구 증가가 하루아침에 이루어진 게 아니라 전쟁이나 기근, 전염병 등의 수많은 어려움을 겪어가며 거르고 거른 후에 남은 인구라고 해야 할 것이다. 지금 코로나-19가 전 세계를 돌며 인간을 위협하고 있지만, 지난 역사를 돌이켜 보면 이런 재난은 전쟁만큼이나 다양하게 있어 왔다.

14세기 중기에도 야생 설치류로 인한 흑사병黑死病이 돌아서 유럽 인구를 5분의 1로 줄여놓았던 적이 있다. 휴전과 전쟁을 거듭하며 1337년부터 1453년까지, 무려 116년 동안 계속되었던 백년전쟁이 흑사병으로 중단되기도 했다. 쥐와 같은 설치류가 병의 발원지로 알려진 흑사병은 균이 침입하면 출혈성 기관지폐렴을 일으키며 다량의 혈성장액성의 객담으로 호흡곤란이 심해지다 체온이 급격히 떨어져 4~5일 내에 사망하게 된다고 한다. 역사 이래로 인간을 가장 무섭게 위협한 것은 핵이나 전쟁이 아니라 흑사병과 같은 전염병이었다.

21세기 전염병인 메르스, 사스, 에볼라, 코로나-19와 같은 신종 바이러스가 모두 감기 바이러스의 변형이고 박쥐에게서 비롯된 병이라는 추정이 나돌고 있다. 박쥐는 태고 이래로 줄곧 인간과 함께 지구별을 공존하며 살아왔다. 박쥐는 어두운 동굴에서 살고 인간은 밝은 해를 머리에 인 채로. 서로 사는 영역이 달라서 박쥐와 인간은 서로 얼굴 붉힐 일이 없었다. 만약 정말 코로나-19가 박쥐에게서 발생했다면, 지나친 자연의 개발로 인간들이 동물의 영역을 침범하고 그들을 인간의 세계로 끌어들인 데서 비롯된 폐해라고 해야 할 것이다. 전적으로 인간의 책임이라고 할 수 있다.

인간과 동물은 각자의 영역에서 상호공존하며 살아가게 되어 있는데, 자연개발을 핑계로 지나치게 동물들을 외곬으로 몰고 가는 경향이 있다. 그 결과 자연은 인간의 힘으로 극복하기 어려운 신종 바이러스를 배출하며 인간을 몰아내게 되었다. 적을 알고 나를 알면 백전백승이라지만 코로나-19는 항체도 없고, 예방약도 치료약도 없다. 우한의 박쥐연구소에서 병균이 새나왔다는 소문이 사실인지 아닌지 알 수 없지만 바이러스가 지구를 덮치는데 불과 두 달도 걸리지 않았다는 사실이 놀라울 따름이다.

설상가상雪上加霜 - 눈 위에 서리가 내린다.

이 범세계적인 경향이 내 발등에 떨어진 불이 되리라곤 꿈에도 짐작 못 했다. 멀리도 아닌 우리 집에서 일어난 이 비극을 나는 매우 불합리한 보복이라고 마른하늘에 대고 항의했다. 나는 버스기사다. 날마다 버스에 묶여 사느라 동굴 탐험이니 하는 여행은 꿈도 꾸어본 적도 없고, 집 짓는다고 땅을 파헤친 적도 없고, 사냥한답시고 쓸데없이 총 메고 다니며 동물들을 괴롭힌 적도 없는데, 바이러스에 감염되어 사경을 헤매고 있다. 내가 아니라 불쌍한 우리 어머니가. 어머니는 아버지가 술병으로 돌아가신 후, 시장에서 노점을 보며 삼 남매를 키웠다. 추우나 더우나 장바닥에 쪼그리고 앉아서 정구지 몇 단 팔며 우리 삼 남매를 키우고 공부까지 시켰다. 그렇게 고생했으면 노후에는 편안해야 하는데, 어머니도 편할 팔자가 못 되던지 목욕탕에서 넘어져 골반을 다치고 말았다.

목욕탕에서 엉금엉금 기어 나온 어머니를 퇴근하고 온 아내가 발견하고 119를 불러 병원으로 모셨다. 엑스레이를 찍었더니 고관절에 금이 갔다고 했다. 고관절은 깁스를 할 수 있는 곳도 아니고, 그저 가만히 누워 있으면 낫는다고 해서 대수롭잖게 여겼다.

문제는 어머니가 넘어진 것이 아니라, 누가 간병을 하느냐는 현실적인 사안이었다. 어머니를 병원에 입원시키고 사흘 휴무를 냈다. 당장 어머니를 어떻게 돌봐야 할지 의논하기 위해 형제들을 불러 모았다. 사흘 후에 퇴원하고 집으로 모시겠다니까, 아내는 누가 어머니 간병을 맡느냐며 정색했다. 일자리가 귀해서 손을 놓으면 다시 취직하기 어렵다며 요양원에 입원시키든지 아니면 간병인을 쓰자고 했다. 어머니는 간병인을 집으로 부르면 된다고 했다. 바이러스가 창궐하는 시대에 낯선 사람이 집에 드나드는 건 반대라며 아내가 요양병원에 입원하는 게 낫다고 우긴다. 누나와 동생이 너무 심하다고 항의를 하자 아내는 한마디 한다. "그럼 어머니를 모셔가든지." 그 말에 누나와 동생이 입을 다물었다. 누나에게 어쩌면 좋으냐고 물었더니, 허리가 안 좋아서 어머니를 모실 처지가 안 된다며 막내가 맡으라고 했다. 막내는 차라리 입원비를 보태겠다며 일찌감치 발을 뺐다. 다들 싫다고 하니 어머니를 설득할 수밖에. 노인들 뼈는 잘 붙지도 않을뿐더러 고관절은 치료가 어려워서 시간이 많이 걸린다니까 뼈가 붙을 동안만 요양병원에 가 있으라니까 어머니는 차라리 굶어죽겠다며 곡기를 딱 끊었다.

사정이 이렇게 되고 보니 달리 설득할 사람이 없어서 아내를 물고 늘어졌다. 아내는 간호사로 일하는 조카에게 좋은 요양병원 있으면 소개해 달라고 부탁을 했다. 조카는 자신이 근무하는 요양병원은 깨끗하고 감염자가 없어서 안심이라며 어머니를 설득했다. 집에 혼자 있는 것보다 병원에서 친구들과 지내는 게 낫지 않겠느냐며 반강제로 어머니를 요양병원에 입원시켰다. 시설도 깨끗하고 소독을 철저히 하기 때문에 지금까지 청정지역으로 알려져 있다는 말이 미더웠다. 어머니를 요양병원에 입원시켜놓고 나오는데 누가 뒤에서 잡아당기는 듯 뒷골이 뻐근했다. 어머니를 낯선 길에 내려놓고 오는 기분이었다.

시역과의是亦過矣 - 이 또한 지나가리라.

자식을 뼛골 빠지게 키워봐야 소용없다더니, 이런 꼴 보자고 어머니가 우리 삼 남매를 혼자서 고생하며 키웠을까 생각하니 잠도 오지 않고 아내가 원망스럽기도 했다. 어머니가 얼마나 서운할까 생각하니 발길이 떨어지지 않았다. 그렇다고 아내를 원망하기도 어렵다. 버스를 타기 전에 사업한답시고 있는 돈을 홀라당 날려 먹었다. 빚 갚느라고 부부가 종종걸음 치며 산 것이 20년이다. 나이도 많고, 이참에 일자리를 놓고 푹 쉬는 것도 괜찮겠다며, 혼자 벌어서 살아보라는 말에 선뜻 퇴직하라는 말이 나오지 않았다. 길어봐야 10년이나 제대로 일을 할 수 있을지. 모아놓은 돈도 없는데 아직 복학할 아들이 있다. 어머니에게는 안된 일이지만, 요양병원에 입원하면 삼남매가 입원비를 나눠서 내면 되니까 차라리 그게 낫겠다 싶었다.

어머니는 여름 내내 아들 며느리 더위 먹고 쓰러질까 봐 시장 드나들며 콩국을 사다 날랐는데, 그런 어머니를 자리에 눕자마자 요양병원으로 보내는 것이 큰 불효를 저지르는 것 같았다. 아내에게 차라리 내가 사표 쓰고 어머니 간병할까? 물었더니 그러고 싶으면 마음대로 하라고 차갑게 응수했다. 내가 한마디 하면 열 마디가 돌아오고, 늙은 마누라 옥박지르며 주먹 치켜들어봐야 외눈도 깜짝 않는다.

병원에서는 바이러스 묻혀온다고 환자 병문안도 자주 못 오게 막았다. 외부 사람이 드나들면 위험하다며 철저히 단속 중이었다. 몸은 멀어도 마음만은 가깝게 하래서 전화를 드렸더니 어머니는 누군지 모르겠다며 전화를 끊었다. 노여움에 마음이 단단히 돌아선 것 같았다.

좌불안석坐不安席 - 앉아도 자리가 편하지 않다.

하루 내내 1호차 횡선지를 열 가닥 뛰었는데도 기름값은 고사하고 세끼 밥값도 못했다. 온종일 마스크 쓰고 말 한마디 나눌 사람 없이 혼자 다니다 손님이라곤 딱 세 사람 태웠다. 드물게라도 손님이 있어주면 세상 돌아가는 얘기나 하고 덜 심심할 텐데 자동차만 씽씽 다닐 뿐, 길에 사람 그림자 하나 없다.

실은 손님이 있어도 걱정이긴 마찬가지다. 터미널에서 여행을 다녀온 남녀가 탔는데 커다란 여행 가방으로 그들이 외국 나갔다 온 것을 알았다. 감염이 염려되어 그들의 이마에 열 감지기를 댔다. 무증상도 있다고 해서 손바닥에 세정제까지 뿌려주고서야 버스를 타게 했다. 손님들 좋으라고 하는 일이 아니라 내가 감염이 될까 무서워서 그런다니까 그들이 유난스럽다는 듯 비웃었다. 저희들은 젊어서 바이러스 따위 우습겠지만 작은 병에도 어이없이 쓰러지는 게 장년층이어서 이제는 독감도 무섭다. 일찍 죽을까 봐 겁이 나는 게 아니라 식구들이나 동료들을 떼거리로 병자로 만들까 봐 겁이 난다. 무슨 놈의 병이 가까운 사람들을 병들게 하니 무서워하지 않을 도리가 없다. 손님들에게 뚝뚝 떨어져 앉으라고 방송을 했다. 손님이라곤 달랑 두 명인데, 찰싹 붙어 있는 남녀를 떨어져 앉으라고 하니, 뭐 저런 사람이 다 있느냐는 듯 흘겨본다. 코로나 시대의 사랑이라더니, 룸미러로 힐끔 보았더니 마스크까지 쓰고 키스를 한다. 저희들도 우스운지 마스크를 쓴 채로 입술을 대고 키득거린다. 외계인이 따로 없다.

아침 뉴스에 요양원에서 집단감염 사태가 벌어졌다는 비보가 나왔다. 대구의 어느 정신병원에서 집단감염으로 사십 명 넘게 감염이 되어 환자들을 다른 병원으로 이송 중이라고 했다. 더 큰 감염을 방지하기 위한 준비일 터였다. 심장이 철렁 내려앉는 소리를 듣고 조카에게 전화를 했더니 간호사 중에 신천지 교인이 있어서 철통같은 수비가 뚫렸다고 했다. 어머니를 집으로 데려올까, 하고 조카에게 물었더니 지금은 집단 감염이 의심되는 상태라서 아무도 나갈 수 없다고 했다. 어머니에게 전화를 했더니 집에 가고 싶다며 언제 데리러 오느냐고 물었다. 병원에서 감염환자가 나왔다고 하면 겁먹을까 봐 일 때문에 바쁘다고 둘러댔다. 어머니는 지난밤에 옆 침대의 노인이 코로나에 걸려 죽었다며 울었다. 옆 사람이 코로나에 걸려 죽었다던데 그게 정말이냐고 조카에게 물었더니 슬프게도 악성이었다고 했다. 코로나 중에서도 악성이 있다고. 무더기로 감염자가 나온 B병원에서 한 떼의 여자들이 버스를 탔다. 중국에서 그만큼 많이 죽어도 자기들 교인들은 한 사람도 죽지 않았다고 큰소리치던 사이비 신자 하나가 생각났다. 여자들이 너무 시끄럽게 떠들어서 침 튀니까 말하지 말고 조용히 가라고 방송했다.

병들면 혼자만 고생인가? 가족들 모두 2주간 자가격리해야지, 당장 회사 문 닫아야지, 50명이나 되는 기사들이 전부 일을 그만두고 자가격리에 들어가야 하니 돈 못 벌어 손해, 아파서 손해, 원망 들어서 손해, 민폐도 이만저만이 아니다. 이런 비상시국에는 떼를 지어 몰려다니지 말고 집에 가만히 있어야 한다니까 여자 중 한 사람이 할렐루야, 하며 웃었다. 그 여자가 너무 미워서 조용히 좀 하라고 소리 질렀다. 술집마다 영업중지 명령이 내려졌고, 모든 공연 중단, 축제 중단, 학생들까지 두 달이나 봄방학을 하고 있는 마당이니, 제 3차 전쟁급에 해당하는 재난인데도 아무 생각이 없나 보았다. J여객에서는 벌써 80대나 되는 버스를 두 달째 세워두고 있다. 물론 시에서 보조가 나오기 때문에 기사들은 월급의 70%를 받게 되지만 놀아도 갈 곳이 없으니 부럽지도 않다.

　행선지를 한 바퀴 돌고 와서는 버스 안 구석구석 소독약을 뿌렸다. 무더기 감염자가 나오는 마당에 떼거리로 몰려다니며 병문안이라니. 같이 죽자는 얘기지. 옷에 약 냄새가 배었다. 손자가 코를 쥐고 '냄새!' 라고 한다. 아내는 무슨 께름칙한 물건인 것처럼 집게손가락으로 옷을 집어서 세탁기에 넣기 바쁘다. 이런 비상사태가 두 달째 계속되고 보니 사회의 모든 시스템이 정지되고 술꾼들도 술 마실 곳이 없어서 술을 끊은 듯싶다. 새벽 첫차 나가기 전에 날마다 체크하던 음주단속도 정지되었다.

　본격적으로 '거리두기' 가 시작된 이후 사람을 피해야만 병도 피할 수 있는 상황이 벌어지고 보니, 생각지도 않은 변수가 생긴다. 아침마다 대봉교 앞 횡단보도에서 만나 함께 출근하던 카풀 동료와 잠시 헤어지기로 했다. 맞벌이한다고 남편 차까지 뺏어 타고 다니던 아내에게 차 갖고 다녀야 하니까 지하철이나 택시 타라고 일렀다. 그랬더니 이 마누라, 잘 됐다며 차 한 대 뽑자고 덤빈다. 병원 새벽밥 지으러 다니자면 아무리 늦어도 5시에는 나가야 하는데 차 없이는 일 못 한다고 야단이다. 당장 차를 뽑을 것처럼 인터넷으로 검색을 시작했다. 아반떼 아니면 모닝이라도 좋다더니 열어보는 차가 모두 3000cc 이상의 중형차다. 코로나 끝날 때까지 잠시 타면 되니까 택시 타고 다니며 버티든지 아니면 백만 원쯤 하는 중고차나 알아보라니까, 자기 생애에 처음이자 마지막 차가 될 텐데 자존심이 있지 중고는 싫다고 했다. 할부금 자동차보험까지 꼼꼼하게 따져보니 마누라 벌어들이는 돈이 고스란히 차 밑에 다 들어간다. 버나 마나. 봄이 되면 어머니 모시고 제주도 가겠다고 했는데 말로 그쳤다. 이래저래 죄가 많다.

아등바등 사는 인간들 꼬락서니가 꼭 불개미 같다. 생태계 교란 생물로 지정될 만큼 치명적인 독을 가진 악명 높은 해충이 바로 붉은불개미다. 아마존 강이 비로 범람하면 붉은불개미들은 서로가 서로의 몸을 진흙덩어리처럼 엮어서 강을 건넌다. 그 작은 몸으로 어떻게 거대한 강을 건너나 싶지만 붉은불개미는 불가능해 보이는 그 일을 서로 힘을 합쳐 거뜬히 해낸다. 혼자 힘은 미약하지만 뭉치면 살아날 수 있다는 것을 알고 있는 자들이다. 그 작은 개미도 미시시피강을 건너는데, 하물며 사람이 바이러스 하나 극복 못하랴. 생물과 인간 사이에는 서로 침범하지 말아야 할 마지노선이 있다. 제 영역 넓히자고 생물의 영역까지 넘보지 말고 겸손하게 사는 게 인간이 살아남는 방법이라는 생각이 든다. 혹사병이 인간을 훑고 지나가도 오늘날 인구가 70억이 넘는 인구증식을 이루었으니.

학교는
안녕한가

장창수

안동대학교 박사과정

학생회는 문산인의 날을 준비하고 있었다. 문산인의 날은 문화산업대학원에 입학하는 이들을 위한 오리엔테이션이다. 예정 일자는 2월 21일 금요일. 행사 전 문산인의 날을 비롯해 모든 모임이 취소되었고 코로나-19 관련 숫자에 매몰되어 갔다. 확진자 몇명, 사망자 몇 명…. 그다음부터는 날짜 개념조차 상실했다. 자고 나면 그날이 그날이고 바뀌는 건 코로나 피해자 숫자들뿐. 학교는 폐쇄되었고 학생회 임기는 집에서 끝났다.

대구 율하동에 온 가족이 모였다. 온 가족이라야 네 식구가 다지만 우리는 각자 생활 반경이 달라 나름의 대처가 필요했다. 나는 안동대에서 공부하느라 안동에 숙소를 얻어 놓고 대구와 안동을 오갔고, 아내는 대구에서 직장을 다니며 학교 다니는 둘째 아들을 건사했다. 첫째 아들은 학교가 경주에 있어 우리 가족은 대구, 안동, 경주에 흩어져 있는 셈이다. 마스크 수급이며 소독 등 챙길 게 많았다.

생활은 극단적으로 양극화되었다. 폐쇄된 실내 생활과 대구, 안동, 경주를 오가는 광역 이동은 나름의 수고를 필요로 한다. 우리 가족은 네 식구 중 셋이 대학을 다니고 있어 학교의 일정에 크게 영향을 받을 수밖에 없다. 세상이 그러했던 것처럼 학교 역시 이 상황은 처음 겪어 보는 터라 명쾌한 향후 일정을 제시하지 못했고, 우린 세 지역을 돌며 숙소를 챙기고 아이들을 돌봐야 했다. 그러곤 각자의 극단적인 폐쇄 생활이 이어졌다.

경주에 있는 첫째의 원룸을 먼저 챙겼다. 의대는 공부할 게 많다며 다른 과보다 먼저 대면 개강을 한다는 학교의 의견 때문이었다. 곧 바뀔 의견이었지만 당시엔 진지하게 받아들였다. "뭐, 의대니까 알아서들 하겠지" 하고. 경산에서 의사가 사망하는 사건이 발생하자 다시 한번 경각심을 느꼈다. 바이러스는 무차별적이라는 것. 행정학을 공부하는 둘째는 대구에 있는데다가 성격이 외향적이고 활동이 많아 외출 자제를 부탁해야 했다.

개학을 연기하던 우리들의 학교는 결국 비대면으로 개강했다. 2020년의 새로운 학교 풍경이다. 공부란 게 대면으로 해도 잘 안 되는 것인데 랜선 수업이라니. 아날로그와 디지털의 중간에 낀 세대들에겐 또 하나의 관문이다. Teams, Webex, Telegram, 인강 등 새로운 프로그램들이 노트북에 깔리고, 공부보다 공부 방식을 위한 공부를 먼저 해야 했다. 변혁은 환난 다음에 온다더니 지구인들이 다시 진화해야만 하는 형국이다. 최근 중고등학교도 원격으로 개학했는데 처음이어선지 어려움을 겪고 있다.

어떤 학생들은 등록금 일부를 반환해야 한다고 목소리를 높인다. 새로운 방식의 수업이 비효과적이라는 판단 때문이겠다. 새로움이 가진 두 가지 얼굴이랄까. 기존의 것이 식상할 때는 목숨을 걸고 새로운 것을 찾는다. 때론 변화를 위한 변화까지 추구하니 말이다. 하지만 준비가 안 된 새로움은 많은 이들을 혼란에 빠뜨린다. 대학원은 소수 수업이라 단어들 사이에 한 단어가 뭉개졌다고 감히 교수님의 말씀을 끊을 수 없다. 알아서 새겨들어야 한다는 옛말이 생각난다. '바담 풍은 바람 풍이지.'

양식은 떨어지지 않았는데 읽어야 할 책이 먼저 떨어졌다. 어쩔 수 없이 행정실에 양해를 구하고 연구실에서 책을 가져왔다. 경계가 삼엄하니 내 책인데도 마치 훔쳐오는 느낌이 든다. 아무도 안 나오는 학교. '여기가 더 안전할 수 있겠군.' 다음 날 또 학교를 갔더니 연구실로 가는 통로가 잠겨 있다. 출입을 자제해 달라는 행정실의 메시지인 듯. 무언의 협조 요청. 무인지경인 학교는 그래서 안녕한지도….

안동 용상동의 원룸에서 많은 시간을 보낸다. 원룸은 단지 숙소였는데 코로나-19 이후 생활공간이 되었다. 원룸은 큐브형이라는 점에서 벙커를 닮았다. 철로 된 문을 쾅 닫으면 마치 바이러스가 침투하지 못할 거라는 안도감이 든다. 대신 창문이 한쪽에만 있어 처음 들어오면 방위를 분간하지 못할 수 있다. 주변 건물 위치를 포스트잇으로 덕지덕지 붙여 놓았다. 이런 폐쇄된 공간에 오래 있으면 절실한 건 뭐? 소통이다. 모두들 게임 레벨이 한 단계올랐다는데 그 심정이 이해가 된다. 예전에 끊었던 바둑을 다시 시작했다.

원룸에도 사람이 살고 물자가 필요하다. 원룸촌 사람들에게 물자를 공급해 주는 건 택배다. 수많은 택배 물건들이 문 앞에 놓여 있어 사람이 산다는 것을 나타낸다. 물, 화장지, 라면 등이 여기저기 놓여 있다. 나는 주로 책을 시키는데 신기하게도 알아서 문 앞에 와 있곤 한다. 택배 아저씨는 동네 원룸들의 현관 비밀번호를 꿰고 있나 보다. 택배도 비대면으로 온다. 롤프 옌센은 드림소사이어티가 온다고 했지만 안타깝게도 2020년엔 비대면 소사이어티가 먼저 온 건지도. 원룸 사람들을 마주칠 때 인사를 해야겠다.

우리는
너울 사이에 있다

정아경

독서지도사

시골보다 도시가 좋다. 자연의 법칙에 충실한 시골은 일찍 어두워졌다. 어둠이 내린 시골은 공간이 넘쳤다. 난 그 텅 빈 듯한 공간의 여백을 채울 자신이 없었다. 상상력도 부족했고, 놀 거리도 부족했고, 친구들도 모두 집으로 돌아갔다. 그러나 도시는 달랐다. 해가 져도 환했고, 도로는 차들로 가득했고, 사람들로 와자했다. 그 속에 서 있으면 아무것도 하지 않아도 자연히 채워지는 느낌이 들었다. 완성된 것들 사이에서 나 역시 완성되고 있는 중이라고 쉽게 위안 삼을 수 있었다.

그런데 지금, 그 충만감에 속이 부대낀다. 충만감이 아니라 포만감이라고 불러야 할까. 빽빽하게 들어선 건물들과 그 안에 빼곡하게 찬 사람들이 한마디씩 뱉어내는 말들이 공포로 다가온다. 일면식 없는 사람과 어깨를 맞대며 영화를 관람하고, 좁은 카페에 앉아 셀 수 없이 많은 사람들과 들숨과 날숨을 공유하는 나의 일상은 빨간 엑스가 쳐진 채 주의사항 중 하나로 전락했다. 전화로도 바이러스가 옮는 것 아니냐는 우스갯소리들과 대구를 봉쇄해야 하는 것 아니냐는 글들은 안타깝게도 웃음을 주지 못하고 나를 위축시키기만 했다.

바이러스 쇼크에 감전된 도시의 한복판에서 하지 말고, 하면 안 된다는 부정(do not)의 의무들을 곱씹으며 몇 주가 흘렀다. 사람이 모이는 곳을 가면 안 되고 아이들과 수업을 하면 안 되고 마스크 없이 밖에 나가면 안 되는 류의 의무들을 성실히 이행하는 중이다. 시민의 몫으로 남겨둔 것만큼이라도 잘 지키자는 생각이었다. 몇 주간의 칩거생활은 몸에 익어갔으나 활동적인 것에 길들여진 정신은 몸에 복종할 생각을 하지 않았다. 내 몸 하나는 가둬놓을 수 있었지만 불어나는 권태로움은 가둘 수 없었다.

믹스 커피를 두 봉 뜯어 멍하니 휘저었다. 매일 먹던 S사 카페라떼의 담백함을 끊자 금단현상처럼 달콤함이 땡겼다. 달짝지근한 커피를 호록거리며 거실 의자에 걸터앉았다. 저 문. 가족 이외에 그 누구도 저 문을 열고 들어오지를 않은 지 스무날이 되어간다. 아이들이 목청 터져라 장난치는 소리에 귀가 먹먹한 적은 있어도 아무런 소음이 없어서 귀가 먹먹한 것은 이번이 처음이다. 숨을 잠시 멎고 있으면 지구가 돌아가는 소리라도 들릴 것만 같다. 그렇게 한참 저 문을 바라봤다. 파도가 밀려오지 않는 바다…. 외딴섬에 고립된 나는 움직임이 없는 파도를 보며 괴이한 느낌을 받는다. 어쩌면 영영 이 섬을 벗어나지 못하는 건 아닐까. 타인의 섬에 가닿으려면 돛을 펼쳐 파도를 타고 바람을 타고 흘러가야 하는데 바다가 고요하다. 배가 꿈쩍을 않고 제자리를 고집한다. 지금의 상태가 영원히 지속되지 않는다는 것을 알지만 그럼에도 순간의 공포는 여운을 오래 남긴다.

몽롱한 몽상을 깨운 것은 초인종 소리였다. 곧이어 묵직한 소리들이 들려왔고 택배 기사님은 익숙한 듯 문 안의 사람을 기다리지 않고 떠났다. 택배 올 것이 있었는지 돌이켜보지만 떠오르지 않는다. 조심스럽게 열어본 현관문 앞엔 박스가 가득했다. 낯익은 이름들이 발송인란에 적혀있었다. 저녁이 되어 가족들과 함께 택배를 뜯었다. 크리스마스 아침의 아이들처럼 박스를 뜯을 때마다 연신 환호성을 내뱉었다. 산더미같이 쌓인 누룽지 박스들과 즉석 떡볶이 박스들. 전자는 나에게 온 선물이고 후자는 딸에게 온 선물이다. '누룽지를 좋아한다.', '떡볶이가 먹고 싶다.' 내뱉은 줄도 모르고 흘려보낸 말들을 누군가 기억해줬다는 것이, 기억에서 더 나아가 행동으로 이어졌다는 사실이 나를 간지럽힌다. 조금 더 있자 노란색 비타민이 담긴 박스가 도착했다. 어디 아픈 곳 없이 성한 게 머쓱해질 정도로 감사한 마음들이었다.

쏴아- 쏴아- 밤늦게 원고를 뒤적거리는데 뒤통수에서 파도 소리가 들려온다. 일정해보이지만 제멋대로인 간격. 텅 빈 도로를 쾌속 질주하는 자동차 소리가 겹쳐져 만들어내는 배경음악이다. 산골에서 자라 분지에 뿌리를 내린 내게 바닷가의 파도보다도 더 진짜 같은 파도 소리였다. 밀려오는 파도에 몸을 맡길 때의 무력감. 역설적이게도 언제나 그 무력감이 나를 작동시켰다. 수동적으로 넘실거리는 와중에 더욱 내면의 소리가 또렷이 들리는 것처럼, 철저한 공허 속에서 생의 의지를 찾는 법이다. 굳게 닫힌 문을 보며 반복적으로 그려내던 여러 이미지들과 그것을 단번에 부수던 초인종 소리를 차례대로 떠올렸다. 미동 없는 바다의 수평선 너머에서 선물꾸러미들이 무서운 기세로 달려왔고 그 힘에 파도가 생겨났다. 마음이 일렁였다.

하고자 하고, 해야만 한다는 긍정(do)의 의무들을 안고 많은 이들이 대구로 모여들고 있다. 그들은 바쁘게 물품을 정리하고, 분주히 응급환자를 응급차와 연결시킨다. 그들이 뿜어내는 긍정의 숨결들이 도시에 생기를 불어넣는다. 방구석에서 푹푹 내쉬고 있던 한숨들 위로 그들의 가쁜 숨결이 덧입혀졌다. 뉴스를 보니 우리 집 문 앞에 도착한 택배들처럼, 더 많은 곳에서 더 많은 사람들에게서 택배가 도착하고 있다고 한다. 어떤 것은 감사의 손편지, 어떤 것은 비누와 샴푸, 어떤 것은 도시락. 의료진들도 자원봉사자분들도 분명 택배 상자 안에서 튀어나온 갖가지 물건들을 마주하며 헤아릴 수 없는 뭉클함을 느꼈을 것이다.

베일에 가린 듯 내일이 막막하지만, 삶의 의미는 어떤 곳에서도 찾아지나 보다. 강제된 고립과 극도의 혐오는 몸의 고통 못지않은 강도로 정신을 괴롭힌다. 확산되는 불안은 타인에게서 원인을 찾게 한다. 예고 없이 그들의 '타인'이 된다는 것은 억울한 일이다. 그러나 언제나 그렇듯, 그런 사람보다 그렇지 않은 사람이 많다는 것. 무턱대고 손가락질하는 사람보다 누군가의 잃은 입맛을 챙겨주는 사람들이 더 많다는 것. 이 당연한 사실이 생경하게 느껴지는 것도 도시의 차가운 멋에 잔뜩 심취한 나의 탓이기에, 나는 어제의 나를 반성한다. 경계선 바깥의 타인에 대해 무덤덤했던 태도 역시 고통 받는 누구에게는 폭력일 수 있겠다는 생각을 하게 된다. 누군가가 웃자고 던진 말들이 싸늘하게 식은 문장들로 기억되는 것처럼 말이다. 현관문을 닳도록 드나들고 빠른 속도로 도시를 휘젓고 다니면서도 얻지 못한 것들을 굳게 닫힌 현관문 안에서 얻었다. 아주 느린 속도로, 아주 좁은 보폭으로.

우리는 너울 사이에 있다. 우리는 지나간 파도와 밀려오는 파도 사이에 있다. 찰나의 고요는 정지를 의미하지 않는다. 밀려오는 파도 역시 곧 지나간 파도가 될 테지만, 그러면 어떠랴. 다시금 파도가 밀려오고 있다.

환난의
한가운데서

영남대학교 한국어 어학당 강사

2020년 4월. 대한민국, 나아가 세계는 무엇보다 절실하게 '아킬레스의 방패' 같은 천하무적을 갈구하고 있다. 봄이 왔음에도 봄이 왔는가? 물음을 던지는 4월이다. 그럼에도 불구하고 우리는 봄은 왔고 봄은 우리 곁에 있다고 확신하며 색다른 일상을 색다르게 살아내고 있다.

참으로 다사다난하게 2020년을 시작했다. 2019년 12월 중국 우한에서 처음 발생한 새로운 유형의 코로나 바이러스에 의한 호흡기 감염질환은 나의 직업적 일상을 흔들었다. 한국어 어학당에서 외국인 유학생을 대상으로 한국어를 가르치는 직업적 특수성은 일반인들이 체감하기 전부터 비상체제에 돌입했었다.

국내에서 적극적으로 코로나 감염 우려를 대비해서 마스크 쓰기 운동을 벌이기 전인 2월부터 한국어 교육원 전 교직원, 전 학생이 마스크 착용을 실시했기 때문이다. 학생들이 모두 외국인 유학생이다 보니 마스크 착용 의무화와 복도에는 손세정제가 비치되어 있는 상황이었다. 건물 안을 오가는 모든 사람이 마스크를 착용한 상태에서 일상적인 업무가 이루어졌었다. 우리는 우스갯소리로 공포 영화의 한 장면 같다는 농담까지 주고받는 여유까지 부렸었다. 이때까지만 해도 '이왕이면 조심하는 게 좋지 않은가?' 하며 유유자적이었다. 하지만 만물이 생동하는 3월을 맞이하는 시점이 되자 정세는 급변하고 말았다. 제어장치조차 가동이 안 될 정도로 코로나-19는 급속하게 대한민국을 잠식해버렸고 우리는 감금되고 말았다.

처음 개강이 2주 연기되었을 때만 해도 걱정이 없었다. 조금 늦어졌을 뿐이라고 안일하게 생각했었다. 개강 일정에 대한 전체 회의도 대면 회의에서 단체 카톡이라는 비대면 회의로 대체되고 결국 학사 일정 때문에 3월 23일부터 3월 30일까지 인터넷 강의로 대체한다는 결정까지 내려졌다. '인터넷 강의를 어떻게 할까나' 하는 걱정이 앞섰지만 그래도 2주만 고생하면 된다는 희망이 있었다.

동영상 강의는 준비부터 난제의 연속이었다. 한 시간 강의를 30분 동영상 강의로 제작하라는 지침이 내려졌다. 오프라인 수업용 ppt가 있었지만, 하루 수업 분량인 4시간 수업을 2시간으로 축약해서 동영상 강의 자료 편집하는 데만 2~3시간이 걸렸다. 촬영이 익숙하지 않아 30분 영상 녹화를 다시 하고 다시 하다 보니 1시간이 걸리기 일쑤였다. 출근과 퇴근은 없었지만, 허울만 좋은 재택근무였다. 업무와 휴식이 분리 되지 않다 보니 하루 종일 수업 자료 편집과 녹화로 인해 스트레스로 보내는 재택근무였다. 나도 모르게 "망할 놈 코로나" 하는 거센소리가 터져 나왔다.

그렇게 어찌어찌해서 녹화를 하고 수업 당일 9시에 학생들에게 링크 주소를 보냈다. 학생들이 동영상 수업 시청한 것을 확인할 방법이 없다 보니 다음 날 1시까지 카톡으로 과제를 제출하면 출석으로 인정하였다. 그런데 학생들이 시간을 가리지 않고 특히 새벽에 과제를 보내기까지 하여 잠잘 때는 휴대폰을 무음으로 설정하기까지 하였다. 아침에 확인을 하여 과제에 대한 피드백을 주었지만 상세한 피드백은 힘든 실정이다 보니 심신이 불편하고 힘들었다.

또 고국으로 갔다가 돌아오는 비행기 표를 구하지 못한 학생들을 위해 따로 수업 자료를 준비해 보내야 해서(학생들이 교재가 없는 상황이라) 정말 사는 게 사는 게 아니라는 생각까지 들었다. 귀국한 학생들이 2주간 자가격리를 지키는지 안 지키는지 일일이 확인하는 작업까지 하다 보니 일상이 일상이 아니었다. 모든 업무가 카톡을 통해서 이루어지다 보니 1시간만 안 봐도 거의 폭탄 수준의 읽지 않은 메시지가 산재해 있는 벅찬 현실이었다.

그럼에도 불구하고 이 모든 일이 모두 함께 겪는 환난이기에 서로에게 힘을 주려는 모습에서 희망의 확신을 가질 수 있었다. 코로나-19 이전에는 상상할 수도 없었던, 선생님들의 수업 자료 공유가 있었다. 선생님들은 다른 선생님들의 동영상 수업 준비에 조금이라도 도움을 주려고 자신들이 갖고 있던 ppt 자료를 단톡방에 거리낌 없이 올려 주었다. 고통을 분담하려는 선생님들의 모습에서 감동을 받았다. 또한 면대면은 아니고 문자이지만 작은 일에도 "감사합니다.", "수고하십니다.", "힘내자!"라고 긍정의 메시지를 자동으로 보내고 있다. 선생님들과 면대면일 때는 일상적인 인사와 업무 내용만 주고받는 사회적 관계였다면 지금은 마음을 주고받는 관계가 되었다.

학생들과의 관계도 마찬가지이다. 오프라인 수업일 때보다 관계가 더 돈독해진 것 같다. 매일 아침 9시에 수업 링크를 올리면서 "오늘도 파이팅" 메시지를 꼭 보내게 된다. 왜냐하면 선생으로서 수업 준비도 힘들지만, 동영상 강의로 수업을 들어야 하는 학생들의 고충도 헤아려 지기 때문이다. 학생들도 "힘내세요.", "감사합니다."라고 항상 화답해 준다. 또 가끔 과제를 못 했다고 메시지를 보내는 학생들에게도 질타보다는 "내일은 꼭 할 것이라고 믿는다."라는 답을 하게 되었다. 다음 날 약속을 지키는 모습을 보이면 "고마워요."라고 답장을 하게 된다. 과제에 대한 원활한 피드백을 못 주어서 미안하다고 하면 학생들은 괜찮다며 오히려 선생인 나를 위로해 준다. 함께 밖으로 나가 활보하며 봄을 만끽하지는 못하지만, 마음의 들판에는 꽃이 만개하는 2020년 4월의 봄이다.

단기전으로 끝날 줄 알았던 코로나-19의 기습공격이 장기전으로 돌입하면서 오프라인 개강은 점점 연기되어 결국 5월 4일로 결정되었다. 하지만 이것 역시 장담할 수 없는 현실이다. 오늘 우리의 삶도 역시 만만치 않았고 어쩌면 내일도 전쟁 같은 하루가 대기하고 있을지 모른다. 하지만 우리에게는 '아킬레우스 방패'와 같은 환난을 재창조할 수 있는 힘이 있다. 알베르 카뮈의 '페스트'에 나오는 의사 리외는 제어하기 힘든 전염병과 싸우는 유일한 방법은 품위를 잃지 않는 것이라고 했다. 누군가 품위가 뭐냐고 묻자 리외는 "내 일을 하는 것"이라고 대답했다. 환난의 한가운데에 서 있지만 내가 내 자리에서 내 일에 최선을 다하는 품위를 지킬 것이다. 이 환난은 우리를 성장이라는 재창조로 거듭나게 해 줄 것이라 믿기 때문이다.

손

하승미
수어하는 사회복지사

회의차 서울행 기차에 몸을 실었어야 할 시간이지만 거실에서 뉴스특보를 보고 있다. 굳이 갈 엄두를 내지 못하는 나도, 구태여 오라는 말을 꺼내지 못하는 그들도 난감하긴 마찬가지다. 불청객 코로나-19만 온 게 아니다.

구미에 위치한 남편 회사에선 '대구 금지령'이 내려졌다. 매일 출퇴근하던 남편은 큰 캐리어와 함께 회사 기숙사로 들어가 전화로 안부를 전한다. 수차례 개학 연기로 고등학교 입학도 못한 채 집에 갇힌 아들은 단체 채팅방에서 선생님과 첫인사를 한다. 매일 학교 가고 싶다고 노래한다. 모임이나 행사가 모두 취소 혹은 연기되면서 의뢰받았던 특강들도 속속 취소된다. 타 지역 강의는 내가 대구 사람이라서 강사를 바꿀 생각이란다. 낯선 일상이 고구마 줄기처럼 따라왔다.

뉴스 수어(수화언어) 통역을 위해 방송국으로 향한다. 거리에는 사람도 차도 눈에 띄게 적다. 그나마 변함없이 갈 수 있는 곳이 있음에 감사하며 도착한 방송국은 그야말로 영화 속 한 장면이다. 확진자가 몇 명 늘었는지 동선이 어찌 되는지, 병실 상황은 어떤지, 사망자는 몇 명인지 실시간 보도를 위해 기사가 날아다닌다. 공중파와 종편까지 모든 뉴스 채널이 돌아가는 벽면은 더 숨 가쁘다. 오전 뉴스를 시작으로 대구경북 정례브리핑 특보에 이어 오후 뉴스까지, 코로나-19로 열어 코로나-19로 끝나는 하루를 손으로 전하고 나면 정신이 초점을 잃는다. 머릿속에는 수천 마리의 매미가 울고 온몸은 두꺼운 밧줄로 칭칭 감긴 기분이다.

마음에 산소를 공급하기 위해 책을 펼쳐들지만 글자들이 자리를 잡지 못하고 떠다닌다. 소설, 자기계발서, 시집 이것저것 바꿔보지만 매한가지다. 헝클어진 실타래 마냥 산만한 머리는 어느 활자에도 집중하지 못하고 윙윙거린다. 이내 스마트폰 속 세상을 기웃거린다.

SNS에 1인용 텐트 수십 개가 줄지어 선 사진이 있다. 지인이 근무하는 노인요양시설이 코호트에 들어갔다는 소식이다. 시설에서 생활하시는 어르신들의 숙소는 이미 있으나 교대 근무하며 출퇴근하는 사회복지사, 요양보호사의 숙소가 없어서 고안해낸 자구책이란다. 어르신들의 안녕을 위해 동일집단 격리를 결심한 그들은 차가운 강당 바닥에, 다닥다닥 붙은 텐트에서 2주 혹은 그 이상을 지내야 한다. 내 등줄기로 한기가 차오른다.

방송국 기자에게 살며시 텐트 사진을 보여준다. 처음 보는 광경에 관심을 보인 며칠 후, 기사화되어 뉴스에 오른다. 격리 수칙을 지키기 위해 시설 내 동영상을 손수 촬영해 건넨 사회복지사들은 사회를 지탱하는 숨은 일꾼이다.

평소 장애인 인권 보호를 위해 가장 일선에서 일해 온 그의 울부짖음이 SNS를 뚫고 나온다. 중증장애인의 일상생활 서비스를 하던 장애인활동지원사 중 접촉자가 나오면서 덩달아 자가격리를 하게 된 장애인이 홀로 집에 남겨진 사연이다. 혼자서는 생활이 어려운 중증의 장애인분들이 보내야 하는 하루하루의 고통이 지인의 절규가 된 덕분일까? 얼마 지나지 않아 손을 드는 이가 나타난다. 그렇게 탄생한 몇몇 영웅들은 장애인과의 격리 생활 중 일상의 사진을 세상 밖으로 보내온다.

컵라면에 즉석밥, 통조림이 대부분인 밥상이 쓰리다. 순간, 평소 사회복지에 관심과 지원을 아끼지 않던 한 식당 사장님 역시 코로나-19로 어렵다는 소식을 접한 기억이 난다. "사장님 정말 죄송한데요, 자가격리 중인 장애인 가정으로 식사 배달이 될까요? 활동지원사도 계시니 2인 분씩 문 앞에 두시면 돼요." 원래 배달 장사하는 곳이 아님에도 간식까지 덤으로 챙겨 배달해주신 사장님의 배려가 사진이 되어 다시 내 휴대전화를 울린다.

치매 어르신이 며칠째 혼자 집에 계신다. 요양보호사와 간병인 모집 공고다. 급식카드 가맹점 휴업으로 아이들이 편의점 음식으로만 끼니를 해결하고 개학 연기로 급식도 못 먹는다고 한다. 후원 요청이다. 구석구석 사각지대에서 도움을 요청하는 글들이 올라온다. 절대량이 부족한 마스크를 힘든 지역 소상공인에게 제작하도록 매칭했다는 기사다. 지역아동센터 아이들에게 식사를 제공하기 위해 지역 식당과 연계했다는 링크다. 여기저기 훈훈한 연대의 향기도 날린다. 손끝으로 퍼 나르고 공유한다. 응원 댓글도 달아본다. 더 급한 분들을 위해 공적 마스크를 4주간 사지 않겠다는 양보 릴레이는 '좋아요'를 누르고 동참한다.

사람들은 묻는다. 수어통역사는 왜 마스크를 하지 않느냐고. 검은 옷만 입는 이유가 있냐고. 수어는 손동작만으로 이루어지는 언어가 아니다. 손동작이 의미하는 감정의 종류와 크기만큼 표정과 몸동작을 같이 해야 완전한 언어가 된다. 그중 표정은 가장 중요한 표지다. 때문에 수어를 할 때 얼굴을 가리는 것은 입을 막고 말을 하는 것과 비슷하다. 그렇다보니 위험 따위는 뒤로할 수밖에 없는 노릇이다. 또 수어에서 손이 주인공이라면 몸은 배경이다. 주인공이 또렷하게 보이도록 검은색과 같은 어두운 색의 옷을 입는다. 통역사의 아름다움보다는 내용 전달력이 중요한 까닭이다.

위기는 기회라고 했던가. 국가 주요 브리핑에서 농인(청각장애인 중 수어를 제1언어로 사용하는 사람)은 항상 소외되어 왔다. 코로나-19가 처음 발생했을 당시 방송국의 일부 뉴스특보에만 수어통역이 있었다. 때문에 전국 농인은 그들의 알 권리를 위해 청와대 국민청원까지 하며 선진국과 같이 발화자 옆에서 실시간 수어로 전달해 달라는 요청을 하였고, 급기야 코로나-19 정례브리핑에 수어통역사도 나란히 서게 되었다. TV 속 동그라미가 아닌 전 국민을 향한

화자 바로 옆에 자리를 잡은 첫 사례가 된 것이다. 국가 브리핑 수어통역의 역사다.

여전히 나의 손은 방송국에서 그리고 휴대전화 위에서 바쁘다. 내가 우리를 위해 할 수 있는 건 고작 이것뿐이지만 반갑지 않은 코로나-19 속에서도 고구마 줄기보다 많은 온기를 뿜어낼 수 있는 것은 각자의 자리에서 할 수 있는 최선을 다하는 대구시민, 국민의 힘 때문이리라. 아직은 잡을 수 없는 서로의 손이지만 보이지 않는 바이러스는 보태지는 공동체의 손으로 이겨낼 것이다.

어서 세상 밖으로 나가 사람들과 더불어 웃고 싶다. 같이 밥 먹고 싶다.

2020년
봄을 기다리며

홍영숙

프리랜서, 시인

목련

아무 일 없이 제 갈 길 가는 강물과 언덕을 뚫고 올라오는 푸른 것들이 말을 걸어온다. 창문과 언덕 사이의 거리를 두고 우리는 서로의 안부를 묻는다. 스마트폰이 부르르 몸을 떤다. 남도의 꽃들이 전해오는 소식을 듣는다. 배경화면이 환하다. 목련은 왔을까. 문득 궁금해진다. 해마다 이맘때면 시간을 내어 달려가던 곳. 팔공산 목련 숲, 한겨울 폭설처럼, 전하지 못한 엽서처럼, 수다처럼, 노래처럼 사글사글 내리는 흰 꽃들 속에 혼자 덩그러니 웅크리고 있는 집.

반쯤 내려앉은 지붕과 누더기처럼 걸쳐있는 깨진 유리창, 아무도 돌보지 않는 누런 콘크리트 벽. 나 여기 있음을 그냥 있음만으로 선명하게 보여주는. 아무도 돌보지 않는다는 말은 옳은 걸까. 봄 한철 와르르 몰려와 흐드러지게 잔치를 벌이는 꽃들과 그 모체인 나무는 한 번도 그 곁을 떠난 적이 없는데. 일정한 거리를 유지한 채 늘 그 자리에 있는 집과 나무. 꽃은 기다림의 보상일까. 그들의 소리 없이 환한 위로의 말이 그립다.

금호강변
평일 한낮 늘어진 시간 속을 얼굴 가린 사람들이 하나둘 지나간다. 서로 외면한 채 서로를 의식한다. 자전거가 지나간다. 바람 같다. 자전거의 시간은 몸에 착 달라붙은 라이딩 바지처럼 탄탄할까. 나는 서둘러 걸어도 슬로우 비디오처럼 느리기만 하다. 물새들이 무리를 지어 날아간다. 날개를 접으며 물속으로 곤두박질이다. 드러난 발바닥이 하얗다. 물속에서 바쁘게 헤엄을 치던 발바닥이, 숨기고 공중으로 날아올랐던 발바닥이, 물구나무를 섰다가 시소처럼 물속으로 내려간다. 물새 부리에서 덩어리 하나가 꿈틀거린다. 물보다 깊은 물속 같다. 아직 물이 오르지 않은 마른 가지 사이로 참새 두 마리 재잘재잘 뛰어다닌다. 하나가 짹짹 하니 다른 하나가 짹짹 하고, 하나가 째재잭짹 하니 다른 하나가 또 째재잭짹 한다. 돌림노래 같다. 하나가 폴짝 쫓아가니 다른 하나가 딱 그 거리만큼 폴짝 달아난다. 새들도 거리두기인가. 괜한 참견이다. 저들의 대화가 햇살처럼 밝다. 귀에 속속 들어온다. 목줄을 당기며 달려온 셰퍼드가 컹컹 짖는다. 새는 날아가고 화들짝 내가 물러선다.

봄
주방의 시계가 돌아앉았다. 아침이 왔지만 아직 아침이 아니다.

285

아침, 점심, 저녁을 굳이 나눌 이유가 없다. 삼시세끼를 챙겨 먹는다는 게 왠지 죄악 같다. 책을 펼쳐도 책이 보이지 않는다. 글을 쓴다는 게 사치 같고 하는 말은 다 거짓 같다. 해야 할 일이 수두룩한데 할 수 있는 일이 없다. 계획이 실행으로 이어질 때 비로소 시간이 제 힘을 발휘할 터인데, 준비했던 계획마저 실행의 여지가 묘연한 날들의 연속이다. 이렇게 가만히 있어도 될까. 정체성과 가치관에 자주 물음표가 붙는다. 아무것도 할 수 없을 때는 아무것도 하지 말기, 가만히 있어야 할 때는 그냥 가만히 있는 게 도움이 될 때도 있다. 그리고 지금 나는 그런 때이다. 스스로에게 당위성을 부여하기도 한다. 어쩌면 지금이 내 안을 탐구하기에 적기가 아닐까. '밖으로 나갈 수 없으면 안으로 들어가라!' 아직 시간이 더 필요하다. 꽃이 온다고 다 봄은 아니니까.

킹덤

요즘 핫한 한국식 좀비드라마다. 역병이 창궐한 조선, 목적이 다른 두 권력의 투쟁을 적나라하게 보여준다. 드라마는 현실을 반영한다. 바로 지금, 우리의 모습이다. 그러나 우리는 무작정 휘둘리지 않는다. 전 세계에 동시다발로 확산된 바이러스. 기하급수적으로 늘어나는 감염자들. 순식간에 도시는 불안에 휩싸였으나 어수선한 속에서 자발적 우선멈춤 상태를 지속하고 있다. SNS와 미디어를 통해 정보를 공유하고 서로 응원하고 지지한다. 실시간으로 전해오는 세계 각국의 다양한 대처 방식과 우리의 위치를 확인한다. 그리고 알고 있다. 전 세계가 놀랄 만큼 아주 잘 대처해가고 있음을. 우리 밖의 언론이 다투어 증명하고 있다. 하지만 아직 끝난 것은 아니다. 알베르 카뮈는 『페스트』에서 "사람은 저마다 자신 속에 페스트를 지니고 있다. 자칫 방심해서 주위로 옮겨가지 않도록 끊임없이 조심해야 한다."면서 절대 방심하지 말라고 한다. 지금도 그렇다.

'코로나-19'는 분명 끝날 것이고, 멀지 않은 날, 그 끝에 선 달라진 자신을 만나게 될 것이다. 그날까지 우리는 계속해서 함께 할 것이다. 현장에서 애쓰고 있는 이들에 다시 감사와 응원을 전한다.